ツバキ文具店

츠바기 문구점

Original Japanese title: TSUBAKI BUNGUTEN
© 2016 Ito Ogawa
Original Japanese edition published by Gentosha Inc.
Korean translation rights arranged with Gentosha Inc.
through The English Agency (Japan) Ltd. and Danny Hong Agency.
Korean translation copyright © 2017 by Wisdomhouse Mediagroup Inc.

츠바키 문구점

오가와 이토 장편소설

권남희 옮김 　ツバキ文具店

위즈덤하우스

여름

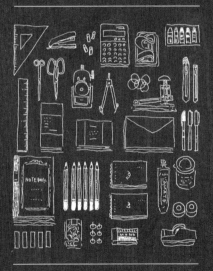

나는 나지막한 산자락에 자리한 아담한 단층집에 살고 있다. 주소는 가나가와 현 가마쿠라 시다. 가마쿠라라고 해도 산 쪽이어서 바다와는 꽤 떨어져 있다.

　전에는 선대(先代)와 살았지만, 삼 년 전에 선대가 세상을 떠나고 지금은 오래된 일본 가옥에서 혼자 산다. 하지만 언제나 주위에 사람 기운이 느껴져서 그리 외롭진 않다. 밤에는 고스트 타운 같은 적막함에 둘러싸이는 이 일대도, 아침이 되면 공기가 움직이기 시작하며 여기저기서 사람들 목소리가 들려온다.

　옷을 갈아입고 세수를 하고 나면 먼저 주전자에 물을 받아 끓이는 것이 아침 일과다. 물이 끓는 동안 빗자루로 마루를 쓸고 걸레질을 한다. 부엌, 툇마루, 사랑방, 계단 순으로 청소한다.

도중에 물이 끓으면 일단 청소하던 손을 멈추고 찻잎 넣은 찻주 전자에 뜨거운 물을 가득 따른다. 차가 우러날 동안 다시 걸레를 들고 마루를 닦는다.

세탁기까지 돌리고 나면, 그제야 부엌 의자에 앉아 뜨거운 차를 마시며 한숨 돌린다. 찻잔에서 향긋한 향이 피어오른다. 교반차(京番茶)가 맛있다고 생각한 것은 최근이다. 어릴 때는 어째서 선대가 굳이 마른 잎차를 우려서 마시는지 이해하지 못했다. 지금은 한여름에도 아침부터 뜨거운 차를 마시지 않으면 몸이 깨어나지 않는다.

멍하니 교반차를 마시고 있는데, 옆집 계단 층계참에 있는 작은 창이 천천히 열렸다. 옆집에 사는 바바라 부인이다. 외모는 100퍼센트 일본인이지만, 어째선지 다들 그렇게 부른다. 어쩌면 예전에 외국에 산 적이 있는지도 모르겠다.

"포포, 안녕."

바람을 타고 서핑을 하는 듯 경쾌한 소리다.

"안녕하세요."

"오늘도 날씨가 좋네. 나중에 차라도 마시러 와. 나가사키에서 카스텔라가 왔어."

"고맙습니다. 바바라 부인도 좋은 하루 보내세요."

1층과 2층 창 너머로 아침 인사를 주고받는 것이 일과다. 매번

로미오와 줄리엣이 떠올라 쿡쿡 웃음이 난다.

물론 처음에는 당황했다. 옆집의 기침 소리, 전화 소리, 때로는 화장실 물 내리는 소리까지 그대로 들리는 것이다. 마치 한 지붕 아래 함께 사는 듯한 착각이 들었다. 의식하지 않아도 저절로 상대의 생활음이 들린다.

최근에야 겨우 자연스럽게 인사를 나누게 됐다. 바바라 부인과 인사를 하는 것으로 나의 하루는 본격적으로 시작된다.

내 이름은 아메미야 하토코(雨宮鳩子)라고 한다.

이름을 지어준 사람은 선대였다.

유래는 말할 것도 없이 쓰루가오카하치만궁(鶴岡八幡宮)의 비둘기다(일본어로 비둘기를 '하토(鳩)'라고 한다―옮긴이). 하치만궁의 '여덟 팔(八)' 자가 두 마리의 비둘기가 기대어 있는 모양처럼 생겼다. 그래서 철이 들 무렵부터 다들 포포(비둘기 울음소리가 우리나라에서는 '구구', 일본에서는 '포포'―옮긴이)라고 불렀다.

그건 그렇고 아침부터 이 습기는 정말이지 넌덜머리 나네. 가마쿠라의 습기는 장난이 아니다.

갓 구운 프랑스빵은 이내 눅눅해져서 곰팡이가 피고, 원래는 빳빳해야 할 다시마조차 이곳에서는 흐물거린다.

빨래를 널고 나면 그 길로 쓰레기를 버리러 간다. 스테이션이라고 불리는 쓰레기 버리는 곳은 지역의 중심을 흐르는 니카이도 강

다리 밑에 있다.

일반 쓰레기 수거는 한 주에 두 번 한다. 그 밖에 종이와 천, 페트병과 화분, 병과 깡통을 버리는 날이 각각 한 주에 한 번씩 있고, 주말에는 쓰레기 수거를 하지 않는다. 불연성 쓰레기는 한 달에 한 번 수거일이 정해져 있다. 처음에는 세세하게 분리하는 것이 귀찮았지만, 지금은 즐긴다.

쓰레기를 다 내놓고 나면 가방을 멘 초등학생들이 줄지어 집 앞을 지나갈 시간이다. 걸어서 몇 분 거리에 초등학교가 있다. 츠바키 문구점에 오는 손님은 대부분 이 학교에 다니는 아이들이었다.

나는 새삼 우리 집을 바라보았다.

위쪽은 유리인 오래된 쌍바라지 문에는 왼쪽에 '츠바키(일본어로 '동백나무'라는 뜻—옮긴이)', 오른쪽에 '문구점'이라고 쓰여 있다. 이름 그대로 집을 지키듯이 입구에 커다란 동백나무가 자라고 있다.

문 옆에 걸린 나무 문패는 거무칙칙해졌지만, 자세히 보면 희미하게나마 '아메미야'라는 글씨가 있다. 가볍게 썼지만, 붓글씨 필체가 절묘하다. 양쪽 다 선대가 남긴 글씨다.

아메미야가는 에도시대부터 내려온 전통 있는 대필가 집안이다.

옛날에는 서사(書士)라고 했던 직업으로 지체 높은 사람이나 영주님의 대필을 생업으로 해온 것 같다. 당연하지만 달필이 첫 번째 조건으로, 예전에는 가마쿠라 막부에도 세 명의 우수한 서사가 존재했다.

에도시대에는 영주님의 성에서 일하는 여자 서사가 탄생했다고 한다. 그 성에서 일했던 서사 중 한 사람이 아메미야가의 선조다.

그 후 아메미야가는 가업으로 여성이 대대로 대필을 이어왔다. 십 대째가 선대이고, 그 뒤를 이어받아 어쩌다 보니 내가 십일 대째가 됐다.

참고로 선대란 혈연관계로 보면 내 할머니다. 하지만 할머니라고 제대로 부른 적은 한 번도 없다. 선대는 대필을 해서 홀몸으로 나를 키웠다.

다만 옛날과는 달리 요즘 시대에 대필가는 축의금 봉투에 이름을 쓰거나, 기념비에 새길 글을 쓰거나, 명명서나 간판, 사훈을 쓰는 것이 주요 업무 내용이 됐다.

선대도 의뢰가 들어오면 노인 클럽 게이트볼 우승자에게 주는 상장이나 일식집 메뉴판, 이웃집 아들이 취업 활동에 쓸 이력서 등 글씨를 쓰는 일이라면 무엇이든 다 했다. 간단히 말해서 글씨 만물상 같은 것이다. 표면상으로는 마을 문구점에 지나지 않는다.

나는 마지막으로 문총(文家, 시문 등의 원고를 묻어서 세운 무덤—옮긴이) 앞에 새 물을 떠다 놓았다.

단순한 돌이라고 생각하기 쉽지만, 아메미야가에서는 불상보다 소중한 것. 요컨대 편지 무덤이다. 지금은 문총을 둘러싸듯이 범부채가 흐드러지게 피었다.

이상으로 아침 일은 끝이다.

앞으로 츠바키 문구점을 여는 9시 반까지는 잠시 자유 시간이다. 바바라 부인의 집에 가서 아침을 먹고 휴식 시간을 함께하기로 했다.

돌이켜보면 지난 반년 동안 나름대로 필사적으로 살았다. 선대가 세상을 떠난 뒤 대략의 잔무는 스시코 아주머니가 처리해주었지만, 스시코 아주머니가 결정할 수 없는 골치 아픈 일도 몇 가지 남아서, 내가 외국에서 방랑하는 동안 잡일이 산처럼 쌓여 있었다. 나는 냄비 바닥에 눌어붙은 검댕을 벗겨내는 심경으로 조금씩이긴 하지만, 착착 그 일들을 해결했다. 검댕은 주로 유산과 권리에 관한 것이었다.

이십 대인 내가 보기에도 정말로 한심했다. 하지만 선대가 어린 시절에 양녀로 아메미야가에 온 탓에 여러 가지로 복잡한 사정을 안고 있었다. 차라리 전부 똘똘 뭉쳐서 쓰레기통에 휙 처넣어버리고 싶은 충동이 들었지만, 그로 인해 득의양양한 미소를 지을 어른들이 있다고 생각하니, 막판에 묘한 오기가 고개를 치켜들었다.

게다가 만약 내가 모든 것을 포기한다면 이 집은 당장 헐려서 맨션이나 주차장이 되어버린다. 그러면 내가 제일 좋아하는 동백 나무도 잘린다.

어린 시절부터 좋아했던 이 나무만큼은 어떡하든 내 손으로 지키고 싶었다.

그날 오후, 초인종 소리에 벌떡 일어났다.

어느새 잠이 들었던 모양이다. 지면에 똑똑 떨어지는 빗소리는 최고의 자장가이다. 최근 며칠 내내 점심때가 지나면 꼭 비가 온다.

나는 9시 반에 츠바키 문구점을 연 뒤, 손님이 드는 상태를 보면서 안쪽 부엌에서 점심을 먹는 것이 일과다. 아침은 따뜻한 차나 약간의 과일 정도로 때워서 점심때는 비교적 든든하게 먹는다.

오늘은 손님이 별로 없어서 안쪽 소파에 누워 있다가 깜박 잠이 들었다. 잠시 눈만 붙일 생각이었는데 그대로 깊이 잠든 것 같다. 반년이 지나 이곳 생활에도 익숙해지고, 긴장감이 풀린 탓인지 요즘 들어 이상하게 잠이 쏟아진다.

"실례합니다."

다시 여자의 목소리가 들려서 후다닥 일어나 가게 쪽으로 달려갔다.

어딘지 모르게 귀에 익은 목소리라고 생각했지만, 얼굴을 보고서야 알았다. 근처 생선 가게 우오후쿠 아주머니다.

"어머나, 포포!"

내 얼굴을 보자마자 우오후쿠 아주머니의 눈동자가 반짝거렸다.

"언제 온 거야?"

여전히 시원스러운 목소리로 아주머니가 물었다. 아주머니의 손에는 대량의 엽서가 들려 있다.

"올 1월에요."

내가 대답하자, 아주머니가 긴 치맛자락을 들어 올리고 한쪽 다리를 뒤로 교차했다. 애교와 장난기 넘치는 인사였다. 맞아, 맞아. 우오후쿠 아주머니는 전부터 이런 사람이었지, 하고 나는 반갑게 떠올렸다.

선대의 심부름으로 내가 저녁 반찬을 사러 가면, 사탕이며 초콜릿, 과자를 입에 넣어주던 우오후쿠 아주머니였다. 선대가 그런 걸 금지하는 걸 알고, 굳이 일부러 챙겨준 것이다. 어린 나는 곧잘 이런 사람이 내 엄마였으면 얼마나 행복할까, 하는 단꿈을 꾸었다.

그나저나 이웃에 사는데 어째서 반년 동안이나 만나지 못했을까, 그것이 좀 마음에 걸렸다. 그때 아주머니가 웃는 얼굴로 말했다.

"친정 엄마가 아파서 한동안 규슈에 가 있었어. 그래서 서로 엇갈려 만나질 못했네. 그렇지만 건강해 보여서 참 좋다! 포포, 어떻게 지낼까 하고 아빠하고 종종 얘기했었는데."

우오후쿠 아주머니가 말하는 아빠란 그녀의 남편이다. 남편은 몇 년 전에 중병을 앓아 세상을 떠났다. 내가 워킹 홀리데이로 캐나다에 있을 때 스시코 아주머니가 메일로 알려주었다.

"잘됐네. 해마다 우리 서중(暑中) 안부 엽서를 기대하는 사람이 많은데. 올해는 어떡하나 걱정하던 참에 츠바키 문구점이 다시 문을 열었다는 소문이 들리더라고. 진짜인가 하고 보러 왔더니 정말이네, 좋아라!"

시원스런 목소리로 그렇게 말하면서 우오후쿠 아주머니가 엽서 다발을 내밀었다. 여름용으로 발매된 관제엽서였다.

우오후쿠 아주머니도 절대 글씨를 못 쓰지 않는다. 둥실둥실 하늘을 나는 듯한, 예쁜 날개옷 같은 글씨를 쓴다. 그런데도 아주머니는 해마다 츠바키 문구점에 대필을 의뢰한다. 서로 선대부터 교류하던 사이니까, 하는 것이 유일한 이유다.

"늘 하던 대로 부탁할게."

"알겠습니다."

이것으로 상담 성립.

아주머니는 선 채로 한바탕 수다를 떨다가 돌아갔다.

늘 두르는 꽃무늬 앞치마며, 복숭아뼈까지 오는 하얀 양말이며, 앞머리에 꽂은 큰 핀이며, 모든 것이 반가웠다. 지금은 우오후쿠를 아들 부부에게 맡기고 자신은 손자 보는 걸 즐긴다고 한다. 아주머니에게는 자식이 세 명 있는데, 모두 아들이어서 어린 나를 딸처럼 귀여워해주었을지도 모른다.

달력을 넘기고 분홍색 형광펜으로 올해 처서와 입추에 표시를 했다. 처서까지는 장마 안부, 입추까지는 서중 안부, 그걸 지나면 늦더위 안부다. 내게는 오랜만에 들어온 큼직한 대필 의뢰이다.

졸음을 깨우려고 세수를 한 뒤 얼른 준비에 들어갔다.

먼저 오랫동안 사용해온 물고기 모양 스탬프로 뒷면에 의장을 완성했다. 단순한 작업이어서 가게를 보면서도 할 수 있었다. 벌써 몇 년째, 아니 몇 십 년째 우오후쿠의 서중 안부 엽서를 맡고 있다. 내용은 간단하지만, 숫자가 많은 만큼 무시할 수 없다. 해마다 사용한 다양한 도구는 선대가 모두 상자에 분류해두었다. 이미 오랜 거래처여서 일일이 내용을 확인하지 않아도, 쿵 하면 짝 하는 호흡으로 우오후쿠다운 서중 안부 엽서를 완성할 수 있다.

다만 문제는 앞면이다. 앞면은 한 장 한 장 모두 달라서 작업이 단순하지 않다.

배가 고프면 붓을 드는 손에도 힘이 들어가지 않으므로 가게 문을 닫은 뒤, 일단 저녁을 먹으러 갔다.

저녁은 거의 외식이다. 당연히 엥겔지수가 높지만, 도저히 혼자 먹으려고 음식을 만들 마음이 들지 않았다. 다행히 관광지로도 유명한 가마쿠라에는 음식점이 많아서 선택이 난감한 일은 없다.

올해 처음으로 중화 냉면을 만끽한 뒤, 산책 삼아 가마쿠라궁으로 향했다. 여자 혼자 걷는 데는 익숙했지만, 그래도 가마쿠라의 밤길은 상당히 어둡다. 특히 산 쪽은 가로등이 적어서 아직 8시 전인데 캄캄했다.

무서움을 떨치려고 일부러 게다(일본식 나막신—옮긴이) 끝을 바닥에 비비듯이 하며 걸었다. 비는 저녁 무렵에 그쳤다. 하지만 언제 쏴아 하고 쏟아져도 이상하지 않을 구름의 움직임이다.

가마쿠라 막부를 탄생시킨 미나모토노 요리토모를 모신 신사가 쓰루가오카하치만궁이라면, 가마쿠라궁은 가마쿠라 막부를 끝낸 모리나가 친왕을 기리는 신사다. 신사 뒤편에는 모리나가 친왕이 갇혔던 지하 감옥이 지금도 남아 있고, 돈을 내면 안에까지 가볼 수 있다. 그런 이유로 쓰루가오카하치만궁과 가마쿠라궁 양쪽 신사에서 모두 참배하는 게 왠지 찜찜하다. 그렇지만 한쪽만 편애할 수도 없어서 결국은 언제나처럼 합장을 했다. 계단을 다 올라간 끝에서는 거대한 사자 머리가 조명을 받고 있었다.

집에 돌아와서 샤워를 하고 몸을 깨끗이 한 뒤, 평소 벽장 한 모퉁이에 넣어둔 문구 상자를 들고 와서 천천히 뚜껑을 열었다. 선대에게 선물받은 오동나무 문구 상자에는 붓펜과 만년필 등 대필 관련 도구가 모두 들어 있다.

문구 상자 뚜껑에는 자개로 비둘기가 새겨져 있다. 선대가 교토의 장인에게 주문해서 만든 특별 제작품이지만, 보석을 박아 넣은 비둘기의 눈은 빠지고, 꼬리털도 셀로판테이프로 아무렇게나 붙여져 있다. 내게 끔찍한 과거를 떠올리게 하는 증거품이다.

잊지도 않았다. 내가 제일 먼저 배운 말은 이로하 노래(히라가나 47자로 만들어진 글자 연습 노래—옮긴이)다. '이, 로, 하, 니, 호, 헤'로 시작해서 마지막의 '응'까지 확실하게 외운 것이 한 살 반 때였다. 그리고 그것을 히라가나로 쓸 수 있게 된 것이 세 살, 가타카나로도 쓰게 된 것이 네 살 중반 때였다고 기억한다. 선대가 열심히 주입한 결과다.

처음 붓을 든 것은 여섯 살 때였다. 여섯 살의 6월 6일, 나는 태어나서 처음으로 내 전용 붓을 들었다. 내 배냇머리로 만든 붓이었다.

지금도 그날 일은 선명하게 기억한다.

급식을 먹고 학교에서 돌아오니 선대가 새 양말을 준비해놓고 기다리고 있었다. 딱 한 군데 발목 옆에 토끼 그림이 있는 평범한 긴 양말이었다. 그걸로 갈아 신으니, 선대가 천천히 말했다.

"하토코, 여기 앉아라."

여느 때와 달리 근엄한 표정이었다.

선대의 지시 아래, 좌탁에 깔개를 깔고 반지(半紙, 붓글씨를 연습하는 얇고 흰 일본 종이—옮긴이)를 올리고 문진으로 눌렀다. 그 일련의 작업을 선대의 모습을 흉내 내면서 내 손으로 했다. 눈앞에 벼루, 묵, 붓, 종이가 가지런하게 놓였다. 이것이 문방사우라고 불리는 것이다.

선대의 설명을 들으면서 나는 초조한 마음을 필사적으로 억눌렀다. 흥분해선지 그때는 발이 저린 것조차 느끼지 못했다.

드디어 먹을 갈 때가 왔다. 연적의 물을 벼루에 부었다. 그토록 바라던 먹 갈기였다. 내심 서늘한 먹의 감촉에 가슴이 설렜다. 줄곧 해보고 싶었다.

그때까지 선대는 자신의 도구에 절대 손을 대지 못하게 했다. 붓으로 겨드랑이를 간질이며 놀다가 들킨 날에는 바로 창고에 가두었다. 때로는 밥을 주지 않은 적도 있다. 하지만 가까이 가면 안 된다고 주의를 들으면 들을수록 가까이 가고 싶고, 만지고 싶은 마음이 마구 솟구쳤다.

그중에서 내 마음을 노예로 삼은 것이 먹이었다. 그 검은 덩어리를 입에 넣으면 어떤 맛이 날까. 아마 초콜릿보다도, 사탕보다도 더 근사한 맛이 날 게 분명해. 나는 확신에 차서 그렇게 생각했다. 선대가 먹을 갈 때 흘러나오는 그 은은한, 뭐라고 표현할 수 없는 비밀스러운 향이 미치도록 좋았다.

그래서 내게 여섯 살 6월 6일은 기다리고 기다리던 서도(書道) 데뷔를 한 날이다. 하지만 그토록 동경한 먹을 손에 들었는데 도

무지 제대로 갈리지 않아서 선대는 사정없이 호통쳤다.

물에서 갈아서 바다에 모으는 지극히 간단한 동작이 여섯 살 아이에게는 만만하지 않았다. 빨리 갈아야지 하고 먹을 비스듬히 들면 선대는 바로 손을 때렸다. 먹을 입에 넣고 맛을 확인할 여유 따위 없었다.

그날은 반지에 ○만 계속 썼다. 히라가나의 '노の'를 잇따라 쓸 수 있도록 하염없이 나선을 연습했다. 선대가 오른손을 잡아주면 그렇게 쉽게 쓰이는데, 나 혼자는 선이 이리 왔다 저리 갔다 미아가 되기 일쑤이고, 굵기도 지렁이가 됐다가 뱀이 됐다가, 때로는 배가 잔뜩 부른 악어가 됐다가, 도무지 안정되지 않았다.

붓을 눕히지 말고 똑바로 세워.

팔꿈치를 들어.

곁눈 팔지 마.

몸은 정면을 향하고.

호흡을 똑바로 해.

모든 것을 동시에 하려고 하면 할수록 내 몸은 불안정하게 기울고, 호흡은 흐트러지고, 동작이 어색해진다. 눈앞의 반지에 펼쳐진 것은 일그러진 ○였다. 같은 것을 반복하니 점점 지겹기도 했다. 어쨌거나 당시의 나는 아직 여섯 살이었으니.

그 결과, 내게 여섯 살 6월 6일은 서도를 시작한 빛나는 날이 되지 못했다. 그래도 나는 선대의 기대에 부응하려고 그 후에도 열심히 연습을 되풀이했다.

오른쪽으로 도는 나선을 고른 굵기로 단숨에 그릴 수 있게 되자, 이번에는 왼쪽으로 도는 동그라미를 똑같이 연습했다.

평일에는 저녁을 먹고 나면 글씨 연습 시간이었다. 2학년 때까지는 한 시간, 4학년 때까지는 한 시간 반, 6학년 때까지는 두 시간, 선대가 옆에 붙어 앉아서 지도했다.

왼쪽으로 도는 나선은 처음에는 어디를 쓰는지 알 수 없었지만, 그것도 점점 고른 크기와 굵기로 술술 그릴 수 있게 됐다.

히라가나는 곡선의 연속이다. 선대는 이 훈련이야말로 아름다운 글씨를 쓰기 위한 기본 중의 기본이라고 생각했다.

실력이 늘어서 나는 드디어 눈을 감고도 예쁜 선을 술술 끊이지 않고 그릴 수 있게 됐다.

○ 연습을 졸업하자, 이번에는 '이로하니호헤토'의 히라가나를 한 글자씩 완벽하게 쓸 수 있을 때까지 특훈을 했다. 나는 나름대로 이미지를 그리면서 습득했다.

'이(い)'는 친한 친구끼리 들판에 앉아 마주 보며 즐겁게 수다를 떨듯이.

'로(ろ)'는 호수 위에 뜬 우아한 백조의 모습을.

'하(は)'는 비행기가 활주로에 착지하듯이 쓰기 시작해서, 그

다음은 다시 넓은 하늘로 날아올라 공중에서 아크로바트 쇼를 펼친다.

처음에는 선대가 써준 견본에 덧쓰며 모서(謀書)를 하고, 다음에 견본을 보면서 임서(臨書)를 하고, 마지막에는 견본을 보지 않고도 똑같이 쓸 수 있게 암서(暗書)를 한다. 선대에게 합격점을 받으면 그제야 다음 히라가나로 넘어갈 수 있었다.

문자 하나하나마다 배경이 있고, 과정이 있다. 그걸 이해하는 것은 초등학생인 내게 어려운 작업이었지만, 때로는 어원이 된 한자를 앎으로써 각각의 가나(한자의 일부를 따서 만든 일본 문자—옮긴이)를 형태로 익혔다.

이때 견본으로 삼은 것이 현존하는 최고(最古)의 고킨슈 사본인 《고야기레 제3종》이다. 아름다운 것을 보는 것만으로도 글씨가 는다고 해서 나는 이 책을 그림책 대신 날마다 보았다.

기노 쓰라유키(헤이안 시대의 가인—옮긴이)가 썼다고 하는 글씨는 뭐라고 쓰여 있는지 내용은 전혀 이해할 수 없어도, 뭔가 요염하고 아름다웠다. 내게는 흘림 글씨 하나하나가 주니히토에(헤이안 시대 궁중 여성이나 상류층 여성의 정장으로 적게는 8겹에서 많게는 20겹까지 입었다고 한다—옮긴이)를 한 장씩 벗는 것처럼 느껴졌다.

히라가나와 가타카나 50음을 각각 자유자재로 쓰기까지 이 년쯤 걸렸을까. 내가 본격적으로 한자 연습에 들어간 것은 초등학교

3학년 여름방학부터였다.

긴 방학이 시작되자 선대의 열의는 더욱 불타올랐다. 나는 친구와 수영장에 가거나 빙수를 사 먹을 여유도 없었다. 그래서 자신 있게 친하다고 말할 수 있는 친구도 생기지 않았다. 반에서는 어둡고 눈에 띄지 않는, 존재감 없는 아이였다.

한자로 제일 먼저 연습한 글씨는 '永(영)'이다. 이어서 '春夏秋冬(춘하추동)', '雨宮鳩子(아메미야 하토코)'라는 내 이름을 잘 쓸 때까지 연습을 되풀이했다.

글자 수가 한정된 히라가나나 가타카나와 달리 한자에는 끝이 없었다. 마치 목적지 없이 하염없이 이어지는 여행 같다. 심지어 해서(楷書), 행서(行書), 초서(草書)가 있다. 거기에 따라서 필순도 달라지니 외우는 일은 끝이 없었다.

이렇게 초등학생 시절에는 오로지 습자 수련으로 하루해를 보냈다.

돌아보니 그 시절의 내게는 즐거운 추억 따위 하나도 없었다. 하루 쉬면 사흘을 고생해야 한다는 말을 귀에 못이 박이게 들어서, 수련회나 수학여행 때조차 붓펜을 가져가서 선생님 몰래 연습을 했다. 그게 당연하다고 믿었다.

당시를 떠올리면서 자세를 바로하고 먹을 갈기 시작했다.

이제 벼루에서 물이 넘치는 일은 없다. 먹을 눕혀서 가는 버릇도 없어졌다.

먹을 가는 작업에는 진정 효과가 있다고 한다. 나는 오랜만에 의식이 엷어지는 듯한 기분 좋은 감각을 온몸으로 맛보았다.

졸린 것은 아니다. 자신의 의식이 어딘가 깊고 어둡고 끝없는 곳으로, 천천히 등을 돌리고 빠져들어가는 것이다. 앞으로 한 걸음 더 가면 황홀의 경지에 이를 것 같았다.

먹의 짙기를 확인하느라 시험 글씨를 써본 뒤 관제엽서에 받는 사람 이름을 썼다.

상대방 이름을 틀리지 않도록 쓰는 것이 편지 작법 중 선대에게 가장 먼저 배운 것이다.

주소는 편지의 얼굴이라고, 선대는 누누이 말했다. 그러므로 더욱 정중하고 아름답게, 알아보기 쉽게 써야 한다.

상대방 이름이 엽서 한가운데 오도록 한 장씩 미묘하게 쓰는 위치를 조정하면서 각각의 주소를 써나갔다.

선대는 아름다운 글씨에 철저히 집착해서 죽을 때까지 정진을 거듭한 사람이다. 그러나 한편으로 독선에 빠지는 것은 항상 경계했다.

아무리 달필이라 해도 말이야, 아무도 읽지 못하는 글씨는 너무 멋을 부려서 되레 촌스러워지는 것과 마찬가지야.

이것이 선대가 입버릇처럼 한 말이었다. 아무리 아름다운 글씨를 써도 상대에게 전달되지 않으면 의미가 없다는 것이다. 그래서 선대가 초서체를 연습하는 일은 있어도 실제로 대필에 쓰는 일은 거의 없었다.

명확한 의사 전달이 가장 중요하며, 대필가는 서도가와 다르다는 것을 어릴 때부터 귀에 못이 박이도록 들었다. 그래서 나도 선대의 가르침을 따라 주소는 특히 더 알아보기 쉽게, 어떤 집배원도 읽을 수 있도록 또박또박 해서로 쓰도록 신경 쓴다.

또 숫자는 틀림이 없도록 아라비아숫자로 통일하는 것이 선대의 관례였다.

나는 거의 일주일에 걸쳐 우오후쿠 아주머니에게 의뢰받은 서중 안부 엽서를 완성했다. 다행히 잘못 쓴 엽서는 한 장도 없었다.

그런 일을 하는 동안 6월도 얼마 남지 않았다. 올해 장마는 짧아서 곧 끝날 것 같은 기미다.

해마다 6월 30일에는 하치만궁에서 '오하라에'라는 액막이 의식이 열린다.

오후에 조금 일찍 집을 나서서 이리저리 구경도 하며 하치만궁으로 향했다. 츠바키 문구점은 토요일 오후와 일요일, 공휴일은 휴일이어서 부담 없이 외출했다.

새로운 오하라이상을 얻기 위해서다.

오하라이상이란 흔히 가마쿠라에서 현관 앞에 달아놓는 것으로, 금줄 양쪽 끝을 연결하여 동그란 모양으로 만든 장식물이다. 그것을 새것으로 바꾸는 것이 일 년에 두 번 있는 오하라에 때다.

6월 30일에 열리는 여름 오하라에 때 나누어주는 오하라이상에는 물색 종이가, 12월 31일에 나누어주는 오하라이상에는 빨간색 종이가 달려 있다. 츠바키 문구점에는 아직 일 년 전의 낡은 오하라이상이 그대로 걸려 있었다.

신앙심은 깊지 않지만, 오하라이상을 거는 풍습만은 지키고 싶었다. 선대도 일 년에 두 번 있는 이 오하라에는 아무리 일이 바빠도 꼭 참석했다.

바로 3천 엔의 공양을 내고 새 오하라이상을 받았다. 시간도 딱 좋아서 그대로 액막이 의식에 참가했다.

지노와(사람이 통과할 수 있을 정도로 커다란 원 모양으로 만든 고리―옮긴이)를 지나가는 순간, 계절이 확연히 여름이 된 것을 느꼈다. 하늘이 반짝반짝 빛나고 파란색이 한층 진해진 것 같았다.

가마쿠라의 일 년은 여름부터 시작된다고 나는 생각한다. 지노와 너머 아득히 먼 상공에 솔개 두 마리가 위엄 있게 날았다.

몸으로 숫자 '8'을 쓰듯이 지노와를 세 번 통과한 뒤 마지막으로 무녀에게 신주(神酒)를 받아 한 모금 머금으니, 마음의 매듭이 부드럽게 풀렸다. 하늘의 파란색이 점점 짙어졌다. 내가 파란 하늘에 감싸인 듯한 기분이 들었다.

갈지자걸음으로 붕붕 뜬 채 집에 돌아와서, 얼른 현관에 새 오하라이상을 달았다. 드디어 기분도 새롭게 여름을 맞이할 수 있다.

주위에 아무도 없어서 나지막하게 축하해, 하고 속삭였다. 내 목소리가 들렸는지 어쨌는지 모르겠지만, 그 순간 남풍이 부드럽게 지나가고 물색 종이가 기분 좋게 춤을 추었다.

여름이 온 것을 증명하듯이 다음 날부터 매미가 울기 시작했다.

어제만 해도 울지 않았는데 달력이 7월로 넘어가는 순간, 울기 시작하다니 신기하다. 올해는 장마도 일찍 끝나고, 그야말로 본격적인 여름이 찾아왔다.

다만 여름에는 츠바키 문구점이 개점휴업 상태다. 츠바키 문구점뿐만 아니라 가마쿠라 자체에 사람이 별로 오지 않는다. 역 주변은 흥청거려도 대부분 바다를 찾아 유이가하마나 자이모쿠자 쪽으로 가기 때문이다.

수국으로 유명한 절인 기타가마쿠라의 메이게쓰인도 7월이 되면 꽃을 잘라버려서 관광 명소 자체가 적어진다. 게다가 가마쿠라의 여름은 엄청나게 더워서 관광할 마음도 들지 않을 것이다.

가게 쪽이 한가해서 집 안에 틀어박혀 뒷정리에 열을 올렸다. 스시코 아주머니가 정리를 해주었지만, 그래도 아직 선대가 남긴 물건들이 집 여기저기에 많이 있다.

값어치가 있는 거라면 골동품상을 불러서 넘기겠지만, 선대의 유품에 역사적인 가치는 없다. 대부분은 별것 아닌 종이 쓰레기다. 그중에는 내가 쓴 것으로 보이는 붓글씨 종이까지 나왔다. 그런 것을 모조리 모아서 쓰레기봉투를 채웠다. 어쩌다 츠바키 문구점에 손님이 왔을 때는 가게 앞에 있는 방울을 흔들면 안에까지 들리도록 장치를 해놓았다.

문구점 영업시간은 아침 9시 반부터 해 질 때까지여서, 이제 슬슬 문을 닫을까 생각했던 저녁 무렵의 일이다.

조심스럽게 방울 소리가 울렸다.

총총걸음으로 가게에 가자, 육십 대 후반으로 보이는 전형적인 가마쿠라 마담이 서 있었다. 면식은 없는 사람이었다.

감색 바탕에 흰색 물방울무늬의 초롱소매 원피스가 작은 몸을 감쌌다. 들고 있는 양산도 원피스와 같은 물방울무늬였다. 머리에는 꽃 코르사주가 달린 우아한 밀짚모자를 쓰고, 손에는 하얀 레이스 장갑을 꼈다. 온몸이 칼피스(CALPIS) 무늬다.

어서 오세요, 하고 인사를 하자, 마담 칼피스는 느닷없이 말했다.

"스나다 씨네 곤노스케 군이 오늘 아침 세상을 떠났대요."

어쩌면 대필 의뢰일지도 모른다. 문구를 사러 온 손님이 아니라는 것은 어딘지 모르게 분위기로 전해졌다. 이런 면에서 나의 감은 선대와 마찬가지로 예리하다.

츠바키 문구점은 그 이름이 가리키는 대로 문구를 파는 작은 가게지만, 대필 간판은 걸어두지 않았다. 그런데도 이웃이나 단골손님이 이따금 대필 일을 의뢰하러 온다.

"곤노스케 군요?"

그 이름도, 스나다라는 성도 짐작 가는 사람이 없다.

"어머나, 몰라요? 이 일대에서는 유명한데."

"죄송합니다."

왠지 얘기가 길어질 것 같은 예감이 들었다. 타이밍을 보아, 마담 칼피스에게 동그란 의자를 권했다. 그녀가 조금 다리를 끌면서 이동하여 의자에 가볍게 걸터앉았다.

냉장고에서 차가운 보리차를 한 컵 따라서 쟁반에 받쳐 마담 앞에 가만히 내밀었다.

"심장에 지병이 있다는 얘기는 전부터 들었는데."

마담 칼피스가 얘기를 재개했다.

"요즘 갑자기 더워져서 체력을 보존하지 못했나 봐요. 내일 쓰야(장례식 전날 하는 밤샘—옮긴이)를 하고 모레 화장을 한대요."

"그렇군요."

아직 상황도 파악하지 못하고 적당히 맞장구를 쳤다. 이웃에서 장례식이 있다는 소문은 내 귀에 들어오지 않는다.

"그런데 다리가 이 모양이어서요. 달려가고 싶은 마음은 굴뚝 같지만. 조문을 갈 수 없으니 조의금이나마 보낼까 하고."

자세히 보니, 마담 칼피스는 왼쪽 발목에 붕대를 감고 있다. 그래서 아까 가게 안을 이동할 때 다리를 끌며 걸었을지도 모른다.

"네."

나는 모호한 목소리로 맞장구를 쳤다.

"조의금과 같이 보낼 조문 편지를 급히 써주었으면 해요."

"알겠습니다."

나는 상대의 손 움직임을 멍하니 보면서 짧게 대답했다.

대필을 부탁하러 온 손님의 얼굴은 빤히 쳐다보지 말라고, 언젠가 선대가 가르쳐주었다. 분명 제각기 사정을 안고 있을 것이다. 그 후 대필 의뢰 손님의 이야기를 들을 때는 눈을 빤히 보는 게 아니라 무심히 손을 본다. 마담 칼피스의 팔은 볕에 보기 좋게 그을렸고, 의외로 근육질에 뼈가 굵었다.

"스나다 씨 부인이 얼마나 슬퍼하고 있을지 생각하면 말이죠."

마담 칼피스는 그렇게 말하고 땀인지 눈물인지 모르겠지만, 손수건을 꺼내 얼굴 일부를 조심스레 닦았다. 손수건도 역시 원피스와 같은 물방울무늬다.

"곤노스케 군과의 추억을 좀 들려주시겠어요?"

내가 묻자, 마담은 양손으로 보리차 컵을 들고 단숨에 마셨다.

벌써 저녁 6시가 지났는데 온도계 눈금은 아직 30도에 머물러 있다. 조문 편지를 쓰려면 조금이라도 곤노스케 군에 관해 알아두어야 한다.

"아주 똑똑한 도령이었죠."

마담 칼피스는 자랑하듯이 말했다.

"스나다 씨네, 자녀가 없었잖아요. 그래서 남편과 의논해서 곤노스케 군을 입양한 것 같아요. 친척들은 반대했다고 하지만."

"그렇다면 곤노스케 군은 스나다 씨 부부의 양자인가요? 아니면 수양아들처럼 돌봐주신 건가요?"

그렇다면 힘들게 맺은 인연인데 끊겨서 스나다 씨는 얼마나 슬플까.

"그럴지도 모르지만……."

마담 칼피스가 미묘한 뉘앙스로 말을 흐렸다. 그리고 자신의 휴대전화를 꺼내 조작하더니

"여기 있네요. 곤노스케 군이에요."

곤노스케 군을 모르는 것을 넌지시 나무라는 듯한 말투로 초점이 조금 엇나간 사진을 보여주었다.

처음에는 무엇이 찍혀 있는지 알 수 없었지만 사람이 아닌 것만은 확실했다.

"원숭이, 인가요?"

자신 없이 묻자, 마담은 끄덕이면서 휴대전화를 탁 하고 닫았다.

"주인이 세상을 떠나 시설에 살고 있는 것을 스나다 씨 부인이 발견했대요."

마담은 말하면서 가방 속에서 조의금 봉투를 꺼내 책상에 놓았다. 조의금 봉투에는 쪽지가 붙어 있고, 거기에 마담의 이름을 써놓았다.

"미안하지만, 되도록 빨리 부탁해요."

"네, 알겠습니다."

"수수료는 나중에 갖고 올게요. 청구서를 준비해줘요."

그렇게 말하고 마담 칼피스는 양산을 지팡이 삼아 몸을 의지하면서 츠바키 문구점을 뒤로했다. 마담의 발걸음은 올 때보다 조금 가벼워졌다.

가게를 닫고 바로 일에 들어갔다.

조문 편지는 지켜야 할 게 많아서 선대가 남긴 비전서를 펼쳐놓고 일단 흐름을 확인했다.

나는 크게 심호흡을 한 뒤 먹을 갈기 시작했다.

조문 편지를 쓸 때 먹은 평소와 반대 방향인 왼쪽으로 돌며 가는 것이 원칙이다.

평소에는 대부분 오른쪽으로 돌며 갈아서 반대 방향으로 가는 게 묘하게 어려웠다. 그래도 너무 많이 갈지 않도록 주의하며 연지의 물을 끌어와서 먹을 갈았다. 이 경우, 먹물 색을 너무 진하지 않게 해야 한다.

그리고 조문 편지를 쓸 때 주의 사항은 '자주, 다시, 거듭, 되풀이해서' 같은 불경스러운 단어를 쓰면 안 된다는 것이다. 또한 죽음이 거듭해서 찾아오는 것을 꺼린다는 의미로 추신도 달지 않는다. 이름 옆에 호칭도 붙이지 않고 맺음말 역시 쓰지 않아도 된다.

나는 조용히 붓을 들었다.

눈물샘을 자석 삼아 온 세상의 슬픔이란 슬픔을 모두 빨아들였다. 그 속에는 어린 시절 길렀던 금붕어가 죽었을 때의 슬픔과 스시코 아주머니가 세상을 떠났을 때의 슬픔도 포함됐다.

곤노스케 군의 갑작스러운 부음에

그저 망연히 하늘만 올려다보았습니다.

너무나 슬픕니다.

병으로 요양 중이라는 말은 들었습니다만

설마 이렇게 빨리 천국으로 여행을 떠나다니요.

믿을 수 없는 마음입니다.

생각해보면 곤노스케 군은

아름다운 눈동자와 차분한 마음으로

언제나 다정하게 대해주었습니다.

진심으로 곤노스케 군의 명복을 빕니다.

슬픔은 절대 가시지 않겠지만

부디 마음을 굳게 가지시길 바랍니다.

당장 찾아뵙고 싶지만

공교롭게 다리 상태가 좋지 않아서

우선 약소하지만

조의금을 동봉합니다.

부디 영전에 공양해주십시오.

간략하게나마 서신으로

애도 드립니다.01

조문 편지는 평소보다 훨씬 연한 색의 먹으로 쓴다.

먹색을 옅게 하는 것은 슬픈 나머지 벼루에 눈물이 떨어져 옅어졌다는 의미다. 쓰는 동안, 뇌리에 몇 번이고 마담 칼피스의 모습이 되살아났다. 극히 한순간이지만, 내 손과 마담 칼피스의 손이 포개져 함께 붓을 받치고 있는 듯한 기분이 들었다.

하얀 두루마리 종이에 연한 먹색으로 쓴 다음에 평소와 달리 글씨가 바깥으로 나오도록 반대로 종이를 만다. 보통 일반 편지는 두 겹으로 된 봉투를 사용하지만, 조문의 경우에는 불행이 두 번 겹치지 않도록 한 겹짜리를 사용한다. 물론 봉투도 편지지와 같은 흰색이다. 장례식에 갈 때 화장이나 액세서리를 화려하게 하지 않는 것과 마찬가지다.

봉투 중앙에 연한 먹물로 수신인을 쓰고 다 마른 뒤에, 완성된 조문 편지를 넣어서 선대와 스시코 아주머니 불단의 특등석에 세워두었다. 소중한 편지를 더럽히지 않기 위해서다. 다만 아직 봉투는 봉하지 않은 상태다. 설령 아무리 형식적인 내용이어도 봉하는 것은 아침으로 정해져 있다. 푹 자고 난 뒤, 쓴 내용을 냉정한 머리로 다시 읽기 위해서다.

밤에 쓰는 편지에는 요물이 꼈다고, 생전에 선대가 종종 말했다. 선대는 그래서 해가 진 뒤에는 대필을 별로 하지 않았는지도 모른다.

한바탕 일을 끝내고 나니 시곗바늘은 이제 곧 9시가 되려 하고 있었다. 낮에는 그렇게 시끄러웠던 매미들도 과연 밤이 되니 울음을 그쳐서, 주위에는 정적만 가득하다. 마치 산속 비경에라도 있는 듯한 고요함이다. 그래도 아직 푹푹 찐다.

가볍게 식사를 하려고 지갑만 들고 밖으로 나왔다. 가마쿠라는 아침이 이른 만큼 밤에도 꽤 일찍 문을 닫지만, 개중에는 늦게까지 문을 열어놓는 가게도 몇 군데 있다. 집중해서 조문 편지를 쓴 탓인지 정신이 말짱해서 알코올이라도 마시지 않으면 잠이 오지 않을 것 같았다.

역 근처에 있는 와인 바에 들어가서 예쁜 색의 로제 와인으로 헌배했다. 곤노스케 군의 명복을 빌면서 흰색 강낭콩과 피스타치오 파테를 안주로 먹었다. 조문 편지를 쓰는 것은 처음이어서 무사히 일을 마친 데 안도했는지 평소보다 취기가 빨리 돌았다. 가마쿠라궁으로 가는 마지막 버스를 놓치지 않으려고 10시 반에 가게를 나왔다.

다음 날 아침 한 번 더, 한 글자 한 글자를 핥듯이 다시 읽었다. 오자나 탈자, 실례되는 표현이 없는지 꼼꼼히 확인했다. 정중하게 풀을 발라서 봉하고, 마지막에 '몽(夢)'이라고 써서 봉인을 완성했다.

조의금과 조문 편지를 우체국 등기로 발송했다. 물론 조의금 봉투에는 마담 칼피스의 이름을 잊지 않고 써넣었다.

그 주말 아침, 정원에서 빨래를 널고 있는데 바바라 부인의 목소리가 들렸다.

"아침 먹으러 가지 않겠어?"

"좋아요."

오늘은 일요일이어서 츠바키 문구점은 휴일이다.

별로 할 일이 없어서 근처 절에서 열리는 참선 모임에 참가할까 했지만, 아침부터 햇빛이 너무 쨍쨍해서 빨래를 너는 것만으로 힘이 풀렸다. 기분 전환 삼아 오랜만에 밖에서 아침을 먹는 것도 괜찮을지 모른다.

"어디로 갈까요?"

바바라 부인에게 소리가 잘 들리도록 조금 톤을 높였다.

수국 울타리 너머에서 바바라 부인이 신중하게 루주를 바르고
있다. 연일 이어지는 더위에 수국은 완전히 지쳤다. 시든 수국만
큼 초라한 모습도 없지만, 아무리 바바라 부인과 친해도 남의 집
에 핀 수국을 멋대로 자를 수는 없다.

"준비 다 되면 불러줘."

내가 마지막 브래지어를 널자, 우아하게 분홍색 루주를 바른 바
바라 부인이 말했다.

외출 준비에 시간이 걸리는 것은 늘 바바라 부인 쪽이지만, 굳
이 말하지 않았다. 바바라 부인은 또 거울 앞에서 위아래 입술을
포개고 음빠, 음빠를 되풀이했다.

미리 약속하지 않아도 그 자리의 분위기로 가볍게 외출할 수 있
는 것이 이웃사촌의 장점이다. 솔직히 내가 어릴 때는 그런 교류
가 없었다. 선대와 바바라 부인이 친하게 지낸 기억도, 반대로 사
이가 나빴던 기억도 없다. 고작 마을 회람판을 전달하는 정도의
사이였다.

하지만 내가 가마쿠라를 떠났다가 어른이 되어 다시 돌아온 뒤
로, 묘하게 죽이 잘 맞아서 친하게 지내게 됐다. 바바라 부인과는

적당한 거리의 편한 관계를 유지하고 있다.

아침 8시가 지났을 무렵, 자전거 뒤에 바바라 부인을 태우고 출발했다. 고령의 바바라 부인을 짐칸에 태우고 달리기는 부담스럽지만, 바바라 부인은 운동신경도 좋고 내 허리를 꽉 잡고 있다. 자전거에 옆으로 앉은 바바라 부인은 어딘가 여학생 같은 풋풋한 분위기가 난다.

아직 사람이 적은 고마치 거리를 상쾌하게 달릴 때였다.

"오늘은 날씨가 좋으니까 가든 하우스에 가는 게 어떨까?"

바바라 부인이 제안했다. 나도 속으로 그렇게 바라고 있었다.

역 뒤편으로 가기 위해 건널목을 지나 선로를 건넜다. 요코스카선의 선로 변에는 흰 꽃이 훌륭할 정도로 흐드러지게 피었다. 이 풍경을 볼 때마다 여름이 왔구나, 하는 걸 실감한다.

이마코지로 나와 레스토랑 가든 하우스로 향했다.

가든 하우스는 슈퍼마켓 기노쿠니야의 모퉁이를 돌아 스타벅스 바로 앞에 있다. 이 계절, 저 너머에 펼쳐진 한가로운 정경의 산을 바라보면서 정원 테라스 자리에서 하는 식사는 즐겁다.

나는 토스트 바바라 부인은 그래놀라 세트를 주문해서 이런저런 수다를 떨며 천천히 먹었다. 대부분 어디에 새 가게가 생겼다거나, 어디 레스토랑은 지점을 낸 뒤로 맛이 떨어졌다거나, 커피숍 점장이 아르바이트 여자아이에게 성추행을 했다더라는 동네

에 관한 정보뿐이다. 시시한 화제로 신나게 떠들다 보면 눈 깜짝
할 사이에 시간이 지나간다.

식후 커피를 다 마시고 나니 벌써 11시 가까이 됐다. 바바라 부
인이 애용하는 등나무 바구니에서 새 아이폰을 꺼냈다.

"아이폰 새로 샀어요?"

나는 아이폰을 찬찬히 보면서 물었다.

"남자아이가 줬어. 이게 있으면 언제라도 연락을 취할 수 있다
고."

아이폰 대기 화면 사진은 바바라 부인과 연하의 보이프렌드 중
한 명이었다. 바바라 부인에게는 남자아이여도 나한테는 한참 할
아버지다.

그건 그렇고 바바라 부인에게는 대체 남자 친구가 몇 명이나 있
을까. 나는 부러웠다. 인기 많은 바바라 부인은 언제나 데이트 신
청을 받기에 바쁘다.

그러는 동안 바바라 부인에게 전화가 왔다. 여보세요, 하고 전
화 받는 소리에 이미 관능이 넘친다. 바바라 부인은 이렇게 무의
식중에 상대에게 마법을 건다. 옆에서 듣고 있는 나까지 연애를
하는 듯 들떴다.

통화를 끝낸 바바라 부인이 웃긴다는 듯이 어깨를 으쓱였다.

"아유, 못살아. 저기 스타벅스에 있대. 빨리 보고 싶어서 약속

시각보다 먼저 와서 기다린다지 뭐야. 귀가 밝았으면 아까 한 얘기, 다 들었을지도 모르겠네."

혀를 날름 내밀면서 바바라 부인은 목소리를 낮추었다. 그리고 그렇게 말하면서도 서둘러 콤팩트를 꺼내 재빨리 루주를 다시 발랐다.

담 하나를 사이에 둔 스타벅스 오나리마치점은 만화가 요코야마 류이치 씨의 저택을 그대로 사용하고 있다. 작은 수영장을 둘러싸듯이 벚나무와 등나무도 남아 있다. 나도 혼자 독서를 즐기고 싶을 때 곧잘 이웃 스타벅스를 이용한다. 오래 있어도 점원이 싫은 얼굴을 하지 않기 때문에 편하다.

바바라 부인의 오늘 데이트는 하야마 쪽으로 드라이브를 가서 미술관 등을 둘러본 다음 저녁으로 튀김을 먹고 돌아오는 코스 같다. 내게도 같이 가자고 말해주었지만, 자전거도 있고 아무리 생각해도 방해가 될 것 같아서 정중하게 거절했다.

그럼 나중에 봐, 하고 바바라 부인은 발랄한 발걸음으로 나갔다. 전표에 바바라 부인이 먹은 그래놀라 세트 가격 550엔을 정확히 올려놓았다. 이웃과의 교류를 원활하게 하는 요령은 더치페이라고, 나는 은근히 생각한다.

슬슬 관광객의 모습이 눈에 띄기 시작해서 나도 자리에서 일어났다.

가마쿠라 주민인가 아닌가는 한눈에 바로 안다. 본격적인 여름을 맞이한 가마쿠라에는 바다에 가기 위해 도쿄에서 온 노출이 심한 젊은이들이 한꺼번에 늘어났다.

아이들 여름방학이 시작되면 그러잖아도 한가한 츠바키 문구점이 더 한가해진다. 선대도 한가함을 견디다 못해 가게 앞에 책상을 늘어놓고 서예 교실을 연 적이 있지만, 이내 무서운 선생님에게 주눅이 들어 아무도 오지 않았다.

사실 츠바키 문구점의 물건이 너무 평범하긴 하다.

공책, 지우개, 컴퍼스, 자, 매직펜, 풀, 연필, 가위, 압핀, 고무줄, 편지지, 봉투. 하나같이 전형적인 문구만 진열되어 있다.

물론 기본은 중요하지만, 팬시 용품이 압도적으로 부족하다. 결과적으로 색채도 부족하다. 뭐랄까, 좀 더 근처 초등학생·중학생뿐만 아니라 나와 같은 세대의 젊은 여자에게도 호감을 살 만한 멋스럽고 아기자기한 문구를 진열하고 싶긴 한데, 행동으로 옮기지 못하는 것이 현 상황이다.

샤프펜슬이 없는 것도 타격이다. 가게에 샤프펜슬을 두지 않는 것은 선대가 굳게 지켜온 집착이다.

선대 왈, 필기도구로는 연필이 어울린다고.

아이들이 샤프펜슬로 글씨를 쓰는 것은 당치 않은 일이라고, 샤프펜슬을 사러 오면 눈초리를 올리고 설교했다. 샤프펜슬을 샤프라고 줄여 부르는 것 자체가 이미 선대의 역린을 거슬렀다.

그 대신 잘 팔리지는 않지만, 작은 문구점인 데 비해 연필 종류는 많았다. 연필은 B에 붙는 숫자에 따라 진하기가 정해져, 숫자가 크면 클수록 연필심 색이 진하고 부드럽다. 잘 팔리는 것은 HB나 2B 같은 딱딱한 심의 연필이지만, 그중에는 10B라는 규격 외의 상품도 있다. 10B는 심의 지름이 보통의 두 배에 이르고, 한 자루에 400엔이나 하는 고급품으로 붓연필이라고도 한다.

너무 더워서 뒷정리할 엄두도 나지 않아, 가게를 보면서 붓연필로 히라가나 연습을 했다.

집 안에 유일하게 있던 에어컨이 고장 나서 이웃 전파상에 보여주었더니 이제 고칠 부품도 없고, 수리는 불가능하다고 했다.

그 탓에 집 안이 푹푹 찌는 한증막 상태다. 츠바키 문구점에만 유일하게 천장 근처 벽에 선풍기가 달려 있어서, 결과적으로 그곳에서 한 걸음도 움직일 수 없다. 그래서 최근에는 날이면 날마다 턱을 괴고 가게를 지키고 있다.

이로하니오에토치리누루오와가요타(아름다운 꽃도 언젠가는 져버리거늘 우리 사는 세상 누⋯, 문자 학습용으로 많이 사용되는 이로하 노래—옮긴이)까지 썼을 때 붓연필을 든 채 꾸벅꾸벅 졸았던 모양이다. 에어컨이 고장 났는데도 자꾸 졸려서 미칠 것 같았다. 졸음이 오는 것은 더위를 이기기 위한 방어 본능이라는 말을 들은 적이 있어서 밀려오는 수마를 그대로 방치했다.

문득 눈을 떴다가 어떤 여자아이와 시선이 마주쳐서 깜짝 놀랐다.

순간, 드디어 출몰했구나 하고 마음의 준비를 했다. 자랑은 아니지만, 가마쿠라에는 도깨비에 관한 목격담이 끊이지 않는다. 그것도 내가 사는 곳에서는 특히 잦다. 가마쿠라는 예전에 격렬한 전쟁이 거듭된 곳이어서, 사람을 죽이거나 일족을 없앤 흔적이 여기저기 있다. 요컨대 가마쿠라는 심령 출몰의 명소다.

하지만 어쩐지 도깨비는 아닌 것 같다. 어딘지 낯이 익은 여자아이였다. 누군지는 생각나지 않았다. 완벽한 단발머리여서 고케시(일본 전통의 목각 인형—옮긴이) 같아 보였다.

"아줌마, 글씨 잘 쓰네요."

초등학생한테는 이십 대 후반인 나도 충분히 아줌마일 것이다. 특히 오늘은 입을 옷이 없어서 선대가 생전에 자주 입던 민소매 옷을 꺼내 입고 있어서 더 나이 들어 보일지도 모른다.

"뭐 찾는 거 있니?"

그렇게 물은 뒤 샤프펜슬이라면 여기 없단다, 라고 덧붙이려고 했지만 혀가 잘 돌아가지 않았다. 아직 수마가 몸 구석구석까지 남아 있다.

고케시가 무뚝뚝한 표정으로 손에 든 부채를 귀찮은 듯이 파닥 파닥 부쳤다. 내게도 조금이지만 바람이 왔다. 그 바람이 기분 좋아서 다시 몸이 노곤해질 것 같았다.

"아줌마는 편지를 써준다면서요?"

나를 노려보는 듯한 표정으로 고케시가 말했다. 당연히 문구를 사러 왔을 거라고 생각했다. 아무리 그래도 초등학생에게 대필 의뢰를 받아본 적은 없다.

"부탁해요, 써주세요!"

고케시는 태도를 바꾸어 이번에는 아양을 떠는 시선으로 내게 호소했다.

"그렇지만……."

나는 우물거렸다.

"돈은 꼭 낼게요."

그런 문제가 아니다.

"누구한테 쓰고 싶어? 자세히 말해줄래?"

그저 이야기만이라도 들어주려고 물었더니

"선생님."

고케시는 마지못해 입을 움직였다.

"선생님한테 왜 편지를 쓰고 싶은 거야?"

잇따른 질문에 말하고 싶지 않아요, 하고 뾰루퉁한 표정으로 고개를 숙였다.

츠바키 문구점에서는 대필 의뢰 손님에게 일단 차 같은 음료를
내놓는다. 나는 고케시를 가게에 남긴 채 집 안으로 들어가서 냉
장고에서 유자 사이다를 갖고 왔다. 고치 현에 사는 남자 친구가
바바라 부인에게 보내준 추석 선물을 얻은 것이다.

"자."

뚜껑을 따서 유자 사이다를 고케시 앞에 내밀었다. 내 몫도 가
져왔다. 너무 더워서 땀이 등에 폭포처럼 흘렀다. 참을 수 없어서
단숨에 마셨더니, 차가운 거품이 입속에서 작은 물고기처럼 파닥
파닥 뛰었다. 삼키고 나자, 몸속에 차가운 터널이 지나갔다.

"레터."

고케시가 무겁게 입을 열었다.

"레터?"

잘 알아듣지 못해서 되물었다.

"편지 말이야?"

고케시가 이번에는 고개를 끄덕끄덕 세로로 움직였다.

"어떤?"

엉킨 실타래를 푸는 기분으로 나는 초조해하지 않고 고케시에
게 자세한 얘기를 들으려고 했다. 그러자 고케시가 또 짧게 대답
했다.

"고이."

고이(鯉, 잉어), 고이(来い, 와라), 고이(乞い, 원하다), 고이(故意, 고의)?

그렇지만 역시 맞는 한자는 '고이(恋, 사랑)' 한 글자뿐이다.

"그러니까 선생님한테 연애편지를 쓰고 싶다는 말?"

나는 신중하게 단어를 고르면서 고케시에게 확인했다.

고케시가 그제야 유자 사이다 병을 입으로 가져갔다. 마시기 시작하니 멈출 수 없었는지 단숨에 다 마셨다. 자세히 보니, 고케시 입 주위에는 희미하게 솜털이 나 있다. 고케시는 유자 향이 나는 달콤한 입김으로 술술 얘기했다.

"내 글씨로 쓰면 애가 쓴 걸 들키잖아요. 마음을 전하기만 하면 돼요. 할머니가 가르쳐주었어요. 여기 사는 할머니가 편지를 잘 써준다고."

할머니라는 말에 기분이 좀 상했지만, 이내 선대를 가리키는 말이라는 걸 깨달았다. 그 말인즉슨, 고케시의 할머니가 예전에 선대에게 대필을 의뢰했다는 것일까.

"덕분에 할머니는 할아버지랑 결혼했대요. 그러니까 부탁해요!"

고케시는 그 자리에서 넙죽 엎드리듯이 머리를 숙였다. 갑자기 이런 부탁을 하니 어떻게 해야 좋을지 알 수 없었다.

"생각 좀 해봐도 될까?"

나는 고케시에게 최대한 성의를 표시했다.

그렇게 간단히 받아들일 일은 아니다. 눈앞의 고케시는 아마 초등학교 고학년일 것이다. 완전히 어른은 아니지만, 어린이라고 단언할 수도 없다. 그런 아이가 선생님에게 러브레터를 써서 무슨 문제나 사건이라도 일어난다면…….

그렇게 생각하니 당장 판단할 수가 없었다. 이럴 때야말로 신중하게 진행해야 한다.

"사이다, 잘 마셨습니다!"

그렇게 말하고 벌떡 일어나더니 고케시는 츠바키 문구점을 나갔다. 폴짝폴짝 뛰어가는 뒷모습을 묵묵히 지켜보았다.

여름색 짙은 노을이 바깥 골목길을 오렌지색으로 빈틈없이 물들였다.

마담 칼피스가 나타난 것은 그날 저녁이었다.

가게를 닫고, 나는 바바라 부인이 불러서 소면을 얻어먹고 있었다. 그날은 데이트 약속이 직전에 취소됐는지 드물게 바바라 부인이 저녁인데 집에 있었다. 문구점 쪽에서 소리가 나서 보러 갔더니, 동백나무 아래 몸집이 자그마한 여성이 서 있었다.

골프웨어를 입고 있어서 처음에는 마담 칼피스인지 몰랐지만, 신고 있는 양말 무늬로 그녀가 요전에 온 마담 칼피스라는 걸 알아차렸다. 골프를 하다니, 이제 다리 다친 곳은 아프지 않은가 궁금했지만 묻지는 않았다.

"안녕하세요."

뒤에서 인사를 하자, 마담 칼피스는 놀란 듯이 돌아보았다. 골목에 새빨간 BMW가 서 있었다. 자외선 차단 크림 탓인지 희미한 어둠 속에서 얼굴만 허옇게 떠올랐다.

"요전의 대필비를 내려고 들렀어요."

이미 폐점 시간이 한참 지났지만, 일부러 들러준 걸 생각하면 그리 업무적으로 대할 수는 없다. 나는 서둘러 뒤뜰로 돌아 집 안으로 들어가서 가게 문을 열었다.

마담 칼피스를 안으로 들이자

"요전에는 정말 도움이 됐어요. 고마워요. 스나다 씨 부인이 일부러 고맙다고 전화까지 해주었어요. 참 좋은 조문 편지였다고 울먹이는 목소리로 내게 감사 인사를 하더라고요."

그녀는 들뜬 목소리로 말했다.

"아, 다행이네요."

자신의 대필이 누군가에게 도움이 됐다는 사실이 기뻤다.

"그래, 청구서는 준비됐어요?"

네, 하고 대답하고 서랍에 넣어둔 청구서를 꺼내 건넸다.

"여기 있습니다."

"어머나."

봉투에서 청구서를 꺼내 펼친 순간, 마담 칼피스가 깜짝 놀랐다. 너무 비싸다고 따지는 건 아닌가 마음의 준비를 하고 있는데

"이렇게 싸도 돼요?"

마담 칼피스가 불쑥 말했다. 그리고 근사한 가죽 지갑에서 1만 엔짜리를 우아하게 꺼냈다.

"거스름돈은 주지 않아도 돼요."

아무것도 아닌 것처럼 말했다. 지폐는 방금 막 찍은 듯한 신권이었다.

내가 당황하자

"이런 생활을 하는 것도요, 당신 어머니 덕분이에요."

무슨 말인지 모르겠다. 내게 어머니라고 불릴 만한 존재는 없다. 어리둥절해하고 있으니

"항상 여기 계시던 분. 당신 어머니죠?"

이번에는 마담 칼피스 쪽이 어리둥절해했다. 나는 그제야 알아차리고 말했다.

"그분은 선대인데, 제 할머니세요."

나 자신도 인생의 도중까지는 선대를 엄마라고 착각했을 정도이니 모르는 사람이 있는 것도 당연하다.

"그분이 말이죠, 남편의 마음을 사로잡는 러브레터를 써주어서 우리 결혼했어요."

마담 칼피스의 말에 어떻게 대답해야 할지 모르고 있으니

"어머나, 몰랐어요?"

되레 그녀 쪽이 의아하다는 표정을 지었다.

"그래서 저희 문구점에서 대필한다는 걸 아셨군요."

그제야 수수께끼가 풀린 기분이었다.

"맞아요, 그 당시는 고쓰보에 살았는데 여기까지 사람들 눈을 피해 잘도 왔죠. 당신 어머니, 아니 할머니, 쇼난에서는 유명한 분이었으니까. 감사 인사도 하지 못하고 오랫동안 오지 못했는데, 스나다 씨네 곤노스케 군의 부음을 들었을 때 혹시, 하고 생각나더라고요. 그래서 와보니 아직 대필을 하고 있어서 깜짝 놀랐어요. 게다가 젊은 아가씨가 훌륭하게 조문 편지를 써주고. 그래서 그 얘기를 손녀에게 했더니, 그새 츠바키 문구점에 다녀왔다고 해서 어찌나 놀랐는지."

그런 것이었나. 그래서 오늘 오후, 가게에 온 고케시를 보았을 때 낯익은 느낌이 들었구나.

"거기 할머니가 없었더라면 너도 없었을 거야, 그랬더니 흥미가 생겼던가 봐요. 버릇없이 굴었다면 사과할게요."

그때 밖에서 클랙슨 소리가 들렸다. 마담 칼피스 차 뒤에 택배 경트럭이 서 있었다.

"이런, 수다가 길어졌네. 미안해요. 이제 그만 가볼게요."

마담 칼피스는 한쪽 다리를 절지도 않고 시원스럽게 츠바키 문구점을 나가서 운전석에 올라탔다. 인사를 하자마자 급발진으로 그 자리를 떠났다. 그곳에는 깊은 밤만이 남아 있었다.

언젠가 나는 선대에게 대든 적이 있다. 고등학교 1학년 때였다.

"이런 건 사기야! 전부 엉터리잖아, 거짓말투성이라고."

그때까지 나는 온순하게 선대의 가르침을 지키고 따랐다. 그랬던 나의 첫 저항이었다.

"사기라고 생각되면 사기라고 생각해. 하지만 편지를 쓰고 싶어도 못 쓰는 사람이 있어. 대필가는 옛날부터 가게무샤(적을 속이기 위해 대장으로 가장시킨 무사─옮긴이) 같은 것이어서 절대 양지는 보지 않아. 그렇지만 누군가의 행복에 도움이 되고, 감사를 받는 일이야."

선대는 그렇게 말하고, 선물로 들어온 과자를 예로 들어 나를 설득했다.

"알겠냐, 하토코."

선대는 내 눈을 지그시 보고 말했다.

"이를테면 누군가에게 감사의 마음을 전하기 위해 과자 선물을 들고 간다고 치자. 그럴 때 대부분은 자기가 맛있다고 생각하는 가게의 과자를 들고 가지? 개중에는 과자 만들기가 특기여서 직접 만든 것을 들고 가는 사람도 있을 테고. 하지만 그렇다고 해서 가게에서 산 과자에는 정성이 담겨 있지 않다고 할 수 있겠냐?"

선대가 물었지만, 나는 묵묵히 다음 말을 기다릴 수밖에 없었다.

"그렇지? 자기가 직접 만든 것이 아니어도, 제과점에서 열심히 골라 산 과자에도 마음은 담겨 있어. 대필도 마찬가지야. 자기 마음을 술술 잘 표현할 줄 아는 사람은 문제없지만, 그렇지 못한 사람을 위해 대필을 하는 거야. 그편이 더 마음이 잘 전해지기 때문에. 네가 하는 말도 모르는 건 아니지만, 그렇게 생각하면 세상이 좁아져. 옛날부터 떡은 떡집에서, 라고 하지 않니. 편지를 대필해주길 바라는 사람이 있는 한, 우리는 대필업을 계속해나간다, 단지 그것뿐이야."

선대가 선대 나름대로 열심히 무언가 소중한 것을 전하고자 한다는 걸 느꼈다. 속속들이 이해할 수는 없어도 대충 중요한 사항은 내게도 전해졌다.

무엇보다 제과점을 예로 들어서 알아듣기 쉬웠다. 대필가란 동네 제과점 같은 존재구나, 하고 어렴풋이나마 이해했다.

문득 얼굴을 들다가 불단에 놓인 영정과 눈이 마주쳤다.

선대와 스시코 아주머니가 나란히 나를 보고 있다. 난감한 듯한 표정을 짓는 사람이 선대, 맛있는 것을 먹고 난 뒤 같은 표정으로 빙그레 웃는 사람이 스시코 아주머니다. 일란성 쌍둥이로 태어난 두 사람이지만, 성격은 대조적이었다.

선대가 돌도 되기 전에 아메미야가로 입양되어, 두 사람이 같이 놀거나 밥을 먹거나 사이좋게 목욕하는 일은 없었다고 한다. 그 일에 관해서 선대의 입은 무거웠고, 평소에는 수다스러운 스시코 아주머니조차 별로 많은 얘기를 하고 싶어 하지 않았다.

두 사람의 교류가 재개된 것은 내가 중학생이 된 뒤부터다. 내게는 항상 엄격했던 선대도 스시코 아주머니가 오면 태도가 완전히 바뀌었다. 그녀가 오면 초밥이며 피자를 먹을 수 있어서, 나는 쌍수 들고 스시코 아주머니를 환영했다.

스시코 아주머니가 집에서 자는 날에는 밤의 붓글씨 연습을 면제받는 것도 기뻤다. 그때만큼은 텔레비전도 허락된다. 스시코 아주머니는 매번 대량의 과자를 선물로 들고 와서, 그걸 먹으며 단란한 식후를 보내는 것이 즐거웠다.

두 사람은 지금 선대가 직접 준비한 영대공양묘(생전에 절에 일정한 돈을 내면 묘를 준비하고 사후 공양까지 해준다—옮긴이)에 사이좋게 들어가 있다. 먼저 떠난 선대가 스시코 아주머니를 기다리는 형태가 됐다.

생전에 두 사람이 약속한 일이다. 같은 엄마 뱃속에서 지내놓고, 태어나자마자 생이별하여 함께 보낸 시간이 적었다. 그래서 죽은 뒤에는 같이 있고 싶었을 터다.

"포포!"

바바라 부인의 목소리가 들린다.

"네에."

"소면 마저 먹어야지."

"지금 갈게요!"

굳이 전화를 걸지 않아도 평소보다 조금 큰 목소리로 부르기만 하면 대화가 되니, 얼마나 편리한가.

나는 부랴부랴 냉장고에서 복숭아를 꺼냈다. 바바라 부인과 함께 먹으려고 며칠 전 이웃 과일 가게에서 사둔 것이다. 가마쿠라에 친한 친구가 없는 내게 바바라 부인은 유일하게 친구라고 부를 수 있는 사람이다.

복숭아는 딱 적당히 익어서 달콤한 향기를 뿌렸다.

사실 내게는 부끄러운 과거가 있다. 누구에게나 지우고 싶은 과거 한두 가지는 있겠지만, 나의 그것도 상당히 세다.

선대에게 어쩌다 말대꾸를 하는 일은 있었지만, 본격적으로 반란을 일으킨 것은 고등학교 2학년 여름이었다. 뒤늦게 반항기가 찾아왔다. 그때까지 선대는 젓가락을 들고 내리는 법부터 말투, 행동거지 하나까지 세심하게 지도했다. 그리고 나도 최대한 노력해서 맞추었다. 하지만 어느 날 뚝 하고 인내심의 끈이 끊어졌다.

"시끄럽네, 빌어먹을 할망구, 닥쳐!"

지금까지는 마음속으로만 외쳤던 욕이 정신을 차려보니 내 입에서 나오고 있었다. 나도 그 행동과 말에 놀랐지만, 한번 소리로 나온 말을 혀 속으로 되돌릴 수는 없었다.

"당신 인생을 나한테 강요하지 말라고!"

나는 들고 있던 붓을 힘껏 다다미 바닥에 패대기치면서 소리 질렀다. 내 배냇머리로 만들었다고 하는 기념 붓이다.

"요즘 세상에 무슨 대필이야. 웃기지 마."

이번에는 바로 옆에 있던 문구 상자를 발꿈치로 힘껏 밟아버렸다. 그 바람에 비둘기 조각이 부서졌다.

동급생들은 바다로 산으로 놀러 갔다. 비교적 친했던 평범한 아이들조차 1박2일로 디즈니랜드에 간다고 들떴다. 그중에는 내가 은근히 호감을 품었던 미술부 남학생도 있었다. 나도 권유를 받긴 했지만, 당연히 거절할 수밖에 없었다.

그러나 어째서 나만 이 더운 날씨에 글씨 연습을 해야 하는지 냉정하게 생각한 것이다. 태어날 때부터 꿈틀거렸던 분노와 의문이 마그마처럼 단숨에 분출했다. 이제 스스로도 걷잡을 수 없었다.

나는 그대로 집을 나가 자전거를 타고 역 앞 패스트푸드점으로 달려갔다. 그리고 햄버거를 들자마자 난폭하게 먹었다. 거의 씹지도 않고 단숨에 콜라로 흘려 내렸다. 선대의 명령을 지키느라, 패스트푸드도 콜라도 태어나서 한 번도 먹은 적이 없었다.

그것을 시작으로 나는 눈에 띄게 불량소녀가 되어갔다. 스커트 허리를 한껏 접어 올리고, 루스 삭스를 신고, 머리를 노랗게 물들이고, 귓불에 피어싱 구멍을 뚫었다. 구두 뒤축은 항상 구겨 신어서 불량스러움을 강조하고, 손톱에는 화려하게 매니큐어를 칠했다. 당시는 간구로(머리칼을 금발 또는 주황색으로 탈색하고 피부를 검게 하는 스타일—옮긴이) 전성기였다.

수수하고 눈에 띄지 않던 그늘진 존재인 내가 느닷없이 돌변한 것이다. 반 친구나 주위 사람들이 대놓고 놀란 것도 무리가 아니었다. 나는 그때까지의 이미지를 백팔십도 바꾸어서 간구로의 길로 냅다 치달렸다.

그 일로 선대와 붙어서 싸운 것도 한두 번 있었던 소동이 아니다. 때로는 선대를 밀치기도 하고, 선대의 팔에 손톱자국을 내며 저항하기도 했다. 내 인생 최초의 레지스탕스였다. 정의로운 항의 행동이었다.

하여간 그 시절에는 내 청춘을 빼앗은 선대에게 어떤 형태로든 보복을 해야만 성이 풀렸다. 동시에 잃어버린 청춘을 다시 한 번 시작하고 싶었다. 내가 좋아하는 옷을 입고, 좋아하는 화장을 하고, 좋아하는 것을 먹고 싶었다.

불량스러워진 나는 누구와도 어울리지 않고, 한 마리의 늑대 행세를 했다. 그런 나를 동급생들은 호기심 어린 시선으로 먼발치서 보고 있었을 것이다. 지금 생각하면 부끄러울 따름이지만, 당시에는 그런 부끄러움을 깨달을 여유조차 없었다.

고등학교를 졸업하고 디자인 전문학교에 들어가면서 나는 간구로 생활을 졸업했다.

그래서 지금은 간구로 시절의 나를 아는 사람을 만나는 것이 몹시 부끄럽다. 가능하면 알아도 내게 말을 걸지 않고 내버려두었으면 좋겠다.

가마쿠라에서 불꽃놀이가 있던 다음 날, 또 대필 일이 들어왔다.

의뢰받은 일은 지인들에게 이혼 보고를 하는 편지였다.

결혼 보고라면 이미지를 떠올리기 쉽지만, 이혼이라니 한참 생각해야 했다. 선대의 대필 비전서에도 이혼 보고 편지에 관한 주의 사항은 적혀 있지 않았다. 그렇다면 스스로 길을 개척할 수밖에 없다.

내용이 너무 감상적이어도 좋지 않고, 그렇다고 너무 사무적이어도 좋지 않다. 의뢰인인 전남편 얘기로는 화려하게 결혼식을 올린 직후, 하객들에게 정중하게 감사 편지를 보냈다고 한다. 참고로 부부에게 자식은 없다. 이혼 원인은 전처에게 좋아하는 사람이 생겨서라고.

"그런데 일방적으로 아내를 나쁜 사람으로 만들고 싶지 않습니다."

츠바키 문구점에 찾아온 전남편은 탄산수를 조금씩 마시면서 조용히 얘기했다.

"그럼 이혼에 이르게 된 경위는 편지에 자세히 쓰도록 할까요? 아니면 그 부분은 생략할까요?"

중요한 일이어서 전남편에게 확인했다. 전남편은 음, 하고 신음을 흘리며 고개를 숙인 채 입을 다물었다. 아마 성격 차이라는 흔한 말로 포장하는 것도 가능할 것이다. 하지만

"써주십시오."

남편은 용기 있는 판단을 내렸다.

"써주십시오. 그러나 그 전에 우리가 행복한 결혼 생활을 보냈다는 사실도 꼭 써주었으면 합니다."

꽤 시간이 흐른 뒤, 남편이 잠긴 목소리로 부탁했다.

나는 그에게 아내와의 가장 좋았던 추억을 물었다.

이야기를 듣는 동안 공책에 요점을 메모하면서 나도 모르게 울먹였다.

그렇게 멋진 시간을 쌓아왔는데 아주 잠깐 일어난 인생의 장난 때문에 평생 함께하기로 맹세했을 부부가 어이없이 이혼했다. 결혼도 이혼도 경험한 적 없는 내게는 무언가 신기한 세계였다. 나는 아직 죽을 때까지 함께하고 싶다고 생각한 사람을 만나지 못했다.

마지막으로 전남편은 내 눈을 바라보며 힘주어 말했다.

"끝이 좋으면 다 좋다고 하지 않습니까. 이 편지가 그런 역할을 했으면 좋겠습니다. 그런데 저는 감정이 북받쳐서 쓸 수가 없습니다. 부디 잘 부탁합니다."

메일로도 간단히 할 수 있는 이혼 보고를 군이 정식 편지로 전하려는 걸 보니 아주 예의 바른 사람 같다.

전남편은 39세, 전부인은 42세, 결혼 십오 년째에 맞은 이별이었다.

일단 컴퓨터에 편지를 써서 내용을 음미했다.

간단한 편지는 바로 종이에 써서 임장감(臨場感)이 나게 하지만, 이런 편지는 단어를 선택하고 문장을 다듬을 필요가 있다. 선대도 컴퓨터를 사용하지는 않았지만 원고지에 밑글을 썼다.

중요한 것은 부부를 따스하게 지켜봐주었던 주위 사람들에게 감사의 마음을 전하는 것이다. 그리고 그 마음이 절대 헛되지 않았다는 걸 이해시키는 것이다. 결과적으로는 부부로서 해로하지 못한 데 진심을 다해 사과하는 것. 그렇지만 앞으로 각자의 길을 걸어갈 두 사람의 인생을 응원해주길 바란다고 솔직하게 상대에게 전하는 것.

동시에 편지 내용뿐만 아니라 편지지나 봉투, 필기도구도 꼼꼼히 따지고 싶었다.

개인에게 보내는 보통 편지라면 두루마리 종이에 붓으로 세로 쓰기를 하는 것이 기본이다. 하지만 이번에는 결혼식 안내와 마찬가지로 백 명이 넘는 사람들에게 일제히 보낸다. 붓으로 써서 복사하는 방법도 있겠지만, 복사한 편지를 보내는 것도 받는 쪽의 기분을 생각하면 성의가 없고 실례일 것 같다.

편지는 자신의 생각을 정확하게 전달함과 동시에 상대가 그것을 받아 들었을 때 기분이 상하지 않도록 하는 것도 중요하다.

갈등 끝에 이번에는 손글씨가 아니라 활자로 쓰기로 했다. 편지를 보내는 사람이 두 사람인 것을 생각하면 그편이 두 사람의 목소리로 성실하게 전해질지 모른다. 부드러운 느낌의 글씨체를 고르면 활자이긴 해도 세심한 마음이 전해질 것이다. 예의를 다하는 분위기이면서도 내용은 어디까지나 정서적이고 부드러운 문장으로 쓰고 싶었다.

전남편과 여러 번 대화를 주고받은 끝에 편지가 완성됐다. 이미 새 애인과 오키나와에서 살고 있다는 전부인은 한 번도 츠바키 문구점에 나타나지 않았다. 다만 두 사람의 이름을 나란히 쓰는 이상, 내용 확인이 필요해서 전남편이 창구가 되어 두 사람의 의견을 통일해주었다.

그것을 인쇄소에 부탁해서 글자를 찍었다. 전남편이 돈이 들더라도 인상에 남는 성의 있는 편지를 보내고 싶다고 해서, 활판(活版)으로 정중하게 문자를 다듬어 두 사람의 마음을 전하기로 했다. 다만 너무 세련돼도 이혼이라는 현실을 즐기는 듯이 보일 수 있으므로 적절한 선에서 배려가 필요하다.

활판 인쇄는 옛날부터 내려오는 인쇄 기술을 이용하여, 활자판이라고 하는 한 개 한 개의 문자를 조합해서 인쇄한다. 지금은 옵셋 인쇄가 주류가 됐지만, 옛날에는 책 같은 것도 모두 활판 인쇄로 만들었다. 종이 표면에 희미한 문자 요철이 생겨서 수제의 온기를 전할 수 있겠다고 생각해서 만든 결과이다.

가로쓰기로 할지, 세로쓰기로 할지는 마지막까지 망설였다. 하지만 최종적으로는 가로쓰기로 정했다. 세로쓰기로 여는 글, 본문, 닫는 글, 추신을 쓰다 보면 아무래도 형식적인 편지가 된다. 그러나 가로쓰기는 어느 정도 생략할 수 있어서 이혼을 알리는 편지의 취지 중심으로 쓸 수 있다. 옛날과 달리 가로쓰기 편지에 거부감을 느끼는 사람도 적어졌다.

인쇄소에서 온 종이는 뺨을 비비고 싶을 만큼 예뻤다. 코튼 섬유 종이인 크레인을 사용한 편지지에 글씨 한 자 한 자가 얌전하게 줄지어 있었다.

편지가 가로쓰기여서 봉투도 가로로 긴 양각 봉투를 골랐다. 편지지와 마찬가지로 크레인 봉투다. 봉투 내지로는 겨울 밤하늘 같은 짙은 감색의 얇은 종이를 사용해서, 어둠 속에서 별처럼 희망이 느껴졌으면, 하는 바람을 담고자 했다.

거기에 한 사람씩 주소와 이름을 썼다. 결혼식 청첩장용으로 정리해놓은 참석자 일람표가 그대로 이혼 알림 편지에도 쓰이는 결과가 됐다. 다만 조심해야 할 것은 이 중에도 몇 명, 이혼을 해서 성이나 주소가 바뀐 사람이 있다.

받는 사람 이름도 가로쓰기여서 붓이 아니라 만년필로 쓰기로 했다. 잉크는 에르방사의 트래디셔널 잉크로 30색이나 되는 색 중에서 그리뉘아즈(gris nuage)를 골랐다. 프랑스어로 '재색 구름'이라는 뜻이라고 한다.

시험 삼아 코튼 종이에 써보니 잉크색이 너무 연해서 마치 조문 편지 같았다. 잉크색이 진해지도록 밤새 병뚜껑을 열어서 수분을 증발시켰다. 프랑스제 밀폐 용기에 제습제를 넣어두면 더 빨리 증발시킬 수 있다.

수분이 빠져서 진해진 잉크는 코튼 종이와 궁합이 좋아서, 결과적으로는 품위 있고 청초하게 마무리됐다. 재색 잉크로 이쪽의 조심스러운 마음을 표현하고 싶었다. 하지만 절대 슬픈 색은 아니다. 구름 너머에는 분명 파란 하늘이 펼쳐져 있을 것이다.

우표는 마지막까지 좀처럼 정하지 못했다.

봉투 겉면이 얼굴이라면 우표는 얼굴의 인상을 결정하는 루주

같은 것. 루주를 잘못 바르면 얼굴 자체의 인상을 망친다. 고작 우표, 그러나 우표. 우표 고르기는 편지 보내는 사람의 감각을 보여줄 기회다.

경사라고도 조사라고도 할 수 없는 미묘한 편지다. 계절을 조금 앞서간 꽃무늬 우표를 붙이는 것은 상투적인 수단이지만, 그것으로는 너무 평범하다. 두 사람이 오래 살았던 가마쿠라 기념우표도 결과나 내용을 생각하면 밋밋한 느낌이 든다. 선대가 남긴 우표 파일을 꼼꼼히 넘겨보았지만, 이렇다 할 만한 것이 눈에 들어오지 않았다.

주변에는 딱히 감이 오는 게 없어서 인터넷으로 십오 년 전에 발매된 우표를 검색해보았다.

십오 년 전이면 부부로 맺어진 해.

같은 세월을 쌓아온 우표를 붙이는 데 무언가 의미가 있을 것 같았다.

신세를 진 여러분께

가마쿠라의 신록이 한층 생기를 띠는 계절이 됐습니다.

여러분, 그동안 잘 지내셨는지요?

쓰루가오카하치만궁에서 결혼식을 올린 지 십오 년이 지났습니다.

생각해보니 눈 깜짝할 시간이었네요.

그날, 눈처럼 벚꽃이 날리는 가운데 여러분 앞에서 부부가 된 것은 정말로 행운이었습니다.

평일에는 서로 열심히 일하고, 주말에는 바다에 가거나 하이킹을 하며, 진부한 표현이지만 평범한 일상의 행복을 맛보았습니다. 그런 날들을 보내며 서로 이해와 애정을 쌓아왔습니다.

비록 자식은 얻지 못했습니다만, 대신 애견 한나를 자식처럼 사랑하며 지냈습니다.

지금 돌이켜보니 한나와 함께 오키나와 여행을 한 것이 저희 가족에게 가장 소중한 추억이군요.

각설하고, 이번에는 여러분께 유감스러운 소식을 전하게 됐습니다.

7월 말을 기해, 저희는 부부 관계를 정리하고 이혼하기로 했습니다.

이대로 둘이서 함께 지낼 방법이 없을지 서로 충분히 시간을 갖고 얘기를 나누었습니다.

때로는 친한 친구에게 중재를 부탁하기도 하며 행복한 결말을 얻도록 최선의 길을 찾아보았습니다.

하지만 새로운 반려자와 다시 한 번 인생을 후회 없이 살고 싶다는 아내의 뜻은 흔들림이 없어서, 앞으로 각자 다른 길을 걷기로 결론을 내렸습니다.

서로 손잡고 검은 머리가 파뿌리 될 때까지 함께하자는 약속은 이루지 못했지만, 서로의 제2의 인생을 한 걸음 물러난 곳에서 응원하게 됐습니다.

그러니 이것은 두 사람이 행복한 인생을 보내기 위해 내린 용기 있는 결단이구나, 하고 생각해주시길 바랍니다.

지금까지 많은 격려와 사랑을 보내주셔서 정말로 감사합니다.

저희 부부를 따뜻하게 지켜봐주신 여러분에게는 기대를 저버린 결과가 되어 몹시 가슴 아프게 생각합니다.

여러분과의 인연이 얼마나 힘이 되고 위안이 됐는지 모릅니다.

각기 다른 길을 걸어가게 됐습니다만, 여러분과는 앞으로도 각각 인연을 맺고 싶은 것이 공통된 바람이기도 합니다.

언젠가 또 웃는 얼굴로 오늘 이야기를 할 수 있기를.

감사의 마음을 담아서.02

말미에 날짜와 부부였던 두 사람 이름을 나란히 쓰고 끝맺었다.

세로쓰기일 때는 구두점을 생략하지만, 이번에는 가로쓰기여서 비즈니스 문서와 같은 형식으로 했다. 편지지는 전부 두 장이었다. 이것을 한 통씩 정중하게 접어서 봉투에 넣었다.

마지막에는 실링 왁스(sealing wax)로 봉한다. 색은 터키블루다. 터키 이름에 어울리게 선명한 블루다. 편지 내용에 관해서는 거의 의견을 말하지 않았다고 하는 전부인이 이것만큼은 직접 고른 색이었다.

선대가 사용했던 은수저에 담아 알코올램프 위에서 찬찬히 시간을 들여 양초를 녹였다. 이때 달콤한 꿀 같은 향이 나는 것이 이 왁스의 특징이다.

제대로 녹고 나면 양초를 봉투 주둥이 부분에 떨어뜨리고 실링 스탬프를 찍는다. 전부부의 이름에 공통으로 들어간 머리글자 'M'이 새겨진 스탬프다.

신혼여행으로 간 이탈리아의 문구점에서 우연히 발견한 것이라고 한다. 처음 사용하는 곳이 이혼 보고 편지가 되어버린 것은 아이러니하지만, 촉촉이 젖어 보이는 마무리는 그저 아름다울 따름이었다.

한 번 찍고 식힌 뒤 또 누르기를 반복하며 마지막 한 통까지 꼼꼼하게 봉인했다. 스탬프가 제대로 찍히지 않은 것은 일단 식힌 뒤 한 번 더 스푼으로 녹여서 다시 찍었다.

아침에 역 앞 우체국에 가서 부치면 약 한 달을 소비한 긴 작업이 끝난다. 이미 부부의 이혼은 성립했지만, 이 편지를 보내고 나면 이혼이 진짜 현실이 된다.

마지막에 문득 신경이 쓰여 편지 한 통의 무게를 저울로 쟀다. 선대의 선대 때부터 쓴 오래된 저울이다.

요금 미달 종이가 붙은 채 상대에게 배달되는 것만큼 실례도 없다. 정형 우편이라면 25그램까지는 82엔이지만, 그걸 넘으면 10엔짜리 우표를 더 붙여야 한다. 결과는 18그램이었다.

문득 달력을 보니 벌써 8월. 이제 곧 오봉이다.

어느새 본보리 축제(해마다 8월에 삼 일 동안 열리는 가마쿠라의 대표적인 여름 축제—옮긴이)도, 구로지조 엔니치(가쿠온사에서 해마다 8월 10일에 열리는 잿날로, 가쿠온사의 본존인 구로지조가 참배자의 마음과 바람을 죽은 이에게 전해준다고 하는 날. 역시 가마쿠라의 대표적인 여름 축제—옮긴이)도 끝났다. 갑자기 귀마개가 빠진 것처럼 시끄러운 매미 소리가 귓속으로 흘러들었다.

오봉을 포함한 한 주일은 츠바키 문구점의 여름휴가다.

여름휴가 마지막 날, 가마쿠라 역에서 요코스카 선을 타고 도쿄 역으로 향했다. 가마쿠라가 작아도 기본적인 쇼핑을 하는 데는 전혀 곤란하지 않아서 도쿄 나들이는 오랜만이었다.

전남편에게 의뢰받은 이혼 보고 편지는 무사히 여러분에게 도착했다고 한다. 이혼의 직접 원인을 노골적인 표현으로 쓰진 않았지만, 대충 파악한 것 같다.

소원했던 사람에게까지 격려의 연락을 받았다고, 전남편이 전보다 밝은 목소리로 알려주었다. 주위 사람들에게 제대로 보고함으로써 새로운 일보를 내딛을 수 있다면 전남편에게도, 그리고 전처에게도 의미 있는 편지였을지 모른다.

하지만 우표에 관해서는 만전을 기했다고 하기 어렵다. 더 어울리는 그림의 우표가 있지 않았을까, 하고 편지를 보낸 뒤에도 계속 생각났다. 이런 후회를 되풀이하지 않기 위해 우표를 더욱 충실히 챙기고 싶었다.

이번에 이혼을 편지로 알리는 큰일을 해내면서 뭔지 모르게 내 속에 대필가의 자부심 같은 것이 싹텄다.

한때는 선대에 반항하여 대필가라는 운명을 저주하기도 했지만, 결국 내가 할 수 있는 일은 이것뿐이었다. 고등학교를 졸업한 뒤에 전문학교에 들어가 디자인 공부를 한 것도 큰 도움이 됐다. 선대가 세상을 떠나고 모든 것이 싫어져서 해외로 방랑을 떠난 동안에도 나를 구원해준 것은 글씨 쓰기 재능이었다.

돈이 떨어지면 나는 곧잘 한자나 일본어를 동경하는 이국 사람들에게 일본어를 써주었다. 마침 동양 문화가 붐이었다. 외국 젊은이가 한자로 쓴 티셔츠를 자랑스럽게 입고 다니고, 피부에 직접 한자를 문신하는 행위가 유행이었다. 하지만 대부분은 글씨가 틀렸거나, 맞더라도 미묘하게 웃긴 것뿐이었다.

이를테면 '侍(사무라이)'라고 쓰려 한 한자가 '待(기다리다)'가 되기도 하고, 그런 일이 일상다반사였다. 그중에는 아마 '자유'라는 말을 일본어로 표현하고 싶었을 테지만, 성년인 여자가 가슴에

'무료'라고 쓴 티셔츠를 입고 태연하게 걸어 다니기도 했다. 바르게 사용한 글씨가 얼마 없을 정도였다.

그런 사람들에게 붓펜으로 일본어나 한자를 써주면 기뻐했다. 재주는 몸을 살린다는 말을 나는 내 인생에서 실감했다. 이때 처음으로 나는 선대에게 감사했다. 그때는 이미 고맙다는 말을 전할 수 없었지만.

그리고 스시코 아주머니가 세상을 떠난 것을 계기로 가마쿠라에 돌아와서 츠바키 문구점을 이어받았다. 외국에서 사는 동안 대필을 해야겠다는 각오가 조금씩 굳어졌기 때문일지도 모른다.

도쿄에서 우표를 잔뜩 산 나는 저녁 무렵에야 기뻐서 어쩔 줄 몰라 하며 가마쿠라로 돌아왔다. 동쪽 출구의 개찰구로 빠져나왔을 무렵 누가 불러 세웠다. 동쪽 출구는 번화한 쪽의 개찰구다.

"포포!"

순간, 내 부끄러운 과거를 아는 사람에게 들켰나 하고 방어 태세를 갖추었지만, 목소리로 누군지 짐작이 갔다. 아니나 다를까, 돌아보았더니 바바라 부인이 인파 너머에서 열심히 손을 흔들었다.

인파를 헤치고 간신히 바바라 부인 앞까지 갔다. 바바라 부인은 미용실에 다녀온 것 같았다. 어깨까지 오는 부인의 머리는 파마머리가 됐다.

"잘 어울리네요."

칭찬했더니

"고마워! 그보다 포포는 어디 다녀온 거야?"

통통 튀는 목소리로 말을 걸어왔다.

"아, 우표 사러 도쿄까지 다녀왔어요."

"저녁은 아직이고?"

지금 먹으러 갈 거라고 했더니

"그럼 바다에 가서 같이 먹지 않을래?" 하고 바바라 부인이 100 와트 밝기의 목소리로 말했다.

오봉 휴일 내내 혼자 먹어서 오늘쯤은 누군가와 식사를 하고 싶었다. 누군가라고 해도 함께 식사할 만한 상대는 바바라 부인밖에 없지만.

바로 바바라 부인과 바다를 향해 오카미야 대로를 쭉쭉 걸었다. 석양이 아프리만치 눈부셨다.

도중에 렌바이에 있는 빵가게에 들러 갓 나온 팥빵을 두 개 샀다. 렌바이의 정식 이름은 가마쿠라 시 농협연합판매소로, 설날 연휴 사 일 빼고 거의 연중무휴로 아침 8시부터 가마쿠라 근교 농가에서 수확한 채소를 파는 시장이 열린다. 그 한 모퉁이에 파라다이스 어레이라는 자그마한 빵가게가 있는데, 그 집의 팥빵이 일품이다.

동그란 빵 표면에 하얀 가루로 그린 스마일 마크가 언제 봐도 귀엽다. 금방 만든 건지 따끈따끈하다.

바다까지 가니 해안에 바다의 집(바닷가에 간이 가게를 설치해서 여러 가지 편의와 식사를 제공하는 곳—옮긴이)이 줄줄이 늘어서 있다.

모래사장으로 내려가는 계단 도중에서 펌프스를 벗고 오랜만에 맨발이 됐다. 바바라 부인은 발톱에 예쁘게 흰색 페디큐어를 칠했다. 콘크리트 계단을 내려가 모래사장에 발을 내딛는 순간, 발등이 서늘한 모래의 감촉에 안겼다.

"난 모래 위를 맨발로 걷는 게 제일 좋더라."

바바라 부인이 다섯 살짜리 여자아이처럼 들떴다.

"느낌이 좋죠."

나도 바바라 부인의 등을 쫓아갔다. 바슬바슬한 모래가 발을 감쌌다가 떨어질 때마다 뭔가 요정들이 발뒤꿈치를 간질이는 것 같았다.

바바라 부인의 단골이라고 하는 태국식 포장마차는 유난히 손님으로 넘쳐났다. 바다가 보이는 테라스 자리를 확보하고, 몇 군데 있는 태국 요리 가게에서 좋아하는 것을 각자 주문했다.

나는 춘권 튀김과 태국 나물인 공심채 볶음을, 바바라 부인은 팟타이라는 태국식 볶음국수를 골라서 둘이 사이좋게 나눠 먹었다.

어느새 해가 저물었다. 눈앞에 밤이 당당하게 모습을 드러냈다.

막 태어난 밤이라는 생물에게 먹이를 주는 것처럼 해변에서 아이들이 폭죽에 불을 붙여 놓고 있다. 파도는 밤에 자장가를 흥얼거리는 것 같은 부드러움으로 천천히 몸을 쓰다듬듯이 해변을 쓰다듬었다. 개 한 마리가 먼바다를 향해 헤엄쳐 갔다.

나도 모르게 넋을 놓고 밤바다를 바라보고 있었던 모양이다.

"포포."

바바라 부인이 귓가에 대고 말했다.

"노을 구경도 좋지만, 요리 다 식어."

바바라 부인이 팟타이를 종지에 더 덜어주었다.

코를 갖다 대니 달콤새콤한, 하지만 보통 방법으로는 못 낼 것 같은 복잡한 아시아 냄새가 났다. 잡기가 좀 힘든 플라스틱 젓가락으로 면을 집자, 춤을 추듯이 하늘하늘 김이 번졌다. 바삭바삭한 식감의 땅콩 튀김이 포인트가 되어 맛있었다.

바바라 부인의 입가에서도 춘권 튀김옷이 바스러지는 맛있는 소리가 울렸다. 밭일을 돕기도 하면서 세계를 방랑하는 동안, 향채(파쿠치)에도, 남프라(생선 액젓 같은 태국 소스—옮긴이)에도 강해졌다.

공심채 볶음도 너무 짜지 않고 딱 간이 좋았다. 양이 많아서 이것만으로 꽤 배가 불렀다.

다시 바다 쪽을 보니 별이 나와 있었다. 바다 위에 펼쳐진 별자리는 뭔가 평소보다 쭉쭉 뻗어서 크게 보였다.

밤하늘 별들과 무언의 대화를 나누고 있으니

"아, 벌써 여름이 끝나가네."

하고 바바라 부인이 진심으로 유감스럽다는 듯이 어깨를 떨어뜨렸다.

지금은 이렇게 흥청거리는 바다도 오봉이 지나면 점점 사람이 줄어서 9월에는 바다의 집도 헐린다.

"바바라 부인은 어느 계절이 제일 좋아요?"

밤바다를 보며 물었다.

"당연히 다 좋지."

바바라 부인이 바로 답했다.

"봄은 봄대로 벚꽃이 예쁘고, 여름은 바다에서 수영하는 것이 즐겁고, 가을은 먹을 것이 맛있고, 겨울은 조용하고 별이 예쁘고. 나는 욕심쟁이여서 고르지 못하겠어. 그래서 봄, 여름, 가을, 겨울, 저언부 다 좋아."

바바라 부인다운 대답이었다.

"포포는?"

바바라 부인의 물음에

"여름, 이었는데 말이죠."

내 쪽은 시원스럽지 못했다.

"왜, 올여름은 별로 즐겁지 않았어?"

"아뇨, 그런 건 아니었지만."

웃는 얼굴을 만들면서 대답했다.

아이들의 폭죽놀이도 끝나고 개도 바다에서 올라왔다. 아까부터 갑자기 바람도 강해졌다. 낮에 아무리 더워도 밤바다는 서늘하다. 카디건을 꺼내려고 가방을 열었을 때

"저쪽 카페에서 따뜻한 차라도 마실까."

바바라 부인이 제안했다.

저쪽이란 자이모쿠자를 말한다. 여름 동안만 유이가하마와 자이모쿠자 사이에 나무로 만든 좁은 다리가 생긴다. 그 다리를 건너면 굳이 계단을 한 번 올라가서 해안 도로로 나가지 않아도 나메리 강 하구를 건너 두 개의 모래사장을 오갈 수 있다.

맨발로 다리를 건너 자이모쿠자 해안으로 이동했다. 타지에서 온 관광객이 많은 곳은 유이가하마, 지역 주민이 많은 곳은 자이모쿠자다.

아까 바다에 왔을 때보다 모래가 꽤 서늘해졌다. 큰소리로 틀어놓은 사잔 올 스타즈(southern all stars)의 노래를 들으면서 재스민 차를 조금씩 마셨다. 미처 느끼지 못한 사이, 몸이 차가워진 것 같다. 재스민 차의 따스함에 몸이 진심으로 기뻐했다.

차를 마시니 점점 졸음이 와서 오래 앉아 있지 못하고 바다를 뒤로했다. 바다는 에너지가 강해서 그곳에 있는 것만으로 몸이 무

거워진다.

이번에는 하치만궁을 향해 역까지 가는 밤길을 터덜터덜 걸었다. 요코스카 선이 개통되기 전까지는 제1도리이(신사 입구에 서 있는 문—옮긴이)에서 참배길이 시작됐다고 한다.

제2도리이를 향해 걸어가다 보니 이윽고 달이 얼굴을 내밀었다. 바바라 부인은 동요인 듯한 멜로디를 흥얼거렸다.

바바라 부인은 쇼핑을 하고 가겠다고 해서 역 앞에서 헤어졌다. 아직 8시 전이어서 바바라 부인은 아슬아슬하게 기노쿠니야(저녁 8시에 폐점하는 일본의 고급 슈퍼마켓—옮긴이)에 갈 수 있었다. 나는 딱히 살 게 없어서 한 걸음 먼저 가마쿠라궁행 버스를 탔다. 정말로 집까지 걸어갈 기력이 남아 있지 않았다.

낮에는 길이 밀려서 느릿느릿 가던 버스가 속도를 내어 기분 좋게 와카미야 대로를 달렸다. 도요시마야(백 년이 넘도록 사랑받고 있는 가마쿠라의 제과점—옮긴이) 입구에 오늘도 홀라후프처럼 거대한 오하라이상이 걸려 있다. 밤의 하치만궁은 언제 보아도 용궁 같다.

조명을 받은 하치만궁에 빠져 있다가 문득 팥빵이 생각났다. 바바라 부인과 바다에서 먹으려고 샀는데 결국 두 개 다 내 가방에 있다. 예의가 아니라고 생각하면서 몰래 버스에서 팥빵을 먹었다.

프랑스빵처럼 비교적 딱딱한 생지 속에 부드러운 팥소가 들었다. 팥소에는 내가 좋아하는 으깬 팥에 달콤새콤한 살구 같은 과일도 섞여 있었다.

바바라 부인 몫은 봉지에 넣어서 현관 손잡이에 걸어두어야지. 내일부터 츠바키 문구점도 영업을 재개한다.

열쇠를 열고 안으로 들어가니 어디선가 이상한 소리가 났다.

어쩐지 집을 비운 사이에 방울벌레가 들어온 것 같다. 아까부터 링링 하고 경쾌한 소리가 울린다. 찾아서 집 밖으로 쫓아낼까 생각했지만, 좀 더 방울벌레의 음색을 감상하기로 했다.

왠지 술이 마시고 싶어서 스시코 아주머니가 두고 간 매실주를 컵에 따랐다. 먹는 데 궁하지 않은 인생을 살라고, 선대에게는 '가시(과자)코', 쌍둥이 여동생에게는 '스시(초밥)코'라는 이름을 지어주었다고 한다. 실제로 그 바람이 이루어진 인생이었는지 어떤지는 미묘하다. 과자와 초밥과 인연이 있는 자매는 지금은 사이좋게 같은 묘에 잠들어 있다.

문득 오봉이었다는 사실을 깨닫고 불단에 매실주를 공양했다.

스시코 아주머니는 가끔 술을 즐겼지만, 선대는 전혀 못 마셨다. 얼굴은 똑같이 생겼는데 성격은 재미있을 정도로 달랐다. 누군가에게 물건을 받았을 때 정말로 미안합니다, 하고 어쩔 줄 몰라 하는 것이 선대라면, 웃는 얼굴로 고마워요, 하고 말하는 것이 스시코 아주머니였다.

방울벌레의 독창에 맞추듯이 종을 딱 한 번 울리고 손을 모았다.

방울벌레가 가을을 날라 온 것 같다.

어디선가 서늘한 바람이 들어왔다.

가 을

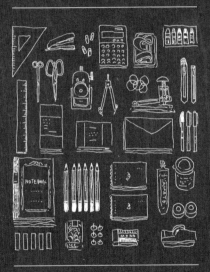

가을은 누군가에게 편지를 보내고 싶어지는 계절인가 보다.

요즘 대필 의뢰가 이어진다.

의뢰 내용은 재해 지역에 보내는 위문편지나 취업 실패를 격려하는 편지, 술자리에서 한 실수를 사과하는 편지 등 얼굴을 보고 하기 어려운 말을 써달라는 경우가 대부분이다.

그런 가운데, 평범한 편지를 써달라는 의뢰가 들어왔다.

"평범한 편지도 써주십니까?"

소노다 씨는 조심스럽게 물었다.

"그저 내가 살아 있다는 것을 전하고 싶습니다."

조용하고 차분한 목소리는 마치 아름다운 언덕을 지나가는 한 줄기 바람 같았다.

"상대는?"

나도 소노다 씨를 따라 나직한 목소리로 물었다.

"소꿉친구입니다. 옛날에 결혼 약속을 했지만, 결국 맺어지지 못했어요. 그 후 나는 다른 사람과 결혼해서 아이도 있고, 인편으로 그녀도 최근에 반려자가 생겨서 행복하게 산다고 들었습니다. 그러니까 이제 와서 뭘 어쩌자는 얘기는 아닙니다. 벌써 이십 년 이상 만나지 못해서요. 그저 한마디, 나도 잘 있다고 전하고 싶습니다."

그런 거라면 직접 써도 될 텐데.

그 말이 혀끝까지 나왔지만, 굳이 말로 하진 않았다. 무슨 사정이 있을 것이다.

"이런 말을 새삼스럽게 하는 것도 부끄럽습니다만, 정말로 좋아했습니다. 인생을 함께할 사람은 이 사람밖에 없다고 마음먹었을 정도니까요. 그렇지만……."

말을 잇지 못하고 소노다 씨는 고개를 숙였다.

아까부터 밖에서 칙칙칙 하고 작은 새가 울고 있다. 꼬리를 흔들면서 지면을 때리듯이 걷는 모습으로 보아 아마 할미새일 것이다.

요즘 하늘이 꽤 가을다워졌다. 슬슬 츠바키 문구점도 난로를 켜지 않으면 추울지 모른다.

절대 흐트러진 건 아니지만 소노다 씨의 마음이 안정될 동안,

나는 안으로 들어가 홍차를 끓였다. 아침에 장을 보는 길에 들러서 사 온 나가시마야의 찹쌀떡이 있어서 그것도 곁들였다.

예스러운 찻잔에 홍차를 따르자 츠바키 문구점에는 양지 같은 향기로운 냄새가 가득해졌다.

"괜찮으면 드셔보실래요?"

그의 마음이 편안해지길 바라면서 홍차와 밤찹쌀떡을 권했다. 단것을 싫어하는 사람이 아니면 좋겠지만.

나도 뜨거운 홍차를 마시고 내 몫의 콩찹쌀떡을 한입 물었다. 떡이 아직 폭신하고 부드러웠다.

평범한 편지라.

확실히 내가 대필하는 것은 사연 있는 편지 쪽이 압도적으로 많아서 평범한 편지라고 하니 오히려 긴장이 됐다.

"내용은 어떻게 할까요? 특별히 쓰고 싶은 말씀이 있으세요?"

입술에 묻은 하얀 가루를 털면서 소노다 씨에게 물었다.

"아무 말이나 좋다고 하면 무책임하게 들릴지도 모르겠습니다만, 정말로 그냥 일상적인 내용이면 됩니다. 그 사람, 편지를 아주 좋아했어요. 학생 때는 원거리 연애를 한 시기도 있어서 거의 매일처럼 편지를 보내주었죠. 그렇지만 저는 글씨를 못 써서. 그래서 어쩌다 편지를 보내면 정말 기뻐했어요. 답장에 그 기쁨을 길게 써주었죠. 때로는 압화 같은 것도 동봉해서. 하지만 이제 와서 제가 직접 쓰는 건 결혼한 아내에게도 미안하고…….

"알겠습니다."

내가 끄덕이자 소노다 씨는 말을 계속했다.

"그리고 글씨 말입니다만, 여자 글씨로 썼으면 하는데요."

"여자 글씨요?"

의미를 몰라서 되물었다. 대필을 의뢰한 손님이 남자인 경우는 남자 글씨를 써서 대응하는 것이 기본이다. 소노다 씨는 말을 덧붙였다.

"그 사람은 지금 아주 행복하게 지내고 있을 겁니다. 그러니 거기에 찬물을 끼얹는 짓만은 절대 하고 싶지 않아요. 만약 그 사람 남편이 남자한테 온 편지를 발견한다면 분명 신경 쓰이겠죠. 자신이 모르는 상대에게 온 편지라면 더 복잡한 심정이 될 겁니다. 그일로 조금이라도 부부 관계가 나빠진다면 슬프지 않습니까."

나는 깊이 끄덕였다.

"다행히 제 이름이 카오루입니다. 소노다 카오루, 이게 제 본명입니다. 그러니까 만약 남편이 먼저 편지를 발견해도 여자 이름인 소노다 카오루로 쓰여 있으면, 그녀의 동급생이나 친구일 거라고 생각해서 괜한 의심을 하지 않겠죠. 그렇지만 사쿠라는 바로 저라는 걸 알 겁니다. 아, 편지를 받을 사람 이름이 사쿠라입니다."

"아, 정말 그렇겠군요."

묘하게 납득이 갔다.

다시 관계를 되찾고 싶은 것도, 사랑을 고백하는 것도 아니고, 아주 평범하고 흔한 편지. 조금 식은 홍차에 입을 댄 소노다 씨가 동백꽃 봉오리가 부풀듯이 빙그레 미소 지었다.

"나름대로 이것저것 생각해봤습니다만."

정말로 웃는 얼굴이 다정한 사람이었다. 그리고 이런 소노다 씨에게 평범한 편지를 받을 상대, 사쿠라 씨도 역시 행복하겠다고 생각했다.

두 잔째 홍차를 따라준 뒤, 두 사람의 추억과 소노다 씨의 평소 생활에 대해 들었다.

마지막으로 사쿠라 씨가 사는 집 주소와 이름을 적어달라고 했다.

"결혼해서 사쿠라 사쿠라가 된 것 같더군요."

자신이 쓴 메모를 보면서 소노다 씨가 웃으며 말했다. 보니 메모에는 '사쿠라(佐倉) 사쿠라'라고 쓰여 있었다.

북쪽 지방의 작은 마을에 사는 사쿠라 사쿠라 씨. 나까지 사쿠라 씨를 아는 듯 친밀한 기분이 들었다.

찻잔에 남은 홍차를 다 마시고 나서, 소노다 씨가 조금 조심스럽게 말했다.

"이거, 가져가도 될까요?"

소노다 씨의 가느다란 손가락이 접시 위 종이에 놓인 밤찹쌀떡을 가리켰다.

"딸이 아주 좋아하는 거여서요."

소노다 씨에게는 이미 다른 생활이 있다. 그 세계에 사쿠라 씨는 존재하지 않는다. 사쿠라 씨 역시 소노다 사쿠라가 되는 인생을 선택하지 않았다.

한창 과자를 좋아할 딸이 소노다 씨의 귀가를 기다리고 있을 것이다.

"그럼요, 그럼요. 랩을 가져올게요."

일어서서 안으로 들어가려고 하자

"이대로 괜찮습니다."

소노다 씨는 벌써 종이에 밤찹쌀떡을 쌌다.

"값은?"

하고 물어서

"언제든 괜찮으니 근처에 오시면 또 들러주세요."

하면서, 소노다 씨를 배웅했다.

소노다 씨가 나가자마자 초등학생 여자아이들이 두세 명씩 연달아 가게로 들어왔다. 최근 자주 보는 아이들이다.

굳이 이렇게 하지 않아도 요즘 세상에 인터넷을 이용하면 소노다 씨가 사쿠라 씨에게 연락을 취할 방법은 얼마든지 있는데. 그렇게 소식이 끊긴 첫사랑을 찾아내서 그걸 계기 삼아 교제로 발전하는 일도 세상에는 얼마든지 많은데.

소노다 씨는 그러지 않았다. 그리고 사쿠라 씨라는 사람도 역시 그러지 않았다.

선을 넘지 않기 위한, 자신을 자제하기 위한, 상대가 동요하지 않게 하기 위한, 그런 배려의 마음으로 보내는 편지일지도 모른다.

그 후 며칠을 나는 소노다 씨와 함께 보냈다.

물론 실제 소노다 씨는 아니다.

그저 소노다 씨의 다정함과 말투, 느낌과 냄새까지 그의 모든 것을 사쿠라 씨에게 전하고 싶었다. 편지는 쓰는 사람의 분신 같은 것이니까.

소노다 씨는 머잖아 입원할 예정이라고 했다. 자세한 병명은 밝히지 않았고, 목숨이 걸린 병은 아니라고 했지만, 그 때문에 지금까지의 인생에서 처음으로 죽음을 진지하게 생각했다고 한다. 그때 가장 마음에 걸린 사람이 사쿠라 씨였다고.

만에 하나 목숨을 잃는 사태가 생겨도 후회하고 싶지 않다고, 소노다 씨는 내 눈을 똑바로 보며 얘기했다.

수술을 앞두고 마음이 조금 흔들린 것 같습니다.

소노다 씨는 쑥스럽게 웃으며 말했다.

아마 그게 진심일 것이다. 아무리 작은 수술이어도 마취를 한 배에 메스를 넣는 이상, 평상심으로는 있을 수 없다. 최악의 일도 생각하게 된다. 그런 계기도 없으면 소노다 씨가 사쿠라 씨에게 편지를 보낼 기회조차 찾아오지 않을지 모른다.

소노다 씨를 생각하다 보니 문득 선대가 머리를 스쳤다.

작년에 선대도 수술을 받았다. 하지만 나는 가보지 않았다.

내 경우, 어떤 식으로 편지를 쓸지 이미지가 어렴풋이 떠오르면 필기구를 정하는 작업부터 시작한다. 같은 글을 써도 볼펜과 만년 필과 붓펜과 붓은 느낌이 전혀 다르다. 기본적으로 연필로 편지를 쓰는 것은 실례여서 연필은 선택 사항에 들어가지 않는다.

생각 끝에 사쿠라 씨에게 보내는 편지는 유리펜(glass pen)으로 쓰기로 했다. 소노다 씨의 그 투명하도록 선한 마음을 전하는 데 유리펜이 가장 어울릴 것 같았다. 이 편지를 소노다 씨가 사쿠라 씨에게 보내는 작은 선물이 되게 하고 싶었다.

오랜만에 선대에게 물려받은 문구 상자에 잠들어 있는 유리펜 을 꺼냈다. 유리펜은 전부 한 가닥의 유리로 되어 있다.

유럽에서 개발된 필기도구인 줄 알았는데, 탄생한 곳은 일본이 었다. 1902년, 풍령(風鈴) 장인인 사사키 사다지로 씨가 만들었다 고 한다. 그것이 눈 깜짝할 사이에 프랑스며 이탈리아로 퍼졌다.

펜 끝에 여덟 개의 가는 홈이 있고, 그곳으로 잉크를 빨아들여서 글씨를 쓴다. 그렇게 자주 쓰는 필기구는 아니지만, 이때다! 싶을 때 사용하면 분위기를 내기에 좋다. 게다가 선대가 소유한 것은 연한 주홍색의 가냘픈 유리펜으로 사쿠라 씨에게 편지를 쓰기에는 안성맞춤인 필기구다.

종이는 유리펜과의 궁합을 생각하여 표면이 매끄러운 것을 골랐다. 보풀이 이는 것, 특히 화지 같은 지질은 유리펜으로 쓰기에 적합하지 않다. 유리펜은 펜 끝이 딱딱해서 섬유에 긁힌다. 그래서 고른 것이 벨기에 제품인 크림레이드 페이퍼로, 이 종이는 유럽 왕실이나 명가에서 오래전부터 사용해왔다. 종이를 자를 때의 와이어 자국인 레이드가 촘촘한 요철(凹凸)로 잔물결처럼 남아 있어서 하얀 바탕에 미묘한 음영을 만든다. 만져보면 뜬 종이 같은 온기가 있어, 부드러움과 따스함이 느껴진다. 소노다 씨의 생각을 전하는 데 최적의 종이였다.

크기는 엽서 크기로 했다. 여러 장의 편지를 쓰면 사쿠라 씨가 무겁게 느낄 테고, 그렇다고 엽서를 그대로 보내면 제3자가 보게 된다. 소노다 씨의 마음은 그렇게 가볍지 않을 것이다.

그래서 그 중간으로 엽서 크기의 종이를 봉투에 넣어 보내기로 했다. 그러면 사쿠라 씨 외에 다른 사람이 편지를 볼 일도 없을 테고, 사쿠라 씨가 소노다 씨의 마음을 필요 이상으로 무겁게 받아

들일 걱정도 없을 터다.

잉크는 적갈색으로 정했다. 소노다 씨에게 얘기를 들을 때부터 적갈색이 머리에 떠올라 떠나지 않았다.

적갈색 잉크병을 열고 유리펜 끝을 적시자 순식간에 가느다란 홈이 잉크를 빨아들였다. 좀 전까지 고드름처럼 투명했던 펜 끝이 점점 마른 잎색으로 물들었다. 먼저 엽서 한쪽 면에 '사쿠라 사마 ('님'이라는 뜻의 호칭―옮긴이)'라고 받는 사람 이름을 썼다.

거기서 일단 펜을 놓고 잉크가 마르기를 천천히 기다렸다.

'사쿠라 사마(佐倉様)'로 할지, '사쿠라 사마(桜様)'로 할지 실제로 글씨를 써놓고 한참 생각했다. 호칭인 '사마'도 정식으로 하자면 '樣(사마)'지만, 한자만 이어지니 'さま(사마)'라고 히라가나로 쓰는 것도 괜찮겠다고 생각했다.

일반적으로 히라가나 'さま(사마)'는 아랫사람에게 쓰이지만, 예전에 친한 사이였다면 실례가 되진 않을 것이다. 오히려 그편이 부드러운 인상을 줄지도 모른다.

'사쿠라 사마(佐倉さま)', '사쿠라 사마(桜さま)', '사쿠라 사쿠라 사마(佐倉桜さま)', 이것도 실제로 써보았다. 하지만 '사마'는 역시 한자 쪽이 소노다 씨의 예의 바른 자세를 전할 수 있을 것 같았다. 동시에 다정함도 전하고 싶어서 균형을 생각하여, 받는 사람 이름 은 '사쿠라(さくら)'라고 히라가나로 쓰기로 했다. 이렇게 쓰면 '사

092

쿠라(佐倉)'라는 성인지, 아니면 '사쿠라(さくら)'라는 이름인지, 받는 사쿠라 씨 자신이 자유롭게 상상할 수 있다.

'사쿠라 사마(さくら様)'라고 쓴 글씨가 확실하게 마른 뒤 살며시 종이를 뒤집었다. 쓸 내용은 머리에 정리했지만, 초안을 써두지는 않았다. 바로 쓸 것이다. 한 장에 아름답게 담을 양을 단숨에 쓸 생각이다. 그편이 소노다 씨의 세심한 마음을 잘 표현할 수 있을 거라고 판단했다.

호흡을 가다듬은 뒤, 유리펜 끝을 다시 적갈색 잉크에 담갔다. 온전히 소노다 씨가 되어서 사쿠라 씨의 행복을 빌며 편지를 썼다.

날카롭고 뾰족한 펜 끝이 삭삭 하고 독특한 소리로 속삭이면서 적갈색 말을 엮어갔다.

펜 끝은 상상 이상으로 매끄럽게 미끄러졌다.

표면의 요철에 걸리는 법 없이, 마치 아침 해가 비치는 얼음 위를 기분 좋게 달리는 스케이트 같았다.

날마다 웃으며 지내는지요?

아마 당신은 가끔씩 즐겁게

노래를 부르기도 할 것 같습니다.

나는 잘 있어요.

요즘은 주말마다 초등학생인 말괄량이 딸을 데리고

등산을 한답니다.

당신도 산을 좋아했는데.

같이 쓰키야마에 등산 갔을 때는 악천후로 죽을 뻔하기도 했죠.

이제는 모두 좋은 추억이 됐군요.

당신이 행복하게 지낸다면, 그보다 기쁜 일은 없을 겁니다.

나도 행복하게 살고 있습니다.

부디 몸만은 건강하세요.

멀리 하늘 아래서 당신의 행복을 기도합니다. 이만 총총.03

이따금 유리펜을 돌리면서 마음을 비우고 썼다. 유리펜은 필압을 가하지 않아도 잘 써져서 생각한 대로 말이 탄생했다.

'이만 총총'까지 쓰고 나니 적갈색 잉크가 마르기 시작해서 소노다 씨 이름은 한 번 더 잉크를 적셔서 썼다.

봉투는 소중한 내용물이 물에 젖지 않도록 방수 효과가 있는 것을 사용했다. 츠바키 문구점의 작은 창고에는 선대와 내가 차곡차곡 모아온 편지지와 봉투가 수없이 많이 보관되어 있다. 그중에 마침 양초로 가공한 적당한 크기의 봉투가 있었다.

충격에 강한 지질이어서 안에 든 엽서를 사쿠라 씨에게 확실하게 전해줄 것이다. 받는 사람 이름과 주소는 비가 걱정되기도 하여 검은색의 가는 유성 매직으로 또렷하게 썼다. 우표는 일반적으로 쓰는, 풀로 붙이는 것은 양초 가공 봉투에서 떨어질 우려가 있어서 실(seal)로 된 우표를 단단히 붙였다.

사과 그림이 있는 우표였다. 소꿉친구였던 두 사람이 함께 보낸 곳은 사과로 유명한 지방 도시였다고 소노다 씨가 알려주어서였다.

어쩌면 두 사람은 사과나무에 올라가서 놀았을지도 모르고, 사과 한 알을 나누어 먹었을지도 모른다. 지금부터 사과가 맛있는 계절이 오니 두 사람의 관계를 모르는 사람이 봐도 깊은 의미로 여기진 않을 것이다.

마지막으로 손가락 끝에 꿀을 발라 봉투를 봉했다. 벗겨지지 않도록 위에다 또 실을 붙여서 보강했다. 실이라고 해도 내가 세계를 방랑하는 동안 조금씩 모은 외국 우표다.

모든 작업이 끝난 뒤, 유리펜 끝에 남은 잉크를 순면으로 닦았다. 그래도 남은 잉크는 수돗물로 씻어냈다.

적갈색은 금세 씻겨 내려가고, 다시 고드름 같은 투명한 펜 끝이 모습을 드러냈다. 유리펜은 작은 충격에도 바로 깨지기 때문에 조심스럽게 거즈 수건으로 싼 뒤 문구 상자에 돌려놓았다.

중세에는 러브레터를 '염서(艶書)'라고 불렀다고 한다. 그러면 소노다 씨가 사쿠라 씨에게 보낸 편지도 염서일까. 거기에는 구석구석까지 소노다 씨의 마음으로 가득하다. 얼핏 평범한 편지로 보이겠지만. 그 빨간 한 방울은 분명 사쿠라 씨의 가슴에도 배달될 것이다.

그런 아련한 마음을 배달하는 일이라면 얼마든지 하고 싶었다.

겨우 태풍이 지나갔나 했더니, 또 다른 태풍이 찾아왔다.

이번 태풍은 간토 지방을 직격하는 것이어서 츠바키 문구점도 만일을 대비해 아침부터 임시 휴업 종이를 붙였다.

이따금 바람이 온몸을 때리듯이 불어왔다. 빗발도 세졌다. 무리해서 가게를 열어도 굳이 이 바람을 물리치면서까지 문구를 사러 오는 미친 손님은 없을 것이다.

그렇게 생각했는데, 그런 손님이 나타났다. 처음에는 바람 소리에 섞여 문 두드리는 소리가 들리지 않았다.

"실례합니다! 계세요?"

잠시 바람이 멈췄을 때였다. 밖에서 여자 소리가 났다. 선대가 침실로 사용했던 2층 다다미방의 벽장을 정리할 때였다. 창으로 얼굴을 내밀고 보니, 아래에 흠뻑 젖은 여성이 서 있었다.

"무슨 일이세요?"

"부탁이에요! 도와주세요."

여성은 내 쪽을 간절히 올려다보며 말했다.

머리카락도 얼굴도 옷도, 온몸이 흠뻑 젖었다. 어쩌면 태풍이 오는 걸 모르고 관광을 왔다가 비 피할 곳을 찾고 있을지도 모른다.

임시 휴업이라고 종이를 붙여놓았는데 곤란하네, 생각했지만 말을 나눈 이상 열어주지 않을 수 없다. 수건이라도 빌려주고 빗발이 약해질 때까지 츠바키 문구점 안에서 기다리게 하자.

계단을 내려가 문구점 쪽으로 가니 유리문 너머에서 여성이 어쩔 줄 몰라 하고 있었다. 마스킹 테이프로 붙여놓은 임시 휴업 종이가 바람에 날려 어디론가 가버린 것 같다. 그렇다면 누군가가 찾아와도 어쩔 수 없다.

자물쇠를 풀고 유리문을 열자마자 굵은 비가 소리를 내며 들어왔다. 사정은 모르지만 어쨌든 여성을 안으로 들였다. 이대로는 감기에 걸릴지도 모른다.

몸을 닦을 배스 타월을 가져오려고 다시 안으로 들어가려고 할 때였다.

"저 우체통에 편지를 잘못 넣어버렸어요."

여성은 떨리는 목소리로 호소했다. 내가 돌아보자, 눈에 눈물을 글썽거리며 말을 이었다.

"넣고 난 뒤에야 역시 보내는 게 아니었다는 걸 깨달았어요. 그런데 이미 늦어서……. 그래서 수거하러 오기를 계속 기다렸답니다. 그런데 이 태풍 때문에 시간에 맞춰 오지 않는 것 같아요……."

삼십 대 초반 정도로 보이는 여성은 거기까지 말하고 금방이라도 울음을 터트릴 것 같았다. 보지 않아도 보일 정도로 스타일이 좋았다. 비에 젖은 탓인지 묘하게 요염해 보였다.

"그렇지만 저 우체통은⋯⋯."

나 자신은 되도록 이용하지 않는 우체통이다. 옛날 그대로인 저 금통 모양의 빨간 우체통으로 겉보기는 귀엽지만, 우편물 수거는 오전과 오후 두 번밖에 하지 않아 왠지 미덥지 않다. 그래서 사무적인 편지 이외에 되도록 그 우체통은 이용하지 않는다. 특히 대필을 의뢰받은 중요한 편지는 일부러 역 앞 가마쿠라 우체국까지 가서 보낸다. 그편이 빠르고 확실하게 배달된다고 선대도 곧잘 말했다.

여성은 몇 번이나 우체통 쪽을 돌아보고 자신의 손목시계를 확인했다.

"이제 정말 시간이 없네요. 저, 가야 해서⋯⋯."

여성은 점점 눈물이 차오르는 눈으로 매달리듯이 호소했다.

"부탁입니다! 알지도 못하는 분에게 이런 부탁을 하는 것은 정말로 실례입니다만, 저기 우체통에 잘못 넣은 편지 좀 회수해주시면 안 될까요?"

여성은 숨 넘어갈듯 말하며 애원했다. 금방이라도 내 발밑에 엎드릴 것 같은 기세였다.

어지간히 부끄러운 내용의 편지라도 넣은 건가. 그러나 그런 일이 일어났을 때의 기분도 알 것 같다. 싸워서 분기탱천하여 헤어지자고 편지를 썼지만 시간이 흘러 냉정해진 뒤 차분하게 생각해보면 역시 헤어지고 싶지 않거나, 정말로 중요한 사무 서류인데 필요 사항을 적어 넣지 않은 것을 나중에 깨닫고 파랗게 질리거나 여러 사례가 있다. 여성의 눈은 어디까지나 진지함 그 자체다.

그러나 그렇게 걱정하지 않아도 된다. 일단 보낸 편지여도 정식으로 회수할 방법이 있다. 이런 일은 자주는 아니지만 있을 수 있는 일이어서, 우체통에 넣으면 그걸로 끝일 만큼 우체국도 융통성이 없지 않다.

이번 경우는 아직 편지가 우체통에 들어 있을 가능성이 극히 높다. 그렇다면 편지를 되찾는 것도 그리 어렵지 않을 것이다.

"알겠어요. 이 날씨에 어차피 할 일도 없으니."

여성을 조금이라도 안심시키기 위해 나는 되도록 여유롭게 말했다. 옷깃만 스쳐도 인연이라지 않는가. 게다가 그녀에게는 일생일대의 중대사여도 나한테는 별로 대단한 일이 아니고, 우체통은 츠바키 문구점 바로 코앞에 있다.

서랍에서 메모지와 펜을 꺼내 여성에게 내밀며 그녀의 이름과 연락처를 써달라고 했다. 그리고 회수하고 싶은 편지의 주소와 받는 사람, 만일을 위해 봉투의 특징도 물어두었다.

다 쓰고 나자, 여성은 조금쯤 안심이 됐는지 상황을 드문드문 얘기해주었다.

"아버지가 위독하세요. 그래서 지금 당장 본가로 돌아가야 하는데, 저녁 비행기를 놓치면 임종을 못 볼지도 몰라요."

이 태풍에 무사히 비행기가 뜰까. 그런 생각이 가슴을 스쳤지만, 여성에게는 말하지 않았다. 그 대신

"편지는 꼭 돌아올 거예요, 안심하세요."

여성의 눈을 똑바로 보며 전했다.

아까 그녀는 메모지에 '楠幡子(구스노키 한코)'라고 이름을 썼다. 순간, 일본인 이름이 아닌가 보다고 생각했지만, 구스노키 씨라고 부를 것이다. 어쨌든 촌각을 다투는 긴급사태이니 그녀를 더 붙들지 않고 등을 밀어내듯이 보냈다. 그녀는 다시 폭풍 속으로 빗방울을 튀기며 달려갔다.

수거하러 온 집배원을 놓치지 않도록 2층 창가에 앉아 바깥을 계속 지켜보았다.

비는 점점 미친 듯이 내렸다. 평소에는 좀처럼 움직이지 않는 동백나무 가지까지 휘청휘청 용수철처럼 휘었다. 이런 태풍에 바바라 부인이 없는 것은 불행 중 다행일지도 모른다. 바바라 부인은 남자 친구와 유럽 여행 중이다.

비는 저녁 무렵이 되어서야 겨우 그쳤다. 창을 여니 지금까지

본 적 없는 노을 진 하늘이 펼쳐졌다. 분홍색과 검은색의 음산하기까지 한 그라데이션은 마치 세상의 종말을 알리는 것 같았다.

차가운 공기가 주위를 가득 채웠다. 하늘은 음산한 동시에 아름다웠다.

그때 저 너머에서 빨간 오토바이가 한 대 다가왔다.

계단을 뛰어 내려가 그대로 밖으로 뛰어나갔다. 운동회 때 달리기 경주를 하듯이 맹렬히 뛰어서 우체통에 가까이 갔다.

뛰면서 큰소리로 집배원을 불러 세웠다.

"잠깐만—요!"

거친 숨을 고르며 간신히 사정을 설명했다. 이야기가 복잡하면 골치 아파지니 편지는 내가 넣은 걸로 했다.

이해심 많은 친절한 집배원이어서 다행이었다. 우체통에는 한코 씨가 넣은 편지 한 통뿐이어서 바로 돌려주었다.

봉투에 쓰인 받는 사람 이름은 남자였다. 우체통에 넣을 때 비에 닿았는지 수성 볼펜으로 쓴 글씨가 군데군데 번졌다.

한코 씨는 내가 대필을 한다는 걸 알고 츠바키 문구점으로 달려온 걸까. 아니면 모른 채 도움을 청한 문구점이 공교롭게 편지와 인연이 있는 가게였던 걸까.

봉투에 쓰인 주소를 보니 그녀가 사는 곳은 즈시였다. 그렇다면 어째서 이렇게 태풍이 부는 날 일부러 가마쿠라까지 와서 편지를 보낸 걸까.

궁금한 것은 많지만, 그녀가 절대로 상대에게 보내고 싶지 않았던, 읽히고 싶지 않았던 편지는 지금 내 손에 있다. 그 사실을 한코 씨에게 빨리 전해주고 싶었다.

노을 진 비 갠 하늘에 고추잠자리가 춤을 추었다. 유리처럼 얇은 날개에 석양이 닿아 반짝거렸다.

바람에 날려 뒹굴고 있는 문총의 하얀 컵을 주워 들었다. 흙과 나뭇잎을 조심스럽게 씻어낸 뒤, 깨끗한 물을 찰랑찰랑하게 받아서 제자리에 갖다 놓고 손을 모았다.

문득 보니 정원 한구석에 홍백색의 피안화가 뒤엉켜서 피어 있었다.

바바라 부인이 긴 해외여행에서 돌아온 것은 태풍이 가마쿠라를 직격한 오 일 뒤의 일이다.

"포포, 다녀왔어."

오후 늦게 바바라 부인이 츠바키 문구점에 나타났다.

"지금 막 오는 길이야."

"어서 오세요!"

오랜만에 바바라 부인의 목소리를 듣고 기뻐서 그 자리에서 폴짝폴짝 뛰고 싶은 기분이었다.

"여행, 어땠어요?"

그렇게 생각해서인지, 바바라 부인의 하얀 피부가 볕에 그을어 보였다.

"최고였어. 파리에서 모로코까지 다녀왔지 뭐야. 거기서 그대로 눌어붙어 살고 싶을 정도로 멋진 곳이었어."

"그랬군요, 참 좋았겠어요."

멋진 여행이었다는 것은 바바라 부인의 표정으로 한눈에 알 수 있었다.

"응, 이거 포포 선물."

소박한 종이봉투에 든, 병 같은 것을 건넸다.

"모로코의 아르간 오일하고 로즈 워터. 아르간 오일은 샐러드에 뿌려 먹으면 맛있대. 로즈 워터는 피부에 바르고."

"우와, 좋아라."

마침 화장수가 떨어져가는 참이었다.

"아르간 오일은 말이야, 전 세계에서도 모로코에서밖에 나지 않아서 아주 귀한 거야."

병뚜껑을 열어 향을 맡으니 참기름 비슷한 고소한 향이 났다.

"피부에 발라도 좋대."

"고맙습니다."

거듭 감사의 말을 했다. 그러고 있는데, 한코 씨가 불쑥 나타났다.

처음에는 한코 씨라는 걸 몰랐지만, 풍만한 가슴을 보고 딱 감이 왔다.

"어머나, 빵티!"

나보다 먼저 바바라 부인이 말을 걸었다.

빵티? 커다란 물음표가 떠올랐지만, 빵티라고 불린 한코 씨는 태연했다. 어쩐지 바바라 부인과 한코 씨는 전부터 아는 사이 같았다.

"저기 초등학교 교사예요. 이름이 한코이고 티처여서 처음에는 한티라고 부르더니, 어느새 빵티가 되어버렸어요. 제가 빵 굽는 것도 좋아하고 해서, 할 수 없지, 하고 받아들였답니다. 그래도 역시 이유를 모르는 사람들은 들으면 다들 놀라죠."

내 표정에서 무언가가 전해졌는지 한코 씨가 깔끔하게 설명했다. 그래서 저지를 입고 있구나, 하고 혼자 끄덕였다. 그녀가 다니는 초등학교는 츠바키 문구점에서 걸어서 몇 분 거리에 있다. 그래서 바바라 부인과도 아는 사이였던 것이다.

"요전에는 정말 고마웠습니다. 덕분에 살았어요."

한코 씨가 과장스러울 정도로 정중하게 인사를 했다.

"아뇨, 아뇨, 전혀……."

오히려 내가 민망할 정도였다. 편지를 무사히 회수했다는 사실은 그날 중에 그녀가 가르쳐준 연락처로 자동 응답에 메시지를 남졌다.

나는 소중한 것을 넣어두는 서랍에서 편지를 꺼냈다. 귀중품 봉투에 넣어 풀로 단단히 봉인까지 해두었다.

"여기 있습니다."

귀중품 봉투째로 한코 씨에게 내밀었다.

선 채로 얘기를 나누기도 뭣해서 포개놓은 동그란 의자를 두 개 꺼내 한코 씨와 바바라 부인에게 권했다. 편지 건은 제쳐두고 나는 한코 씨의 아버지 쪽이 걱정됐다.

"그래서 아버님은……."

물어도 되는지 어쩐지 망설이면서도 얘기를 꺼냈다.

"늦었답니다. 태풍 때문에 비행기 출발도 지연돼서. 그렇지만 아주 편안하게 임종하셨다고 해요. 장례식을 마치고, 본가에 남은 엄마와 같이 있어주다 어제 돌아왔어요. 아, 그리고 이거, 감사의 뜻입니다."

한코 씨가 들고 있던 종이 가방에서 꾸러미를 꺼냈다.

"빵이에요?"

이미 매혹적인 향이 오라처럼 떠돌았다.

"마음이 우울해질 때면 빵을 반죽하면서 자신을 달랜다고 할까요. 빵을 구울 때는 무념무상이 되어서요."

"빵티의 빵은 세상에서 제일 맛있어."

줄곧 조용히 우리 대화를 듣고 있던 바바라 부인이 갑자기 큰소리로 말했다.

"내가 외국에서 들떠 있는 동안 빵티, 큰일이 있었구나."

그 목소리에는 한코 씨를 위로하는 마음이 담겨 있었다.

"그렇지만……."

내가 한코 씨의 존재를 빨리 발견해서 우체통 지키는 역할을 떠맡았더라면 한코 씨는 더 빨리 비행기를 타고 본가에 돌아갈 수 있었을 텐데. 그 사실이 안타까웠다.

한코 씨는 내 마음을 눈치챘을까.

"아니에요. 멀리 사는 이상, 부모님 임종을 보지 못할 거라는 각오는 늘 하고 있었어요. 그보다 제게는 편지가 상대에게 전달되지 않았다는 사실이 훨씬 중요해요."

무릎에 놓인 귀중품 봉투를 찬찬히 바라보면서 한코 씨가 말했다.

"아버지가 위독하다는 소식을 듣고 정신이 어떻게 됐나 봐요. 어떡하든 신부가 된 모습을 보여드려야겠다고 좋아하지도 않는 사람의 프러포즈에 답장을 쓴 거예요. 하지만 문득 정신을 차리고 나니 그런 짓을 해도 아버지는 기뻐하지 않을 거라는 생각이."

아버지 이야기를 하는 한코 씨의 눈에 점점 눈물이 고였다. 그러나 간신히 참는 듯했다.

"나, 가서 선물로 사 온 과자 좀 갖고 올게."

침묵이 흐르려던 참에 바바라 부인이 자리를 떴다.

"미안해요, 숙연하게 만들어서."

한코 씨가 눈을 깜박거리면서 애써 밝게 말했다.

"마실 것 좀 가져올게요. 한코 씨는 홍차에 설탕과 우유, 다 넣으세요? 아참, 시간 괜찮으세요?"

문득 걱정이 돼서 물어보았다. 어쩌면 한코 씨는 아직 근무 중일지도 모른다.

"수업은 끝났으니 시간은 신경 쓰지 않아도 괜찮아요. 그리고 빵티라고 불러도 돼요. 아이들도 그렇게 부르니까."

"그럼 저도 포포라고. 본명은 하토코지만요."

"잘 부탁합니다."

"저야말로."

안에서 홍차를 끓이고 있는데, 바바라 부인이 예쁜 상자를 들고 돌아왔다.

"이거 돌아오는 길에 파리 공항에서 샀어. 모처럼 사 온 것이니 같이 먹자고."

"마카롱이에요?"

상자에는 동그랗고 예쁜 과자가 색색으로 나란히 들어 있었다.

"라뒤레 마카롱, 되게 맛있어."

바바라 부인의 천진난만한 목소리를 들으면서 방금 끓인 홍차를 포트째 들고 와 찻잔에 가득 따랐다.

"좋아하는 걸로 골라."

바바라 부인이 권해서 나는 가장 오른쪽 끝에 있는 선명한 노란색 마카롱을 골랐다. 무슨 맛인지는 몰랐지만, 상큼한 맛의 감귤색 크림이 입안에 확 퍼졌다. 살면서 처음 먹어본 라듀레 마카롱.

"몇 개라도 먹을 것 같네요."

좀 전까지 눈물을 글썽거렸던 빵티도 연갈색 마카롱을 먹으며 기뻐했다. 바바라 부인에게는 새먼 핑크(salmon pink)의 가련한 마카롱이 아주 잘 어울렸다.

봄은 쌉쌀함, 여름은 새콤함, 가을은 매콤함, 겨울은 기름과 마음으로 먹어라.04

선대가 쓴 표어가 지금도 부엌 벽에 붙어 있다. 달력 뒤에 쓴 것이지만, 오랜 세월 있었던 탓에 종이 본래의 흰색은 완전히 바랬다. 기름이 튄 흔적도 그대로 유성처럼 남아 있다.

당장 떼서 버려야겠다고 생각했는데, 떼려고 손을 뻗칠 때마다 왠지 망설여져서 결국 그대로 손을 대지 못하고 있다.

선대가 남긴 것은 종이 쓰레기뿐만은 아니었다.

어느 날, 선대가 쓰던 침실의 벽장을 정리하는데 무슨 상자가 출몰했다. 아무 생각 없이 안을 열어보니 그곳에서 나온 것은 옛날 문구였다. 대부분이 팔다 남은 재고로 일본뿐만이 아니라 외국 제품도 섞여 있었다.

목제 자, 미국산 테이프 커터, 금속제 삼각자, 깡통 풀, 연필깎이, 가위, 이름표 스티커, 수정액, 클립, 메모장, 대학 공책, 스테이플러, 사인펜, 형광펜, 색연필, 크레용, 원고지. 물론 연필도 많았다.

어째서 이런 곳에 있는지 이제 와서 알 도리도 없지만, 아직 한참 사용할 수 있는 것들이었다. 오히려 좀 고풍스러운 디자인이 뭔가 신선했다.

나는 메이커와 생산국 등을 하나하나 꼼꼼히 살펴보았다. 그중에는 이미 회사 자체가 없어졌거나 더 이상 제조하지 않는 상품도 있었다. 하지만 대부분은 일류 회사의 문구였다.

간신히 만난 골동품이다. 팔지 않을 수 없다.

당장 츠바키 문구점의 선반을 정리하고, 그 상품을 진열할 자리를 만들었다. 공간에 상당히 여유가 있어서 추가로 상품을 진열해도 비좁지는 않았다. 새로 진열한 재고 상품에 관해서는 피오피(POP)에 설명을 써서 세워두었다. 오래된 타자기나 지구본 등 팔지 못하는 앤티크 물건으로는 가게를 장식했다. 오래된 물건이 더해진 탓인지 츠바키 문구점의 분위기가 조금 어른스러워졌다.

10월이 되어, 가게 앞에 돗자리를 깔아놓고 오래된 공책에 볕을 쬐어주고 있을 때였다.

"이봐요, 이봐."

갑자기 뒤에서 말을 걸었다.

돌아보니 남작이 서 있었다. 언제나 기모노 차림으로 이 일대를 걸어 다니는 남자다. 직접 얘기를 해본 적은 없지만, 곧잘 커피숍에서 신문을 읽으며 커피 마시는 모습을 보았다. 머리에는 언제나 깃털 장식이 달린 멋진 모자를 써서, 이 동네에서는 남작으로 통한다.

"이 녀석한테 답장을 좀 써줬으면 해."

남작은 기모노 소맷자락에서 편지를 꺼내더니 거칠게 펄럭펄럭 흔들면서 말했다.

"대필 의뢰인가요?"

확실히 하기 위해 물었더니

"달리 무슨 볼일이 있겠어."

고압적인 태도로 나무라듯이 말해서 일단 남작의 손에서 편지부터 받아 들었다.

자신이 받은 편지에 답장을 써달라는 의뢰는 종종 들어온다. 상대가 편한 친구면 한동안 방치해두어도 상관없지만 은사나 손위 사람에게, 그것도 아주 정중하고 훌륭한 편지를 받았을 때는 어떻게 답장을 해야 할지 모른다. 글씨를 못 쓰면 더욱 그렇다. 시간이 지날수록 답장을 기다리게 한 데 죄책감이 커져서, 결국 대필을 찾는 사람도 많다.

하지만 남작의 경우는 좀 사정이 다른 것 같다.

"감히 나한테 돈을 빌려달라고 하다니! 그렇지만 원한을 사면 안 되니까 말이지. 자네가 잘 거절해줘. 성공 보수를 받는 걸로 어때?"

일방적으로 떠들었다. 남작은 그렇게 하고 싶은 말만 단숨에 내뱉고, 내게 편지를 떠맡기더니 바로 가버렸다.

성미도 어찌나 급한지. 대필 의뢰 손님에게는 음료수를 대접하는데, 남작은 츠바키 문구점 안으로 들어오지도 않고 가버렸다.

볕이 마침 딱 좋게 들어서 벌레 퇴치 중인 공책을 그대로 두고, 츠바키 문구점으로 들어와서 남작 앞으로 온 편지를 읽어보았다. 정말로 돈을 빌려달라는 내용이었다. 하지만 오자나 탈자가 많고, 빙 둘러서 쓴 글에는 옛날에 베푼 은혜를 갚으라는 뜻이 역력했다.

이런 놈에게 돈을 빌려줄 줄 알고!

그렇게 단언한 남작의 말이 이해가 됐다. 나도 이런 편지를 받았더라면 돈을 빌려주거나 도와줄 생각이 들지 않았을 것이다.

기분 전환 삼아 밤에는 혼가쿠사 뒤에 있는 후쿠야에 가서 야마가타의 향토 요리를 맛보았다. 카운터만 있는 작은 가게로 언제 가도 지역 사람들로 북적거린다. 나의 부끄러운 과거를 아는 사람을 만나지 않을까 늘 조마조마하지만, 아직 마주친 적은 없다.

구석 자리에 앉아서 알곤약을 안주로 냉주를 마시고, 마무리로 명물인 이모니 카레(토란을 사용한 카레로, 카레 가루를 넣어 함께 끓이며 밥이나 면에 곁들여 먹기도 한다—옮긴이) 국수를 먹고 있을 때였다. 문득 서두에 쓸 말이 떠올랐다. 그리고 걸어서 집으로 돌아올 때까지 내용도 거의 완성됐다. 잊지 않도록 얼른 종이에 쓰고 싶었다.

집에 도착하자마자 샤워를 하고, 취기를 깨우기 위해 진하게 끓인 녹차를 마신 뒤, 얼른 책상 앞에 앉았다. 거절 편지는 쓰는 사람의 기세도 중요하다. 몇 번이나 초안을 쓰며 생각을 거듭하는 편지가 있는가 하면, 이런 식으로 단번에 술술 쓰는 편지도 있다.

남작의 분위기에는 붓펜보다 굵직한 만년필 쪽이 어울린다고 판단하여 이번에는 몽블랑 만년필을 골랐다. 잉크는 칠흑. 종이는 얼마 전 벽장에서 발견한 '마스야(원고지, 편지지, 봉투, 공책 등으로 유명한 가게—옮긴이)'의 원고지를 사용했다.

초안도 쓰지 않고, 바로 종이에 쓰기 시작했다.

편지 잘 받았다.

나도 돈이 없어서 빌려주는 건

일절 불가능하다.

나쁜 소리는 하지 않겠다. 다른 데서 알아봐라.

다만 돈은 빌려줄 수 없지만, 밥은 사줄 수 있다.

배가 고파서 미칠 것 같으면

가마쿠라에 와라.

네가 좋아하는 것을 배불리 먹게 해주지.

앞으로 추워질 텐데 몸조심하고.

건투를 빈다.

이상.05

과연 '마스야'의 원고지는 쓰는 느낌이 아주 좋았다.

다양한 잉크와의 궁합을 연구하여 개량을 거듭하면서 개발한
원고지라고 한다.

게다가 몽블랑 중에서도 걸작이라고 하는 '마이스터스튁
(Meisterstück) 149'와의 궁합은 발군이었다. 전쟁 전에 발매된 이 모
델은 축이 굵어서 힘을 주어 남자 글씨를 쓰는 데 최적이다.

400자 원고지 중앙에 글을 깨끗이 썼다. 본문 뒤에는 한 줄 비
우고 날짜, 그 아래에 남작의 이름, 다음 줄에 상대의 이름, 그 왼
쪽 아래에 조그맣게 '궤하(机下)'라고 호칭을 붙였다. 호칭은 써도
되고 쓰지 않아도 되지만, 남작의 마음가짐을 표시하기 위해 굳이

덧붙였다.

봉투는 크림색이 도는 화지를 골랐다. 평소 기모노 차림의 남작 이미지에 어울리는 봉투를 쓰고 싶었다.

봉투에 쓰는 주소와 받는 사람 이름은 종이와의 궁합도 생각해서 만년필이 아니라 붓으로 썼다. 경의를 담아 '様(사마)'가 아니라 복잡한 쪽인 '樣'를 썼다. 그리고 받는 사람 이름에도 '궤하'라고 호칭을 썼다. 남작의 이미지를 생각하며, 봉투에서 튀어나올 정도로 위세 당당한 글씨를 썼다.

우표는 금강역사상 도안을 붙였다. 이것은 엄연한 거절 편지다. 금강역사상 우표는 500엔이지만, 절대로 돈은 빌려줄 수 없다는 남작의 강한 의지를 표현하기 위해서는 이 정도 붙여도 좋을 것이다. 부드러운 인상의 우표를 붙이면 상대는 또 아무 생각 없을지도 모른다.

언제나처럼 봉투를 봉하지 않은 채 하룻밤 불단의 특등석에 세워두었다.

다음 날 아침, 한 번 더 내용을 음미하고 드디어 봉인했다. 주둥이를 풀로 봉한 뒤에 위에다 '오유지족(吾唯知足)'이라는 사자성어를 새긴 목판을 찍으면 완성이다.

오직 자신이 갖고 있는 것에 만족하다, 라는 뜻으로 스스로를 경계한다는 말이다. 구체적으로 무엇에 돈을 써서 없어졌는지 명확하게 쓰여 있진 않았지만, 남작이 전하는 메시지로 하기로 했다.

다음은 결과를 기다릴 뿐이다.

편지 첫머리에 쓰는 '배계(拜啓)'라는 말은 '절하고 아뢴다'라는 뜻이다. 이 말로 시작한 편지는 '경구(敬具)'로 맺는데, 그것은 '삼가 아뢰었습니다' 하는 마음을 나타내는 말이다.

그보다 더 정중하게 격식을 갖춰서 쓸 때는 '근계(謹啓)'라고 하며 '경백(敬白)'으로 맺는다. 요컨대 이것은 인사 같은 것. 인사에 진, 행, 초가 있는 것처럼 편지의 시작과 끝에도 정중한 정도가 다른 머리말과 맺음말이 있다('진(眞)'은 다다미에 손바닥을 모두 대고 상체를 깊이 숙여 인사한다는 뜻, '행(行)'은 가운뎃손가락 두 번째 마디까지 다다미에 닿도록 하고 인사한다는 뜻, '초(草)'는 손가락 끝부분만 다다미에 살짝 닿도록 인사한다는 뜻이다―옮긴이).

다만 한자어로 시작해서 한자어로 끝나면 보내는 사람의 이미지가 딱딱해지니까 여성의 경우는 '한 글자 올리겠습니다'로 시작해서, '가시코' 혹은 '아라아라가시코'라고 맺는다. '가시코'란 '가시코마루'에서 온 말로 '이만 실례하겠습니다'라는 의미다.

받은 편지에 답장하는 것이라면 '편지 감사합니다'나 '편지 기쁘게 읽었습니다' 등도 머리말 역할을 한다. 이 경우도 '가시코'나 '아라아라가시코'로 매듭짓는다.

참고로 '아라아라'는 '대충, 대략'이라는 의미로, 어쨌든 이것
으로 실례하겠습니다, 라는 뉘앙스 같다. 어떤 머리말을 쓰더라도
여성의 경우는 '가시코' 혹은 '아라아라가시코'를 맺음말로 쓴다.

계절 인사도 모두 생략하고 바로 본론으로 들어갈 때는 '전략
(前略)'이라고 쓰지만, 여성의 경우는 좀 더 부드럽게 '전문(前文) 실
례하겠습니다'나 '전문을 용서해주십시오'라고 쓰면 부드러운 인
상을 준다.

'전략'으로 시작하는 경우는 '불일(不一)'로 맺어 충분히 성의를
다하지 못했음을 표현한다. 바삐 쓰는 것을 사과하는 경우는 '초
초(草草)'로 맺는다. '전략'은 인사로 말하자면 "여어!"라든가 "하
이" 같은 아주 친한 관계에 나누는 가벼운 인사다.

편지에 관한 복잡한 규칙은 대개 시작과 끝에 집중한다.

본문에서는 상대 이름이나 가족의 호칭은 약간 큼직하게 쓰도
록 한다. 상대 이름이 문장 아래쪽에 올 때는 이름 앞에 한 글자를
비우거나, 행을 바꾸어 이름이 위로 오도록 조절한다. 반대로 '나'
와 내 가족에 관해서는 작게 쓰도록 유의하고, 행 아래쪽에 오도
록 배려한다.

라고, 일단은 되어 있지만……

그런 형식에 연연하다 보면 어깨에 힘이 들어간 딱딱한 편지가
되어서 어색하다. 요는 사람을 대할 때와 같아서 상대를 존중하고

배려하는 마음으로 예의를 갖추어 대하면, 결과적으로 이렇게 된다는 것뿐. 편지에 옳은 것도 그른 것도 없다.

내가 선대의 조수를 할 때는 비즈니스 서신 의뢰 같은 건 없었다.

하지만 최근에는 그런 간단한 편지조차 쓰기 귀찮아한다고 한다.

편지지라는 말조차 사어가 되어가고 있어서 지금까지 편지를 한 번도 써본 적이 없다는 사회인도 드물지 않다. 모두 이메일로 충분히 해결 가능한 시대다.

10월 들어 첫 월요일 아침이었다. 가게 문을 열자마자 슈트 차림의 젊은 남성이 뛰어 들어왔다. 나보다 연하로 보였다. 문방구 영업사원이라면 바로 거절하려고 했더니, 그렇지 않은 것 같았다.

"제가 여기 온 걸 비밀로 해주길 바랍니다."

명함을 내밀면서 남성이 꺼낸 첫마디였다. 무심히 명함을 보니 누구나 아는 큰 출판사 이름이 있었다. 말투는 정중했고 차림새도 깔끔하고 얼굴도 나쁘지 않다. 하지만 아무래도 깊이가 없는 인상이었다.

나는 잠자코 그의 다음 말을 기다렸다.

"그러니까 말이죠, 평론가 선생님께 원고 청탁을 드리려고 하는데요."

분명 어딘가 유명 대학을 나왔을 것이다. 하지만 아까부터 내가 느끼는 이 위화감은 무엇일까. 마음속에 심술의 싹이 트려는 것을 필사적으로 막았다.

우선 냉정해지자고 자리에서 일어나 물을 끓이러 갔다. 그동안 그는 줄곧 스마트폰으로 뭔가를 했다.

제일 싼 번차면 되지만, 마침 떨어져서 최고급품인 옥로를 내게 됐다. 그런데 쟁반에 올려 차를 가져가도 얼굴을 들지 않았다.

"드세요."

평소에는 사용하지 않는 차받침에 잔을 올려 그의 앞에 내밀자, 그제야 얼굴을 들었다.

"그래서 용건은."

아직 확실한 의뢰는 받지 못했다.

"요컨대 청탁서를 부탁할 수 없을까 해서요. 선배가 여기서 대필을 해준다고 하던데."

꺼림칙해하는 기색도 없이 조용한 목소리로 거침없이 말한다.

"요컨대 내용은 간단한데요, 저희 의향과 조건을 써주면 돼요. 대충 이런 느낌으로 부탁할게요."

그렇게 말하면서 그는 아이폰 방향을 바꾸어 내 쪽으로 화면이 보이게 했다. 거기에는 의뢰서 같은 것이 찍혀 있었다.

"직접 이렇게 보내시면 되잖아요?"

나는 자포자기하는 마음으로 말을 던졌다.

"아뇨, 실패했어요. 저도 그렇게 생각하고 상대방 이름만 바꿔서 썼지만, 마음이 전해지지 않는다고 상사한테 퇴짜 맞았어요."

마치 남 일처럼 말한다.

"마음은, 자신의 마음을 그대로 쓰면 되는 것 아닌가요?"

반쯤 어이없어 하면서 말했다. 선대였다면 이 시점에서 그를 쫓아냈을 것이다. 나도 현관에 빗자루를 거꾸로 세워놓고 싶은 심정이었다.

"요컨대 그게 잘 안 됩니다."

과연 세 번씩 말하니 더 이상 참을 수가 없었다.

"아까부터 요컨대, 요컨대 하시는데요, 뭐가 요컨대인지 제대로 설명 좀 해주세요."

노골적으로 가시 있는 말투가 되어버렸다. 하지만 더 참을 수 없었다. 자랑은 아니지만, 전직 불량소녀 나부랭이였다.

"당신, 편집자죠? 아무리 햇병아리여도 편집자는 편집자예요. 좀 더 말을 신중하게 사용하는 게 어때요? 게다가 상대에게 의뢰할 때는 원고를 써주길 바라는 간절한 마음이 있기 때문이죠? 러브레터 하나 쓰지 못한다면 편집자 자질이 없는 것이니 당장 때려치우고 호스트 클럽에라도 다니면 되잖아욧!"

나 자신도 지리멸렬한 소리를 한다고 생각했지만, 이제 와서 멈출 수가 없었다. 오랜만에 불량소녀 영혼이 작렬했다.

"나는 대필하는 사람이 맞아요. 부탁하면 뭐든 쓰는 일을 하죠. 그러나 그건 곤란한 사람을 돕기 위해서예요. 그 사람이 행복해지길 바라기 때문이라고요. 그런데 당신은 그저 응석만 부리고 있을 뿐이잖아요. 정면에서 제대로 상대를 마주 보고 있나요? 요즘 세상에 대필도 시대에 뒤떨어진 직업이지만요, 우습게 보면 곤란해요. 그런 식으로 지금까지 살아왔는지 모르겠지만, 세상은 그렇게 물러터지지 않았다고요! 그런 건 직접 써요!"

어쨌거나 상대는 손님이다. 그런데 나는 심하게 말했다. 도저히 참을 수가 없었다.

일본에서는 편지를 '手紙(데가미)'라고 쓴다. 중국에서 '手紙'는 화장실 종이를 의미한다. 방금 의뢰받은 내용은 편지가 아니라 화장실 휴지다. 더러워진 엉덩이를 닦아달라고 하는 것 같아서 불쾌했다.

"실례했습니다."

그는 일어나더니 인사만 꾸벅하고 츠바키 문구점을 나갔다. 이런 태도로 손님을 맞다니, 나야말로 사회인으로 실격이다.

10월 마지막 주말에는 비가 내렸다. 또 태풍이 다가오는 것 같다. 태풍에 질릴 대로 질렸건만 저기압은 지치지 않고 일본 열도를 횡단한다.

우오후쿠 아주머니가 츠바키 문구점에 온 것은 며칠 전의 일이다.

"포포, 여기 가보지 않겠어? 한참 전에 표를 사놓고 기대하고 있었는데, 손자를 봐야 해서 집을 비우지 못하게 됐지 뭐야."

아주머니가 앞치마 주머니에서 표 한 장을 꺼내면서 말했다. 보니, 라쿠고(일본 전통 만담—옮긴이) 표였다.

"토요일 저녁이니까 혹시 갈 수 있으면 다녀와. 이건 말이지, 생선 할머니의 선물이야."

자신을 여전히 '생선 할머니'라고 하는 것이 귀엽다.

나도 포스터를 보고 솔깃했던 공연이다. 고메이샤에서 요즘 인기 최고인 젊은 만담가의 공연이 있다고 한다. 라쿠고를 잘 알지는 못하지만, 싫어하지 않는다. 다만 텔레비전으로 보는 정도로 아직 공연을 가본 적은 없었다.

"그럼 표값을 낼게요."

몇 번이나 말했지만 결국은 자칭 생선 할머니 우오후쿠 아주머니의 기세에 져서 공짜로 양도받게 됐다. 그래서 더욱 가야만 했다.

폭우는 아니었지만, 만일을 위해 장화를 신고 레인코트를 입고 나갔다. 츠바키 문구점에서 자이모쿠자에 있는 고메이샤까지는 천천히 걸으면 한 시간 가까이 걸린다. 여유롭게 조금 일찌감치 집을 나서서 한가롭게 다른 데도 구경하면서 가기로 했다.

공연장에 도착한 것은 공연 오 분 전이었다.

고메이사의 본존, 아미타여래 앞에 금병풍을 치고 대좌를 만들어 그곳에 앉아서 만담을 한다. 넓은 불당에는 아이도 어른도 꽉 꽉 들어차서, 남녀노소가 진지한 표정으로 화술에 빠져들었다.

라쿠고 공연이 끝나고 밖으로 나오니 비는 거의 그쳤다.

가마쿠라에서 가장 크다고 하는 산문(山門) 아래를 지날 때, 뒤에서 누가 불렀다. 하지만 설마 나라고는 생각하지 못해서 그대로 흘려들었다. 그러자 부르는 소리가 점점 커지더니, 급기야 어깨를 쳤다.

놀라서 돌아보니 남작이 서 있었다. 남작은 귀에 꽂고 있던 이어폰을 한쪽만 빼고

"아까부터 불렀는데 무시하지 좀 말라고."

여전히 거만한 태도로 투덜거렸다.

"죄송합니다, 못 들어서."

설마, 남작일 줄은 생각지도 못했다. 남작의 이어폰에서 새어나오는 것은 재즈 같았다. 귀에 부드럽게 감기는 색소폰 음색이 희미하게 밤의 정적 속으로 흘러나왔다.

"라쿠고 오셨어요?"

"아니면 무슨 목적이 있겠어, 이런 날에."

발밑에는 커다란 물웅덩이가 생겼다.

"죄송합니다."

된통 혼난 기분이 들어서 다시 한 번 사과했다.

남작이 그대로 따라와서 할 수 없이 나란히 밤길을 걸었다. 대체 어디까지 같이 걸을 셈인가 싶었지만, 태도에 나타나지 않도록 자연스러운 척했다. 좋은 라쿠고였네요, 어쩌고 하며 얘기를 꺼내도 다음 대화로 발전할 것 같지 않았다. 그때 남작이 갑자기 말했다.

"하토코, 시간 있지?"

남작이 내 이름을 어떻게 알지? 게다가 시간이 있는지 묻고 있다. 말을 잃고 있으니

"저번에 그거, 멋지게 써주지 않았나."

고개를 돌린 채 남작이 말했다.

"감사합니다."

결과는 궁금했지만, 확인할 수가 없었다. 그러나 이것으로 겨우 어깨짐을 내려놓았다.

"성공 보수니까 먹고 싶은 것 뭐든 말해봐. 사줄 테니."

남작의 굵은 목소리가 비 갠 밤길에 울렸다. 지금 나와 남작은 자이모쿠자 해안을 등진 채 역으로 가는 버스 길을 걷고 있다.

사실은 돈으로 받는 편이 고맙지만, 상대가 남작이니 그렇게 말할 수도 없다. 돈이 좋다고 하면 어떤 반격을 당할지 모르므로 남

작에게 맡기기로 했다. 게다가 잘 생각해보면 돈을 받아서 맛있는 것을 먹으러 갈 거라면, 처음부터 맛있는 것을 얻어먹어도 마찬가지다. 경우에 따라서는 후자 쪽이 비싸게 치일지도 모른다. 그런 시키면 생각까지 했다.

남작의 게다가 또각또각 젖은 지면을 때렸다. 비 때문인지 주말인데 사람도 차도 적었다.

"장어를 먹고 싶어요."

사실은 바로 장어라는 단어가 머리에 떠올랐지만 조금 생각하는 척 틈을 두었다. 아무거나 좋아요, 라고 했다가는 또 남작이 빈정거릴 게 뻔하다.

"장어라. 좋아, 알았어. 따라와."

남작은 의기양양하게 콧구멍을 넓히며 신이 나서 성큼성큼 걸었다.

남작이 입고 있는 긴 하오리(일본 옷 위에 입는 짧은 겉옷—옮긴이)가 바람을 안고 부풀었다. 뒤처지지 않도록 열심히 빠른 걸음으로 쫓아갔다. 남작의 게다 소리에 비하면 내 장화는 찍찍 고무바닥 소리만 울려서 멋이 없다.

남작이 데려가준 곳은 유이가하마 거리에 있는 '쓰루야'라는 오래된 장어집이었다. 물론 유명한 가게여서 나도 알고 있다. 하지만 고등학생 때 선대를 따라온 것을 마지막으로 한 십 년 이상

들어가보지 않았다. 아니, 정확하게는 들어갈 수가 없었다.

가게 주위에는 이미 맛있는 향이 떠돌았다. 좁고 길쭉한 빌딩을 폭 감싸 안듯이 매콤달콤한 소스 향이 흘렀다. 남작 뒤를 따라서 유리 진열장 옆에 있는 젖빛 유리문을 열고 안으로 들어갔다.

"어서 오십시오!"

어쩐지 남작은 이 가게의 단골 같다. 주방에서 얼굴을 내민 주인과 눈이 마주치자 한 손을 휙 들더니

"늘 시키는 것, 이인분."

그 말만 하고 다시 가게를 나왔다.

"장어만 먹으면 시시하니까 그 전에 전채라도 먹으러 가지. 좋은 생각이지?"

그렇게 말하고 도로를 가로질러 맞은편에 있는 유리벽의 이탈리아 식당에 들어갔다. 카운터에 앉자마자, 또 메뉴도 보지 않고 주문했다.

남작은 셰리를, 나는 몸이 좀 차가워져서 스페인산 레드 와인을 시켰다. 바로 빵과 생햄이 나왔다. 생햄은 이베리코산 돼지이고, 빵은 바로 앞 가마에서 구운 것. 작은 프라이팬 같은 그릇에 담겨 나왔다.

"배부르면 장어가 안 들어가니까 햄만 먹어."

사실은 빵도 먹고 싶었지만, 얌전하게 남작이 시키는 대로 했다.

"맛있어요."

절로 얼굴에서 미소가 쏟아졌다.

"그렇지?"

햄의 지방이 얇게 내린 눈처럼 혀 위에서 사라락 녹았다.

남작은 포크를 쓰지 않고 손으로 집어서 생햄을 입에 넣었다. 눈 깜짝할 사이에 셰리 잔이 비었다. 이 가게도 단골인지 아무 말도 하지 않는데 화이트 와인을 잔에 찰랑찰랑하게 따랐다.

레드 와인을 마신 데다 불 옆이어서 조금씩 몸이 따듯해졌다. 뺨에 손을 대어 식히고 있을 때 이번에는 샐러드가 등장했다.

샐러드는 게장 소스의 바냐 카우다로 거의 같은 타이밍에 멸치 튀김도 나왔다. 남작이 시원스럽게 레몬을 짜주었다.

"뜨거울 때 먹어."

말투는 거칠지만 자상한 면도 있는 것 같다.

시키는 대로 따끈따끈한 것을 입에 넣으니 입안 가득 바다 맛이 퍼졌다. 화상 입을 것 같은 입속을 바냐 카우다에 찍은 채소로 식힌다. 게장 소스가 진했다.

"이것만 먹어도 배가 부를 것 같아요."

입을 오물오물 움직이면서 말하자

"바보."

남작이 큰소리로 나무랐다.

"메인은 지금부터니까 적당히 먹어. 남으면 싸 가면 되니까."

남작은 그렇게 말하지만, 역시 무엇이든 당장 먹는 게 맛있다. 그래서 무시하고 계속 먹었다. 적당히 배가 찼다.

가게에 들어가서 삼십 분쯤 지났을 때 남작은 흘끗 시계를 보고 시간을 확인하더니 바로 계산을 했다. 그리고 다시 유이가하마 거리를 지나 쓰루야로 들어갔다.

장어가 다 구워지길 기다리면서 이번에는 병맥주를 시켰다. 자동적으로 작은 사발이 나왔다. 간이 수북하게 담겼다.

"기모쓰쿠야. 이게 맥주에 잘 어울리지."

좋아하는 안주인지, 눈을 가늘게 뜬 남작은 기분이 좋아 보였다.

남작이 내 컵에 맥주를 따라주어서 나도 남작의 컵에 따라주려고 할 때였다.

"시녀도 아니고, 그런 짓 하지 않아도 돼."

또 혼났다. 시무룩해 있으니 남작도 눈치를 챘는지 조금 부드러운 목소리로 말을 이었다.

"맥주는 말이야, 자기가 따라 마시는 게 맛있어. 젖내 나는 처자가 따라주면 맥주까지 젖내 나."

마치 말귀를 알아듣지 못하는 어린아이 설득하는 듯한 말투였다. 남작은 일일이 자신의 방식을 고수해서 까다롭다. 무엇을 해도 야단맞을 것 같아서 아예 신경 쓰지 않고 기모쓰쿠로 입안을 가득 채웠다.

간장 맛이 진하게 밴 매콤달콤한 간은 채 썬 생강이 악센트가
되어 중독될 것 같은 맛이었다. 곳곳에 젤라틴처럼 응고된 것도
있어서 그게 또 식욕을 돋우었다. 그때

"할머니를 닮지 않아서 다행이네. 그쪽은 술을 한 방울도 마시
지 못했지."

남작이 불쑥 말했다.

"선대를, 아세요?"

어쩌면 그럴지도 모른다고 생각하면서 남작에게 확인했다.

"알고말고. 오래 살다 보면 여러 가지 일이 있지. 그보다 네 기
저귀 갈아준 게 나였어."

마지막 기모쓰쿠를 입안 가득 씹으면서 남작이 말했다.

"정말이에요?"

그런 말, 선대에게 한 번도 들은 적이 없었다. 뭔가 나도 모르는
내 모습을 보여준 것 같아서 부끄러워졌다. 만약 남작의 말이 사
실이라면 감사 인사를 제대로 해야 한다.

"우리 거기하고 그쪽 할머니가 아는 사이여서 우리 거기가 아
들을 막 낳았을 때라 젖을 먹여준 것뿐이긴 하지만 말이지."

"그러셨군요, 정말 감사합니다."

우리 거기란 즉 남작의 부인을 말하는 것이리라.

"너, 아주 잘 우는 아이였어."

남작도 술을 마시면 얼굴이 벌게지는 체질인지 뺨이 희미하게 붉어졌다. 나는 내 어린 시절 이야기를 거의 들은 적이 없다. 그래서 그런 사소한 정보도 신선하게 느껴졌다.

그때 여주인이 쟁반에 장어덮밥을 올려서 갖고 왔다.

"자, 2세대 주택 기다리셨습니다."

2세대 주택?

장어덮밥은 여전히 멋진 칠기 찬합에 담겨 있었다. 기다리지 못하고 뚜껑을 열었더니, 행복한 냄새가 확 올라왔다. 오랜만에 먹는 장어에 온몸의 세포가 환희의 탄성을 올렸다.

표면은 바삭하고 안은 촉촉.

적당한 농도의 소스가 훌륭하게 장어를 감쌌다. 되직하게 지은 밥에 소스가 스며들어 맛있었다. 게다가 밥 위에뿐만 아니라 밥 속에 장어구이가 한 장 더 숨겨져 있었다.

"봐, 2세대 주택이지?"

입술 옆에 밥알을 묻힌 채 남작이 자랑스럽게 말했다.

"처음 먹어봤어요."

솔직히 말하자

"정식 이름은 2단 장어덮밥. 나는 2세대 주택이라고 부르지만. 가끔은 이런 사치도 괜찮지."

남작은 얼굴에 묻은 밥알을 그제야 깨닫고 입에 넣으면서 말했다.

"선대는 장어를 제일 좋아했어요."

선대의 모습을 몰래 가슴에 떠올리면서 말했다.

초등학교 입학이나 시치고산(3세, 5세, 7세가 되는 어린이들의 성장을 축하하기 위해 신사나 절에 가서 참배하는 행사로 11월 15일에 행함—옮긴이), 고등학교 입시 합격 등 축하할 일이 있을 때는 항상 쓰루야에 왔다. 평소 좀처럼 외식을 하지 않는 선대가 유일하게 데려와준 가게가 이곳이었다. 선대가 스시코 아주머니에게 이혼을 권한 것도 이곳 1층의 다다미방에서 제일 싼 장어덮밥을 먹으면서였다.

그런 생각을 떠올리고 있자니 왠지 눈물이 쏟아졌다. 선대와 장어덮밥이 보기 좋게 겹쳐져서 내가 지금 선대와 마주 앉아 있는 것 같은 기분이 들었다.

마지막에 둘이서 이곳에 왔을 때, 도중에 말다툼을 해서 나만 먼저 가게를 나왔다. 칠기 찬합에는 아직 장어덮밥이 반이나 남아 있었다.

그 뒤로 한 번도 이 가게에 오지 않았을 뿐만 아니라 장어 자체를 먹지 않았다.

"뭐야, 너무 맛있어서 눈물이 나는 건가?"

남작이 기모노 소맷자락 사이에서 넌지시 손수건을 꺼내 건네주었다.

"죄송합니다."

나는 울먹거리며 인사를 하고 손수건을 받아 들었다. 마로 만들어진 손수건은 반듯하게 다림질이 되어 있었다.

"콧물이든 눈물이든 다 닦아. 기분이 개운해지면 장어를 먹어."

거친 말투였지만, 거기에는 남작의 부드러움이 담겨 있었다.

"어차피 이제 쓰지 않을 손수건이니까 하토코한테 줄게."

남작이 또 내 이름을 불러주었다.

"포포포, 하토포포, 마메가호시이카소라야루조('구구구, 비둘기가 구구, 콩이 먹고 싶니, 그럼 줄게'라는 가사의 동요—옮긴이). 내가 너를 괴롭히는 줄 아니까 얼른 그쳐, 바보."

남작은 노래를 부르며 얄밉게 놀리더니, 달그락달그락 큰소리를 내면서 호쾌하게 남은 2세대 주택을 먹어치웠다.

눈물을 다 닦고, 다시 젓가락을 들었다. 남작을 따라 일심불란하게 장어덮밥을 긁어 먹었다. 부드러운 장어, 매콤달콤한 소스, 반지르르 윤기가 흐르는 고들고들한 밥알이 일치단결하여 내 몸으로 쭉쭉 밀고 들어왔다.

좀 전에 간 가게에서 그렇게 전채를 먹었으면서 장어덮밥이 들어가는 배는 또 달랐다. 도중부터 배가 너무 불렀지만, 남작과 같은 양을 말끔하게 해치웠다.

"맛있었어요."

하고 얼굴을 들다가 남작과 눈이 딱 마주쳤다. 남작은 신묘한 표정으로 이쑤시개를 물고 있었다.

"계산!"

호통치듯이 말하는 남작의 목소리가 가게에 크게 울렸다. 주방에서는 이미 뒷정리를 하고 있었다. 아마 단골인 남작을 배려해서 영업시간을 늘려주었을지도 모른다. 2층에는 손님이 아무도 없었다.

"가자."

나는 황급히 자리에서 일어났다. 대체 남작이라는 사람은 얼마나 성미가 급한 걸까.

"잘 먹었습니다."

쓰루야를 나온 뒤 남작의 등에 대고 주뼛주뼛 인사를 했다.

"성공 보수. 자네가 번 것으로 먹은 거니까 인사할 필요 없어. 그런 놈한테 돈을 빌려줬더라면 이 정도로 끝내지 못했을 테니까. 돈을 빌려줄 때는 말이야, 상대한테 준다 생각하고 줘야 돼. 그만한 각오가 없으면 절대로 빌려줘서는 안 돼. 자네, 아주 딱 잘라서 돈은 빌려줄 수 없다고 거절한 것 같더군. 그러니 감사 인사는 내가 해야 해. 수고했어."

이것이 남작식 인사인가. 뭐라고 대답해야 할지 몰라서 남작의 등을 향해 꾸벅 절을 하는 걸로 끝냈다.

"그런 이유로 한 집 더 데려가주지. 잠깐 저기까지 디저트라도 먹으러 가볼까. 어차피 자네 같은 처자는 기다려주는 남자 같은 것 없지?"

그렇게 말하고 남작은 혼자 멋대로 웃었다. 말이 심하다고 생각했지만, 사실이어서 반박할 수 없었다.

남작이 데려가준 바는 정말로 쓰루야 코앞이었다. 로쿠지조 사거리에 좋은 바가 있다는 소문은 귀에 못이 박이게 들었지만, 내가 사는 곳은 산속이어서 좀처럼 바다 쪽까지는 발길이 향하지 않는다.

"자."

남작이 문을 열어주었다. 건물 위쪽에 '유이가하마 출장소'라는 이름이 남아 있었다.

"여기 옛날에 은행이었죠."

남작이 이런 세련된 바를 안다는 사실에 놀랐지만, 어울린다고 하자면 어울린다. 대체 남작은 뭐하는 사람일까.

작은 가게 안에는 예전에 접수대였을 것으로 보이는 묵직한 카운터가 남아 있었다. 천장이 높고 쾌적한 곳이었다.

나와 남작은 입구 가까운 곳의 소파에 앉았다. 카운터에 손님이 몇 명 있었지만, 모두 조용히 술을 마시고 있었다.

"뭐로 할 거야?"

갖다준 물수건으로 손과 얼굴을 시원스럽게 닦으면서 남작이 내게 물었다.

"나는 늘 마시던 칵테일. 이쪽은……."

정하지 못하고 메뉴를 보고 있으니

"얼른 정해, 바텐더가 기다리잖아."

이내 짜증을 낸다.

"그럼 제철 과일을 이용해서 별로 세지 않은 칵테일로 부탁합니다."

초조해하면서 빠르게 대답했다.

"그리고 초콜릿도."

남작이 덧붙였다.

"가마쿠라에도 이렇게 멋진 바가 있네요."

물수건으로 손을 닦으면서 내가 말하자

"가마쿠라니까 좋은 바가 있지."

남작이 일축했다. 확실히 그럴지도 모른다. 이런 적당히 편안한 분위기는 도시에서는 좀처럼 낼 수 없을 것이다. 검은 가죽 소파도 편안하고 색 바랜 회반죽벽도 근사한 멋을 자아냈다.

"은행이었던 것이 소아과로 바뀌고, 그 후에 바가 됐지. 소아과 때는 나도 다녔어."

"그러셨군요."

"좋은 건물인데 남아서 다행이야."

남작이 '늘 마시던'이라고 주문한 술은 본 적도 없는 신기한 것으로, 바텐더가 갖고 왔을 때 나는 엉겁결에 몸을 뒤로 젖혔다.

"뭐예요, 이게?"

내가 묻자

"삼부카 콘 라 모스카(Sambuca con la mosca)라는 술에 커피콩을 몇 알 띄우고 알코올에 불을 붙여서 내는 것이랍니다."

그래서 잔의 표면에 파르스름한 불꽃이 피어오르는 건가.

"남작님이 좋아하시는 것이죠."

'님'을 붙이니 완전히 우스꽝스럽게 들렸다. 웃음이 터질 뻔한 것을 필사적으로 참고 있는데, 내 앞에도 아름다운 색의 칵테일이 공손하게 나왔다.

남작이 끄라고 시켜서 나는 삼부카 콘 라 모스카의 파르스름한 불꽃을 불어서 껐다. 그리고 남작과 오늘 밤 세 번째 건배를 했다.

칵테일을 한 모금 머금으니 부드러운 유자 향이 퍼졌다.

"유자와 여름 감귤에 샴페인을 탄 것입니다."

수제 생초콜릿도 입에 넣었다. 너무 달지 않은 절묘한 어른의 맛이다.

"가끔은 마음껏 노는 것도 즐겁지."

남작의 말에 나는 말없이 끄덕였다. 평상복 차림으로 라쿠고를 들으러 나왔는데 어느새 세 집이나 왔다. 게다가 세 집의 간격은 미미하여 눈을 감고도 걸을 수 있을 것 같았다.

남작이 카운터로 이동하여 바텐더와 담소하는 동안 나는 화장실에 들렀다. 그리고 막 나오려는 참에

"포포!"

느닷없이 누가 불렀다. 깜짝 놀라 얼굴을 드니 빵티가 있었다. 가마쿠라는 작은 마을이어서 아는 사람과 마주치는 일이 드물지 않다.

"등 뒤에서 목소리가 들려 혹시나 했는데, 분위기가 좋아서 말을 걸기도 뭣해 그냥 있었어. 그런데 역시 그랬구나."

빵티는 나와 남작의 관계를 완전히 착각했다. 하지만 설명하기도 귀찮아서 그대로 흘리고 화제를 바꾸었다.

"오늘도 학교에서 일?"

"응, 잠깐이었지만. 저녁에 끝나고 퇴근길에 어슬렁거리며 들러본 거야. 나, 술은 못 마시지만 이곳에 오면 취한 기분을 맛볼 수 있어서."

바에서 만난 빵티는 평소보다 섹시했다. 짧은 타이트스커트 아래로 컴퍼스처럼 미끈한 다리가 쭉 뻗었다.

"있지, 있지, 다음에 같이 빵 굽지 않을래?"

빵티는 정말로 취한 것 같은 말투였다. 그 말투에 전염된 듯이 나도 취한 어조로 대답했다.

"좋아. 나, 빵을 구워본 적 없어. 빵티가 요전에 가져온 빵, 최고였는데."

그 빵은 정말로, 정말로 맛있었다. 고맙다고 인사하는 걸 깜빡 잊어버릴 정도로 정신없이 먹었다.

남작이 목에 목도리를 두르고 있어서 나도 빵티와 대화를 적당히 마무리했다.

바를 나와 신호등을 건넜을 때

"늦었으니까 택시로 태워다 주지."

남작이 멋대로 택시를 세우더니 먼저 탔다.

택시는 게바에서 오마치요쓰도 사거리를 왼쪽으로 돌아 하치만궁 쪽을 향해 고마치 대로를 달려갔다. 과연 늦은 시간이어서 후쿠야의 등불도 꺼져 있었다. 가마쿠라궁 앞까지면 된다고 말했는데, 굳이 좁은 골목까지 들어가서 츠바키 문구점 앞에 내려주었다.

"감사합니다. 안녕히 주무세요."

택시에서 내려 인사를 하자

"잘 자고."

무뚝뚝하게 그 말만 하고 바로 택시를 출발시켰다.

집에 돌아온 뒤 불단에서 손을 모았다.

혼자 컸다고 생각했는데 절대 그렇지 않았다. 나를 낳은 사람은 엄마다. 그리고 배를 곯던 내게 젖을 준 사람도 있었다. 거기까지 나를 안고 간 사람은 선대다.

나를 낳고, 지키고, 길러준 모든 사람들에게 고맙습니다, 하고 마음속으로 전했다.

그러자 선대가 처음으로 나를 향해 미소 지어주는 것 같은 느낌이 들었다. 선대는 언제나 빈틈없는 기모노 차림에, 안경 너머 눈동자는 항상 엄했다. 유일하게 편안히 있는 때는 툇마루에서 담배를 피우는 시간으로, 나는 그 모습에 평생 가까이 가지 못했다. 지금까지도 줄곧 같은 표정을 짓고 있었는데 왠지 오늘 밤만은 빙그레 웃는 것처럼 보였다.

그다음 주에 생긴 일.

한 여성이 시원스럽게 츠바키 문구점에 나타났다.

나는 처음에 여배우가 온 줄 알았다. 키는 올려다볼 만큼 컸고, 그녀가 있는 것만으로 그 자리의 공기가 화사해졌다. 이목구비는 물론 몸짓, 일거수일투족, 어디를 어떻게 도려내도 아름다움과 품격으로 넘쳤다.

근처에서 영화 촬영이라도 하는 걸까? 그래서 빈 시간에 츠바키 문구점을 한번 들러보고 싶어졌는지도 모른다.

멍하니 꿈을 꾸는 듯한 기분으로 있을 때, 여성이 내 눈을 들여다보며 말했다.

"저는 오모지(嗚文字, 미운 손글씨라는 뜻—옮긴이)예요."

눈앞에 다가온 여성에게는 복숭아와 딸기와 바닐라와 시나몬을 섞은 듯한 아주 달콤한 향기가 흘렀다.

"오, 오모지?"

들은 적 없는 말에 나도 모르게 앵무새처럼 따라 물었다. 희귀한 성인가, 아니면 치질(일본어로 '지痔'라고 함—옮긴이)을 정중하게 표현한 옛날 말인가? 하지만 문구점에 치질을 상담하러 왔을 리는 없고…… 머뭇거리고 있는데 여성은 망설이듯이 말을 이었다.

"그래서 제 글씨가 아주 지저분해요."

나이는 이십 대 후반이나 삼십 대 초반쯤일까. 글씨는 그 사람 자체다. 선대도 곧잘 말했다. 글씨를 보면 상대가 어떤 사람인지 안다고.

그래서 나는 그녀가 겸손하게 말하는 것일 거라고 생각했다. 아무리 본인이 못쓴다고 말해도 실제로는 조금 나쁜 습관이 있는 정도일 것이다.

"믿어주지 않을 것 같아서 미리 50음도를 써 왔어요. 이건데요. 부끄럽지만 봐줄래요? 그럼 이해가 될 거예요."

여성은 울상을 지으며 핸드백에서 봉투를 꺼냈다. 그 동작이 또 넋을 잃을 정도로 우아했다. 백조가 인간으로 변신하면 아마 이렇지 않을까 생각하게 하는 기품이었다.

그러나 글씨를 보고 깜짝 놀랐다. 놀랐다는 말로는 터무니없이 부족하다. 실례지만, 정말로 속이 안 좋아져서 토할 뻔했다. 이렇게 지저분하고 불쾌한 글씨를 지금까지 한 번도 본 적이 없었다.

"이게 제가 최대한 예쁘게 쓰려고 노력해서 쓴 아이우에오랍니다."

이럴 때 어떻게 대처해야 좋을지 모르겠다. 백전노장인 선대라면 이렇게 불쌍한 눈앞의 여성에게 어떤 위로의 말을 해주었을까.

"차를 끓여 올게요."

일단 냉정해지자, 생각하고 그녀를 남겨둔 채 자리를 떴다.

츠바키 문구점에서는 난로를 피우기 시작했다. 선대 때부터 사용한 낡은 통 모양의 난로로, 주전자를 올려놓았다.

마침 유자차를 사다 둔 게 있어서 그 자리에서 뜨거운 물을 부어 유자차를 만들었다. 얘기가 길어질지도 몰라서 카페오레 볼에 듬뿍 탔다. 추운 계절에는 난로가 있어서 굳이 안에 들어가지 않아도 그 자리에서 차 준비를 간단히 할 수 있는 게 기쁘다.

같이 유자차를 마시면서 다시 여성에게 얘기를 들었다. 이 사람에게는 자신의 알몸을 보여주는 것보다 글씨를 보여주는 것이 훨씬 부끄러운 일일지도 모른다. 그렇게 생각하니 용기를 갖고 츠바키 문구점에 찾아온 그녀에게 조금이라도 힘이 되고 싶은 생각이 들었다. 초면인 내게 자신의 치부를 모두 드러낸 것이니.

그녀의 이름은 카렌이라고 했다.

"원래는 꽃 화에 연꽃 연을 써서 카렌(花蓮)이라고 읽어요. 그런데 글씨를 못 써서 그냥 '카렌(カレン)'이라고 가타카나로 쓴답니다. 그편이 글씨를 못쓰는 티가 덜 나서요."

글씨를 못쓰는 사람에게는 글씨를 잘 쓰는 사람은 헤아릴 수 없는 고충이 많을 거라는 걸 그때 비로소 깨달았다.

"하시는 일은?"

내 물음에

"국제선 승무원이에요."

카렌 씨가 살짝 대답했다.

"사실은 학교 선생님이 되고 싶었어요. 그런데 선생님은 학생들 앞에서 글씨를 써야 하잖아요. 그래서 나는 절대로 무리구나, 하고 포기했답니다. 평소 되도록 사람들 앞에서 글씨를 쓰지 않으려고 해요. 결혼식이나 장례식 방명록도 극구 사양하죠. 그런 이유로, 라고 생각될지도 모르겠습니다만. 긴장하면 글씨가 점점 지저분해져서."

"그렇군요."

그 이상의 말을 제대로 할 수가 없었다.

일상생활에서 글씨를 쓸 기회는 점점 줄어든다. 선대는 그 사실을 못마땅해했다. 하지만 카렌 씨와 같은 고민을 가진 사람에게는 아직 글씨를 쓸 기회가 많이 있을 것이다. 메일로는 절대 해결되지 않는 어찌할 도리가 없는 상황이.

카렌 씨의 표정이 어두워졌다.

"실은 대필을 부탁할 수 없을까 해서요. 어머님이 글씨에 몹시 까다로우세요. 시어머니 말입니다만."

카렌 씨가 한숨을 쉬었다. 나는 카렌 씨의 다음 말을 천천히 기다렸다.

"부모님도 제 글씨가 악필이라는 걸 알아서 어릴 때부터 열심히 가르쳤고 펜글씨 학원에도 보내주었어요. 그렇지만 안 되더라구요. 어쩌면 뇌의 문제일지도 모르겠어요. 글씨를 형태로 받아들이지 못하는 게 아닐까. 그래서 취업 원서를 낼 때는 엄마가 이력서를 써주어서 임기응변으로 넘길 수 있었답니다. 남편을 만났을 때도 글씨가 걱정이었어요. 그 전에 글씨를 못쓴다고 차인 적도 있어서요. 그래서 나중에 그렇게 되면 너무 슬프니까 그 사람한테는 정식으로 사귀기 전에 내 글씨를 먼저 보여주었어요. 이런 지렁이 글씨여도 괜찮아요? 하고. 거기서부터 교제를 시작했어요."

"착한 남편이군요."

내가 말하자 카렌 씨는 부끄러운 듯이 미소 지었다.

"남편 말로는 완벽한 사람이란 어디에도 없다고. 게다가 나 같은 여자는 어딘가에 결점이 없으면 그게 더 불안하니 오히려 안심이 된다고 했어요. 그 말에 진심으로 구원을 받았답니다. 글씨를 못써서 결혼도 포기할 정도였으니까요."

"남편을 만나서 정말 다행이었네요."

그런 식으로 상대의 결점을 부드럽게 받아주는 남편이 그리 많지 않을 것이다. 관계가 삐걱거릴 때 자신이 가장 싫어하는 점을 예사로 말하는 사람이 많다.

"그런데 문제는 시어머니예요."

카렌 씨의 표정이 굳어졌다. 카렌 씨가 방금 말한 시어머니라는 울림에는 어딘가 내치는 듯한 분위기가 떠돌았다.

"친정어머니와는 사이가 좋지만 남편의 어머니, 아주 엄한 분이세요. 한번은 해외에 있어서 메일로 축하의 말을 전했다가 호되게 야단맞았어요. 그래서 크리스마스나 생신 카드도 어떻게든 열심히 쓰고 있는데요. 그런데 한번은 글씨가 지저분한 것은 마음이 더러워서라고, 처음부터 다시 배우라며 마음대로 통신교육 강좌를 신청한 거예요. 그렇지만 저도 일이 있는데 그렇게 할 수가 없잖아요. 게다가 제 악필은 병 같은 것이어서 고쳐지지 않아요. 펜글씨 강좌는 벌써 옛날에 받아보고 포기한 건데요. 그렇지만 어머니한테는 제대로 강좌를 듣고 다니는 걸로 해두어서……."

"힘드시겠네요."

나도 지금까지 글씨는 사람 그 자체라고 믿었다. 촌스러운 사람은 촌스러운 글씨를 쓰고, 섬세한 사람은 섬세한 글씨를 쓴다. 얼핏 꼼꼼하게 보여도 대담한 글씨를 쓰는 사람은 성격에도 그것이 나타난다. 예쁘긴 하지만 어딘가 차가운 글씨도 있고, 단정하지 않지만 모닥불에 손을 대고 있을 때처럼 따스한 온기가 느껴지는 글씨도 있다.

그런 식으로 글씨에는 그것을 쓰는 사람의 인품이 그대로 배어 나온다고 믿었다. 하지만 착각이었다. 카렌 씨처럼 아무리 해도 글씨가 잘 써지지 않는 사람도 존재한다. 글씨를 못쓰는 것은 마음이 더러워서, 라고 생각하는 것은 너무 폭력적이다.

"이제 곧 어머님 환갑이에요."

카렌 씨는 말을 이었다. 카페오레 볼의 유자차는 거의 떨어졌다.

"남편과 의논해서 선물을 준비했는데, 거기에 넣을 메시지 카드를 도저히 쓸 수 없어서요. 그걸 좀 써주시겠어요?"

분명 고민에 고민을 거듭한 끝에 여기까지 왔을 것이다. 이런 사람을 돕지 않으면 대필가라고 할 수 있겠는가.

나는 전에 없이 힘차게 말했다.

"쓰겠습니다."

내가 앉은 채 머리를 숙이자 카렌 씨가 안도의 미소를 지었다.

카렌 씨는 카드도 직접 가져왔다.

"예쁜 카드네요."

본 적도 없는 아름다운 카드에 나도 모르게 눈이 휘둥그레졌다.

"이건 벨기에의 작은 종이가게에서 발견한 거랍니다. 어머님 이미지에 맞을 것 같아서."

종이 표면에 나뭇잎 모양이 희미하게 찍혀 있다.

"옛날 것인가요?"

종이를 더럽히지 않도록 조심하면서 움푹 팬 나뭇잎 모양을 손가락으로 더듬었다.

"아마 그런 것 같아요. 가게 분 말로는 백 년도 전에 만든 종이래요."

"역시 그렇군요. 뭐랄까, 촉감이 다르네요."

사실은 그 종이를 뺨에 대고 볼을 비비고 싶은 심경이었다. 고귀한 고양이의 등을 쓰다듬는 듯 우아한 기분이 들게 하는 지질이었다.

"급하세요?"

내가 묻자

"시간은 아직 있는데요, 실은 제가 내일부터 또 외국행 비행이 있어서요. 그래서 가능하면……."

빠른 편이 좋을 것이다.

"알겠습니다. 조금만 시간을 주신다면 오늘 안으로 해드리겠습니다."

카드 글씨를 쓰는 것쯤 간단한 일이다. 게다가 내용은 이미 카렌 씨가 준비했다.

"고맙습니다! 살았어요. 저, 친정이 고마치이니 갔다가, 나중에 다시 들를게요."

카렌 씨가 자리를 떴다.

서면 작약, 앉으면 모란, 걷는 모습은 백합.

카렌 씨는 그 표현 그대로인 사람이었다.

해도 제법 떨어졌고 손님도 오지 않을 것 같아서 평소보다 일찌 감치 가게 문을 닫았다.

책상을 정리하고 아까 카렌 씨가 가져온, 그녀가 쓴 50음도 종이를 펼쳤다. 그리고 카렌 씨의 모습을 떠올렸다. 이 두 가지를 잘 융합해야 한다.

모양이 가지런한 것만이 아름다운 글씨는 아니다. 온기가 있고, 미소가 있고, 편안함이 있고, 차분함이 있는 글씨. 이런 글씨를 나는 개인적으로 좋아한다.

카렌 씨는 절대 퉁명스러운 미인이 아니다. 카렌 씨는 그 꾸미지 않은 마음이 아름답다. 그런 카렌 씨다운, 카렌 씨밖에 쓸 수 없는 글씨를 쓰고 싶었다. 마치 카렌 씨 그 자체인 듯한.

필기도구는 만년필이 아니라 볼펜으로 했다.

같은 카드가 두 장이라면 시험 쓰기도 할 수 있지만, 카드는 한 장밖에 없다. 게다가 백 년도 전의 종이다. 유럽에서 만든 종이라면 기본적으로 만년필 잉크가 번지는 해프닝은 없을 것이다. 하지만 오래된 종이인 만큼 무슨 일이 일어날지 모른다. 잉크가 번진다면 돌이킬 수 없다.

그래서 카렌 씨가 기껏 벨기에에서 발견한 카드를 버리지 않도록 이번에는 볼펜으로 쓰기로 했다. 다만 볼펜이라고 해도 잉크가 고르게 나오지 않는 싸구려 볼펜이 아니라, 내가 어린 시절부터 애용했던 로메오 넘버3를 사용했다.

로메오는 1914년에 이토야(긴자에 있는 문방구 및 미술 용품 전문업체—옮긴이)의 오리지널로 발매된 필기구로, 당시 만년필과 볼펜이 발매됐다. 내가 사용하는 것은 그때 볼펜으로 원래는 선선대가 애용했던 것이다.

로메오 넘버3를 들고 카렌 씨가 준비해준 글을 몇 번 종이에 써보았다.

그러나 간단한 일일 텐데 글씨가 마음대로 써지지 않았다. 생각한 대로 글씨가 매끄럽게 써질 때도 있고, 백 장을 써도 이백 장을 써도 도저히 감이 오지 않을 때가 있다. 요컨대 글씨를 쓰는 행위는 생리 현상과 같다. 자신의 의지로 아무리 예쁘게 쓰려고 해도, 흐트러질 때는 어떻게 해도 흐트러진다. 몸부림치고 뒹굴며 아무리 칠전팔기를 해도 써지지 않을 때는 쓸 수 없다. 그것이 글씨라는 괴물이다.

그때, 문득 귓가에 선대의 목소리가 들렸다.

글씨는 몸으로 쓰는 거야.

확실히 나는 머리만으로 쓰려고 했는지도 모른다.

바깥을 보니 해가 완전히 저물어서 어두워졌다. 그 캄캄한 어둠 속 유리창에 비친 내 얼굴이 상현달처럼 덩그러니 떠올랐다.

선대가 쓴 '츠바키 문구점' 글씨는 뒷면에서 보아도 역시 반할 정도로 아름답다. 활자처럼 가지런한 게 아니라 조금 힘을 뺀 듯이 보이는 안배가 절묘하다.

자.

나는 의식적으로 배꼽 아래의 단전에 기를 모았다.

딱 좋은 위치에 카드를 놓고 로메오 넘버3를 다시 잡았다. 그리고 천천히 눈을 감았다. 쓸 내용은 이미 종이를 보지 않아도 뇌리에 새겨졌다.

나는 카렌 씨 모습에 가까워졌다.

카렌 씨의 오른손에 가만히 내 손바닥을 올렸다. 눈을 감은 채 심호흡하듯이 카드에 글씨를 썼다.

생신 축하합니다.

환갑 축하 선물로

새빨간 장미 60송이를

보내드립니다.

아버님과 다정하게 지내시는 모습은

저희 부부의 이상이랍니다.

언제까지나 건강하게 계셔주세요.

카렌 드림06

　천천히 눈을 뜨자 거기에는 마치 내가 쓴 게 아닌 것 같은 낯선
글씨가 나란히 있었다. 볼펜으로 쓰기를 잘했다. 카렌 씨에게 감
도는 맑고도 신중한 느낌 같은 것이 부드럽게 피어올랐다. 나는
완성한 카드를 봉투에 넣었다.

　저녁 7시가 지났을 무렵, 카렌 씨가 다시 츠바키 문구점에 나
타났다. 소재가 좋아 보이는 감색 코트와 흰색 목도리가 잘 어울
렸다.

　"이런 느낌으로 써보았습니다만……."

　조심스럽게 카드를 내밀자, 카드를 본 순간 카렌 씨가 환성을
올렸다.

"제가 쓴 것 같아요!"

소녀처럼 들뜬 모습이었다.

"고맙습니다."

카렌 씨는 테이블 위로 내 손을 꼭 잡고 인사했다. 밖이 꽤 추운지 카렌 씨의 손이 차가웠다.

"별것 아닌데……."

나는 민망해하며 말했다. 하지만 카렌 씨는 점점 감격한 모습으로

"저, 이런 글씨를 쓰고 싶었어요."

그렇게 중얼거리며 울먹거렸다.

"도움이 돼서 기쁘네요."

말하면서 나까지 왠지 눈물이 났다.

솔직히 눈을 감고 카드를 쓸 때의 기억은 거의 나지 않았다. 어찌됐든 카렌 씨의 마음과 하나가 되어서 쓰려고 애썼다.

눈물을 닦으면서 나는 말했다.

"저야말로 고맙습니다. 줄곧 오해했어요. 글씨가 아름답지 않은 것은 쓰는 사람의 마음이 그래서일 거라고. 그런데 그건 편견이었다는 것을 카렌 씨를 만나고서야 비로소 알았어요. 정말로 미안합니다."

말을 하다 보니 또 눈물이 흐르기 시작해서 멈추지 않았다.

"사과하지 마세요."

카렌 씨도 얼굴을 구기고 울고 있다. 그러나 망가져야 할 우는 얼굴까지 매력적이었다. 카렌 씨는 아마 자신의 글씨가 늘 걱정이었을 것이다.

"언제라도 또 오세요. 제가 할 수 있는 일이라면 힘이 되어드릴게요."

그렇게 말하니 카렌 씨는 또 울음을 터트렸다.

선대가 말한 가게무샤라는 것은 이럴 때 쓰는 말이리라. 대필을 이어받기를 잘했다.

12월이 되자 단숨에 연말 분위기가 고조됐다.

이 시기에는 연하장 주소를 쓰는 일이 한꺼번에 밀려든다. 연하장은 백 장 이상부터 받기 때문에 요정이나 여관 등 큰 거래처 의뢰로 한정되고 요금도 비교적 높게 설정되지만, 그래도 부탁하고 싶어 하는 손님이 끊이지 않는다.

그래서 12월에는 아침부터 밤까지 츠바키 문구점 책상과 의자에 들러붙듯이 해서, 때로는 가게를 보면서 주야장천 연하장 주소 쓰기로 해를 보낸다.

아침에 일어나서 밤에 잘 때까지 눈이 핑핑 돌 정도로 바빠서 하루가 눈 깜짝할 사이에 지나간다. 그것을 되풀이하는 사이 일주

일이 맹렬한 속도로 지나갔다. 문득 달력을 보니, 12월도 반이 지났다.

크리스마스가 지나고, 집집마다 현관에는 정월 장식물을 걸어놓았다. 차분한 연말 분위기가 아스라하게 가마쿠라 마을 전체를 감쌌다.

드디어 츠바키 문구점도 한 해 영업을 마치고 늦었지만 가게 대청소를 하기에 이르렀다.

그럭저럭 마지막 한 장까지 연하장 주소 쓰기를 무사히 마쳤다. 손목에 건초염이 생기고 어깨도 돌처럼 딱딱해졌다. 게다가 긴장이 풀려서인지 감기 기운도 있었다.

섣달그믐, 콜록콜록 기침을 하면서도 간신히 하치만궁의 오하라에에 참가했다. 여름 오하라에에 갔던 것이 최근 일 같은데, 눈 깜짝할 사이에 지나간 반년이다.

어디 들르지 않고 곧장 돌아와서 바로 새 오하라이상을 걸었다. 막 닦은 참이어서 츠바키 문구점 유리문은 지문 하나 없을 정도로 반짝거렸다.

세찬 겨울바람이 불 때마다 이번에는 빨간 종이가 춤을 춘다. 덕분에 반년 동안 무사히 잘 보냈다.

집에 돌아왔을 때 우편함에 편지가 들어 있는 것을 발견했다.

최근 며칠 일이 바빠서 우편물을 제대로 점검하지 못했다. 선대가 세상을 떠난 뒤에는 신문도 받지 않는다.

세로로 긴 하얀 봉투에 보낸 사람 이름은 다케다 사토루라고 쓰여 있었다. 모르는 사람이다. 하지만 받는 사람은 분명히 '츠바키 문구점 귀하'라고 되어 있다. 어쩌면 새해부터 접수를 시작하는 편지 공양을 위한 편지가 한 걸음 먼저 왔을지도 모른다.

혹시나 하고 내용을 확인하려고 집으로 들어와 레터 나이프로 봉투를 뜯었다.

선대는 절대로 손으로 찍 찢어서 편지를 뜯는 것을 허락하지 않았다. 지금은 나도 편지를 뜯을 때는 반드시 레터 나이프를 사용한다.

세밑도 다가왔습니다만, 어떻게 지내시는지요?

요전에는 큰 실례를 했습니다.

그런 식으로 남들에게도 부모에게도 혼난 적이 없어서

처음에는 몹시 의기소침했습니다.

그러나 가마쿠라 역을 나와서 요코스카 선을 타고 회사로 돌아오며,

나는 어째서 편집자라는 길을 선택했는지 한 번 더 진지하게

생각해보았습니다.

지금까지 그런 생각을 한 번도 해보지 않아서 신선했습니다.

역시 나는 누군가가 읽고 기뻐할 수 있는 책을 만들고 싶다는 사실을

깨달았습니다.

의뢰 편지는 직접 써서 보냈고, 거절당했습니다.

그러나 저는 포기하지 않을 생각입니다.

몇 번이고 몇 번이고 받아주실 때까지 노력하려고 생각합니다.

마지막으로, 그때 진지하게 솔직한 의견을 말씀해주셔서

고마웠습니다.

앞으로 점점 추워지는 날씨에 부디 건강하시길 바랍니다.

추신.

이것이 일 이외에 제가 태어나서 처음 쓰는 편지입니다.07

다케다 군 나름대로 열심히 쓴 게 분명하다. 형식적인 느낌은 부정할 수 없지만, 누구나 처음에는 이렇다. 게다가 무심결에 웃음이 났을 만큼 난잡한 글씨였다. 이런 글씨로 원고를 의뢰해도 진지하게 생각하지 않을 것이다. 그러나 여기에는 그에게서 태어난 그의 말이 쓰여 있다.

나도 그 일로 상당히 우울해 있었다. 대필하는 사람이니 아무리 뻔뻔한 상대여도, 아무리 말이 안 되는 내용이어도 웃으며 수락해야 하는 것이 대필가의 자세가 아니었을까 반성했다.

그때 한 후회를 겨우 잊었을 즈음에 날아온 편지였다. 게다가 결과적으로는 잘됐다. 이것으로 편지를 쓰는 사람이 또 한 명 세상에 늘었으니.

오하라이상을 바꾸었고, 다케다 군에게 예기치 못한 편지가 와서 마음이 푸근해졌다. 다케다 군의 편지를 손에 든 채 소파에 스르륵 누웠다.

생각해보면 우리 시대에도 연하장조차 메일로 보내는 아이들이 많았다. 그렇다면 나보다 더 어린 다케다 군 세대가 어른이 될 때까지 편지를 쓴 적이 없는 것도 이상하지 않다. 그런 생각을 하는 사이 어느새 잠이 든 모양이었다.

다음에 눈을 떴을 때는 주위가 캄캄했다. 옆집에서 나를 부르는 소리가 났다.

"포포, 있어?"

"있어요!"

나는 힘차게 대답하면서 벌떡 일어났다.

"제야의 종, 들으러 안 갈래?"

그 말에 오늘이 섣달그믐이라는 걸 떠올렸다.

"지금 바로 나갈 준비를 할게요."

허둥지둥 일어나 목도리를 둘렀다. 미처 의식하지 못하는 사이에 벌써 시간이 그렇게 된 것 같다. 귀를 기울이니 정말로 멀리서 종소리가 울렸다. 가마쿠라에는 절이 많아서 섣달그믐 밤이 되면 여기저기서 들린다.

바바라 부인과 나란히 정적에 감싸인 산길을 걸었다.

바바라 부인의 목에는 반가운 옛날식 여우 컬러 목도리가 감겨 있다. 선대도 생전에 비슷한 것을 했다. 한때 일본에서 크게 유행했던 건지도 모른다. 은은하게 나프탈렌 냄새가 났다.

추워서 몸을 딱 붙이고 걸었더니 바바라 부인의 팔이 슬며시 내 팔짱을 꼈다. 내 입에서도, 바바라 부인의 입에서도 똑같이 하얀 입김이 새어 나왔다.

나뭇잎이 다 떨어진 나목 너머로 별이 반짝거렸다. 그러자

"내가 말이지, 포포한테 한 가지 좋은 것 가르쳐줄게."

바바라 부인이 말했다.

"뭐예요, 좋은 게?"

"내가 줄곧 외워온 행복해지는 주문."

바바라 부인이 후후후 웃었다.

"가르쳐주세요."

"있지, 마음속으로 반짝반짝, 이라고 하는 거야. 눈을 감고 반짝반짝, 반짝반짝, 그것만 하면 돼. 그러면 말이지, 마음의 어둠 속에 점점 별이 늘어나서 예쁜 별하늘이 펼쳐져."

"반짝반짝, 이라고 하기만 하면 되는 거예요?"

"응, 간단하지? 어디서나 할 수 있고. 이걸 하면 말이지, 괴로운

일도 슬픈 일도 전부 예쁜 별하늘로 사라져. 지금 바로 해봐."

바바라 부인이 그렇게 말해주어서 나는 그녀에게 팔을 맡긴 채 눈을 감고 천천히 걸었다.

반짝반짝, 반짝반짝, 반짝반짝, 반짝반짝.

마음속으로 중얼거렸다.

그러자 정말로 아무것도 없었던 마음속 어둠에 별이 늘어나서 마지막에는 눈이 부실 정도였다.

"마법 같아요."

"그렇지? 이 주문은 아주 효과가 좋으니까 써봐. 내가 주는 선물이야."

바바라 부인이 속삭이는 목소리에 감사합니다, 하고 나는 별을 보느라 건성으로 대답했다.

겨울

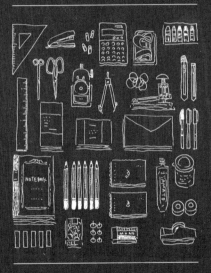

현관에서 밖으로 나오니 지면이 반짝반짝 빛났다. 고엽 위에 살며시 발을 올렸다. 조금 늦게 서리가 부서지는 소리가 났다. 1월 1일 아침. 크루아상이 너무 먹고 싶었다.

춥지만, 하늘은 맑아서 상쾌했다. 그대로 걸어서 하쓰모데(새해 첫 참배—옮긴이)를 갔다. 운동 삼아 바다 쪽으로 이어지는 산길을 빠른 걸음으로 걸었다.

터벅터벅, 터벅터벅. 하늘은 눈물이 날 만큼 쾌청했다.

버스 길을 우회전해서 주택가 좁은 골목길을 따라 걸어가자 근사한 동백나무가 보였다. 아메미야가의 하쓰모데는 유이와카미야 신사로 정해져 있다.

일설에는 츠바키 문구점 입구에 있는 동백도 원래는 이 유이와카미야에 있는 큰 나무의 꺾꽂이였다나. 태풍으로 꺾어진 가지를 선대인지 선선대가 집에 갖고 와서 시험 삼아 현관 앞에 심었더니, 멋지게 뿌리를 내리며 자랐다고 한다.

자이모쿠자에 있는 이 아담한 신사는 원래 하치만궁이 있던 곳이어서 모토(元)하치만이라고도 한다. 선대가 살아 있던 시절에는 설날에 떡국을 먹으면 반드시 이 신사에 새해 첫 참배를 하러 갔다. 가마쿠라에 있는 수많은 신사와 절 중에서 내가 제일 편안해하는 곳일지도 모른다.

작은 절을 둘러싸듯이 울창하다고 할까, 어지럽게 뒤섞였다고 할까, 정글처럼 나무들이 무성하다. 안에 파초 같은 것도 있어서 그곳만 남국 분위기가 가득하다.

아무래도 설날이어서 평소처럼 경내를 독차지할 수는 없었다. 알록달록한 옷을 입은 젊은 무녀가 참배객에게 웃는 얼굴로 신주(神酒)를 대접했다.

"새해 복 많이 받으세요."

먼저 말을 걸어온 사람은 무녀였다.

"새해 복 많이 받으세요."

"한 잔, 어떠세요?"

"감사합니다."

새해가 밝은 뒤, 처음 나누는 대화다.

바바라 부인과는 함께 제야의 종소리를 듣고 와서 각자 집으로 돌아갔다.

아침에 바바라 부인의 집에서는 아무 소리도 나지 않았다. 어쩌면 남자 친구와 참배를 하러 갔을지도 모른다.

공손하게 따라주는 신주를 입에 머금으니, 달콤한 듯도 쌉쌀한 듯도 한 새해 특유의 맛이 퍼졌다. 걸쭉한 감촉을 혀끝에 굴리듯이 차분히 맛보면서 세 번에 걸쳐 다 마셨다. 하얀 종지 한복판에 희미하게 학 무늬가 떠올랐다.

유이와카미야에서는 자신이 사용한 종지를 그대로 갖고 간다. 아메미야가의 그릇장에는 해마다 설이면 받아 온 종지들이 꽤 높이 쌓였다. 하치만궁에서도 같은 것을 사용하지만, 그곳은 종지를 회수하여 집에 가져올 수 없다. 이 종지는 간장 종지로 요긴하게 쓰인다.

아침부터 술을 마신 탓인지 머리가 멍했다. 잠시 경내 벤치에 앉아 하늘을 보았다. 더 파랄 수는 없겠다 싶을 만큼 완벽한 파란색이 이쪽 구석에서 저쪽 구석까지 빼곡하게 메워졌다.

새파란 하늘에 손을 뻗치듯이 동백나무가 당당하게 가지를 펼쳤다. 거기에 참새 몇 마리가 예의 바르게 앉아 있다. 구운 찰떡처럼 볼록한 모습은 그야말로 설날 같아서 미소가 절로 지어졌다.

파란 하늘을 올려다보며 올해는 어떤 일 년을 보낼까 하고, 눈을 감은 채 신년 휘호로 쓸 글씨를 생각했다.

'선구(先驅)', '새벽', '해돋이'? 아니면 '희망'?

그러나 마음의 빈틈에 같은 모양으로 딱 들어올 말이 떠오르지 않았다.

그런 생각을 하고 있는데 바다 쪽에서 바람이 불어왔다. 앞머리가 왈츠를 추었다.

투명한 컨베이어 벨트에 좋은 것만 실어 온 것 같은 훈훈한 바람이었다. 예전에는 유이와카미야 바로 앞까지 해안선이었다고 한다.

흥이 난 아이들을 데리고 가족이 참배를 와서 다시 천천히 눈을 떴다. 멀리서 울부짖는 듯한 갈매기 소리가 났다. 이 소리를 들으면 나는 왠지 안타까워진다.

돌아오는 길, 역 앞에서 버스를 타고 주니소 신사에서 내렸다. 다치아라이 강 상류를 향해 올라가 아사히나기리도시 쪽으로 향했다. 이런 외진 곳까지 오는 관광객은 없을 거라고 생각했더니 그렇지도 않았다. 본격적인 등산 차림을 한 남녀 한 무리가 한 줄로 서서 언덕을 뛰어 내려왔다.

다치아라이는 작은 폭포 바로 앞에 있다. 용수가 벼랑 위에서 가느다란 죽통을 타고 내려온다.

먼저 손을 씻고 물을 듬뿍 떠서 꿀꺽꿀꺽 다 마셨다. 정수리가 찡하게 울리는 차가움에 온몸의 세포가 깨어났다. 모토하치만에 서 마신 신주의 취기도 새끼 거미가 흩어지듯이 사라졌다.

다치아라이는 가마쿠라 5대 명수(明水) 중 하나로 불린다. 옛날에 어떤 사무라이가 사람을 참수한 뒤 이 샘에서 피 묻은 칼을 씻었다는 것이 다치아라이(太刀洗)라는 이름의 유래 같다. 다만 5대 명수라고 해도 아직 사용할 수 있는 것은 이곳과 제니아라이벤자이텐 신사, 두 곳뿐이다.

집에서 가져온 빈 페트병을 죽통 끝에 대고 신선한 용수를 가득 받았다. 이것도 선대가 있던 시절에는 해마다 거르지 않고 했던 행사로, 아메미야가의 약수는 이 용수를 받은 것이다.

다음 날, 그 약수로 몇 년 만에 새해 첫 붓글씨에 도전했다. 올해의 길한 방향을 향해 도구와 방석을 각기 나란히 놓고, 페트병에 담아 온 약수를 호리병 물통에 따른 뒤 정성껏 먹을 갈았다.

물병으로 사용한 것은 효짱이다. 효짱이란 스타벅스 오나리마치점 이웃에 살았던 만화가 요코야마 류이치 씨가 기요켄(중국식 쩐만두인 슈마이로 유명한 식당—옮긴이)의 슈마이 도시락 간장병에 얼굴을 그린 것으로, 아메미야가에는 효짱 48면상이 전부 있다.

오늘만큼은 누구를 위해서가 아니라 나의 글씨를 쓴다. 대필가는 다양한 사람의 마음과 몸이 되어 글씨를 쓴다. 자화자찬을 하긴 그렇지만, 다양한 사람의 글씨로 빙의하는 것도 이제 곧잘 한다. 하지만 어느 날 문득 생각해보니 나는 나 자신의 글씨를 아직 몰랐다. 마치 내 몸을 흐르는 피처럼 나 자체인 듯한, 어디를 잘라도 내 DNA가 넘쳐날 듯한, 그런 자신의 분신 같은 글씨를 만나지 못했다.

선대에게는 확실히 그것이 있었다고 생각한다. 부엌에 붙여둔 선대가 남긴 표어를 떼지 않는 것은 거기에 선대가 있기 때문이다. 글씨에는 아직 선대의 숨결이 새겨져 있다.

그렇게 수많은 대필을 했으면서, 선대는 절대 자신을 잃지 않았다. 나(己)라고 하는 것을 죽을 때까지 계속 가지고 있었다. 그리고 몸이 사라져도 여전히 남긴 글씨 속에서 맥맥이 살아 있다. 거기에는 혼이 깃들어 있다. 글씨란 원래 그런 것이었다.

붓 끝에 먹물을 듬뿍 적시고, 잠시 호흡을 가다듬으며 마음속을 비웠다. 그리고 천천히 반지에 붓을 내렸다.

봄은 쌉쌀함, 여름은 새콤함, 가을은 매콤함, 겨울은 기름과 마음으로 먹어라.08

문득 선대와 같은 말을 써보고 싶었다.

마지막 한 글자까지 다 쓰고, 공중에서 부유하는 UFO처럼 휙익 붓을 들어 올렸다. 그 순간, 몸속에 새로운 숨이 흘러 들어왔다.

아주 잠깐이었지만 마음은 무(無)가 됐다.

하지만 역시 다르다. 글씨 아래에 뻗는 그림자 짙기랄까, 밀도랄까, 존재감이랄까. 어쨌든 무언가가 결정적으로 다르다. 그러나지금은 이것이 현실이다.

그런 생각을 하면서 선대가 쓴 종이 옆에 내가 쓴 올해 첫 글씨를 연두색 마스킹 테이프로 붙였다.

삼 일 동안의 설 연휴가 지나자 슬슬 츠바키 문구점 앞으로 우편물이 늘었다.

문총에 넣을 편지 접수를 시작했기 때문이다.

전국 각지, 때로는 해외에서까지 츠바키 문구점 앞으로 편지가온다. 모두 자신이 처분하지 못하는 편지다.

광고물이라면 몰라도 내 앞으로 온 편지는 여간해서 읽고 버리기가 쉽지 않다. 아주 사소한 엽서여도 손글씨로 쓴 것이라면거기에는 쓴 사람의 생각과 시간이 진하게 남는다. 그렇다고 전부 갖고 있으면 편지 분량이 점점 늘어나서 한계가 있는 것도 사실이다.

아메미야가는 거기에 주목했다.

이런 표현은 어떨까 싶지만, 어쨌든 대대로 이 신성한 행사를집행해왔다. 요컨대 바늘 공양이나 인형 공양과 마찬가지로, 편지에 담긴 염령을 받은 본인 대신 소중하게 공양하는 것이다.

사람들이 보낸 편지 중에서 압도적으로 많은 것은 역시나 연애 편지다.

옛 애인에게 받은 편지를 버릴 수 없어서 계속 간직했지만, 드디어 다른 사람과 결혼하게 됐거나 편지를 버릴 각오를 한 것이다. 그렇다고 쓰레기통에 버리는 것도 못 할 짓이다.

그중에는 해마다 연하장도 포함하여 전년 한 해 동안 받은 편지와 엽서를 모두 모아서 보내는 사람도 있다. 수고비는 적당한 액수의 우표를 성의껏 동봉하면 된다. 접수 기간은 1월 한 달로, 음력 2월 3일에 모아서 한꺼번에 공양한다. 그 편지를 공양한 뒤 태우는 일을 대행한다. 이것이 아메미야가에 대대로 이어져온 가장 중요한 연중행사다.

게다가 올해는 몇 년 만의 접수다. 선대가 세상을 떠나고 스시코 아주머니가 가게에 있는 동안에는 이 행사를 일시적으로 그만두었기 때문이다. 내가 이곳으로 돌아오면서 편지 공양 의식도 다시 시작했다.

다만 우편함에는 많은 우편물이 있는데, 그중에 내 앞으로 온 연하장이 없는 것은 쓸쓸했다. 연말에는 주소를 쓰는 일이 바빠서 개인적인 연하장까지 쓸 시간이 없다. 외국에는 친한 친구가 있지만, 그들은 모두 메일로 새해 인사를 한다. 옆집에 사는 바바라 부인에게 연하장을 보내는 것도 역시 좀 이상했다.

츠바키 문구점은 1월 4일부터 가게를 열었다. 가마쿠라에 있는 가게는 대부분 섣달그믐에만 쉬고 설날부터 영업하는 것이 보통이다. 거기에 비하면 4일부터 영업하는 것도 상당히 느긋한 편이다.

정초부터 오는 손님은 없을 것이라고 방심했더니 의외로 가마쿠라궁에 참배하러 온 사람들이 가볍게 들렀다.

시험 삼아 재고품을 모아 만들어본 문구 복주머니 열 개가 그날 안에 다 팔렸다. 그렇다면 하고, 가게를 닫은 뒤 복주머니를 열 개 더 준비했다. 별 기대도 하지 않았던 복주머니여서 기쁜 비명을 올렸다.

기쁜 일은 또 있었다. 마담 칼피스가 손녀인 고케시와 함께 가게에 와주었다.

마침 가게가 바쁠 때여서 긴 얘기는 못 했지만, 근처 친척 집에 온 길이라고 했다. 마담 칼피스의 다리는 이제 완전히 좋아졌고, 고케시도 키가 훌쩍 커서 두 사람 모두 건강해 보였다.

돌아갈 무렵, 고케시에게 귓속말로 그 '레터' 이야기를 물었더니

"선생님은 이제 됐어요. 결혼해버려서."

하고 시원스럽게 대답했다. 달리 더 즐거운 일을 찾았을지도 모

른다. 마담 칼피스가 역시 물방울무늬 머리띠를 한 게 웃겼지만.

이 할머니와 손녀가 나와 선대의 모습을 안다면 깜짝 놀랄 것이다. 손을 잡고 츠바키 문구점을 나서는 마담 칼피스와 고케시는 마치 나이 차가 많이 나는 친구 사이 같았다.

남작이 불쑥 나타난 것은 6일 저녁 무렵의 일이다.

그때까지 끊임없이 이어진 손님이 그 한순간만 뚝 끊겼다. 따각따각 게다 소리가 가까워져서 얼굴을 드니, 손에 하얀 비닐장갑을 낀 남작이 서 있었다. 남작은 제대로 새해 인사도 하지 않고, "나나쿠사(봄의 대표적인 일곱 가지 푸성귀─옮긴이)" 하고 무뚝뚝하게 한마디 하더니, 또 바로 가게를 나가려고 등을 돌렸다.

"잠깐만요!"

적어도 감주라도 대접하고 싶어서 황급히 남작을 붙들었다. 엉겁결에 절박한 목소리로 불러서 나중에 생각할수록 부끄러웠다.

난로에 올려둔 양손 냄비에서 감주를 종이컵에 가득 떠서 남작에게 건넸다. 정월에는 가게에 온 손님 모두에게 빠짐없이 감주를 대접한다.

"감주는 여름에 마시는 거 아냐?"

남작의 말에 순간 깜짝 놀랐다. 감주는 당연히 겨울 음료라고 생각했다.

"그래요?"

"달아요, 달아, 단―술! 하면서 어깨에 메고 팔러 다니지 않나? 이걸 마시면 더위를 먹지 않는다고."

그렇게 말하면서도 남작은 감주를 단숨에 마셨다. 그런 기세로 마시면 목에 화상을 입을 텐데. 그 탓에 남작의 얼굴이 벌게졌다.

"여름 감주는 차가웠겠죠?"

뭔지 모르게 납득이 가지 않는 기분으로 남작에게 질문했다.

"아마 그럴걸. 감주는 차갑게 마셔도 맛있으니까."

잘 먹었다, 하는 말을 남기고 남작은 시원스럽게 가게를 뒤로 했다.

책상에 비닐봉지가 덜렁 놓여 있었다. 봉지 주둥이를 풀자 차가운 흙냄새가 후욱 퍼졌다. 남작이 직접 산에서 따 온 것일까. 그곳에만 한 발 이른 봄이 있었다.

나나쿠사 향기를 맡으니 갑자기 내 손톱이 신경 쓰였다. 이런 것을 세 살 버릇 여든 간다고 하는 걸지도 모른다. 지난번에 손톱을 깎은 것은 새해가 되기 전이었다.

어릴 때, 1월 7일 아침이 되면 꼭 손톱을 깎았다.

6일 밤부터 나나쿠사를 물에 담가두었다가, 다음 날 아침 그 물에 손가락 끝을 담그고 손톱 깎는 것을 나나쿠사쓰메라고 한다. 새해에 처음으로 손톱을 깎는 날이어서, 설날부터 6일 밤까지는 아무리 손톱이 길어도 깎는 것이 허락되지 않았다.

나나쿠사쓰메를 하면 한 해 동안 감기에 걸리지 않는다고 선대는 말했다. 나는 그 사실을 중학교 졸업할 때까지 당연한 듯이 믿었다. 하지만 고등학생이 되어서 반항기를 맞이한 뒤로는 그런 건 미신이라고 폭언을 퍼붓고 나나쿠사쓰메 풍습을 완전히 무시했다. 그 후 나나쿠사쓰메 따위 떠올리는 일조차 없었다.

남작이 돌아간 뒤, 바로 나나쿠사를 볼로 옮겨서 차가운 물로 깨끗이 씻었다. 아직 땅에서 뽑힌 것조차 모르는 듯 싱싱한 나나쿠사였다. 나나쿠사가 스테인리스 볼 속에 기분 좋게 잠겨 있다.

다음 날, 바로 나나쿠사가 떠 있는 물에 손톱을 담갔다. 물은 밤새 놀라울 만큼 차가워져서 자세히 보니 살얼음 같은 것까지 얇게 끼었다.

마음을 가다듬고 경건하게 손톱깎이를 댔다. 그 시절에는 꽃조개처럼 부드러웠던 손톱도 어느새 훌륭한 어른 손톱이 됐다.

오른손, 왼손 정성껏 손톱을 깎았다. 십여 년 만의 나나쿠사쓰메다.

손가락 끝이 개운해졌을 때 죽을 끓일 준비를 시작했다. 오늘이야말로 바바라 부인에게 말을 걸기로 마음먹었다. 작년 섣달그믐에 제야의 종소리를 들으러 같이 간 이후 바바라 부인을 아직 보지 못했다.

"안녕하세요!"

배 저 밑에서 소리를 끌어 올렸다. 그러자

"혹시 포포한테 아직 새해 인사를 하지 않은 거 아냐? 새해 복 많이 받아."

언제나처럼 발랄한 목소리가 울렸다.

"새해 복 많이 받으세요. 올해도 잘 부탁합니다!"

안도의 마음을 억누르면서 빠르게 말했다. 실은 내심 가슴속이 쿵쿵거렸다. 바바라 부인에게 무언가 좋지 않은 일이라도 생긴 게 아닐까, 불안에 가슴이 짜부라질 것 같았다. 그러나 목소리를 들으니 평소와 다름없이 건강한 것 같았다.

"포포, 맛있는 떡국은 먹었어?"

내 걱정과 상관없이, 바바라 부인이 밝은 말투로 물었다.

선대가 있던 시절에는 해마다 선대가 끓여주었다. 역 앞에 있는 닭고기 전문점인 도리이치에서 파는 다진 오리고기를 동그랗게 말아서 경단으로 만들고 물냉이를 넣은 떡국이었다. 하지만 올해는 나 혼자 먹을 걸 만들기 귀찮아서 먹지 않았다. 적당히 말을 흐리고 되물었다.

"바바라 부인은 어땠어요? 설날 잘 보냈어요?"

내가 그렇게 묻자마자 바바라 부인이 쿨룩쿨룩 괴로운 듯이 기침을 했다.

"감기 걸렸어요?"

역시 몸이 안 좋아서 누워 있었을지도 모른다.

"글쎄? 어젯밤에 좀 추워서 그런 거 아닐까?"

"저기, 지금부터 나나쿠사죽을 끓이려고 하는데 같이 먹지 않을래요?"

나는 오늘의 첫 번째 용건을 말했다. 다시 기침 소리가 이어진 뒤에

"아, 좋아라! 지금 포포네 먹으러 가도 돼?"

바바라 부인은 조금 쉰 목소리로, 그래도 생기 있게 대답했다.

"물론이죠. 그렇지만 지금부터 만드니까 조금 시간이 걸릴 거예요. 서둘러 만들어서 다 되면 또 부를게요."

그러자

"싫어."

바바라 부인에게서 뜻밖의 대답이 돌아왔다.

"서둘러 만든 죽은 맛이 없는걸."

일부러 떼를 쓰는 말투를 썼다. 나는 얼른 바바라 부인의 의도를 이해하고 다시 말했다.

"그럼 지금부터 천천히 시간을 들여 만들게요."

하고 말하면서 도마와 식칼에 손을 뻗었다.

"고마워. 나나쿠사죽이라니 반갑네. 벌써 몇 년째 먹지 못했어. 아주 기대되네."

그 말을 마지막으로 바바라 부인의 기척이 멀어졌다.

남작이 갖다준 나나쿠사를 바구니에 건졌다. 어느새 살얼음은 다 녹았다.

두 사람 분의 쌀을 씻어서 흙냄비에 담았다. 거기에 물을 부었다. 설에 퍼 온 다치아라이의 용수가 아직 냉장고에 남아 있었다. 그다음은 보글보글 시간을 들여 끓이기만 할 뿐이다. 외국에서 방랑할 때 적은 쌀의 양을 늘리기 위해 곧잘 죽을 끓여 먹었다.

바바라 부인과 함께하는 올해 첫 아침 식사였다. 생각해보면 고작 일주일 만인데 꽤 오랜 시간 보지 못한 것 같은 기분이 든다. 바바라 부인의 목소리를 듣고서 그제야 일상생활로 돌아왔다.

심각한 표정을 지은 남성이 츠바키 문구점에 나타난 것은 가마쿠라의 하늘에 눈이 날리는 쌀쌀한 오후였다.

"실례합니다."

남성은 예의 바르게 가게 앞에서 모자를 벗고, 어깨에 내려앉은 눈을 턴 뒤에 안으로 들어왔다.

바깥이 꽤 추울 것이다. 유리문을 닫고도 쌀쌀한 가게에 더욱 차가운 공기가 밀려왔다.

남성은 나를 향해 곧장 걸어왔다. 손에는 소중한 듯이 보따리를 안고 있었다. 대필 의뢰 손님이 틀림없다.

"이쪽으로 앉으세요."

남성에게 동그란 의자를 내밀었다. 그 걸음에 찻잔에 갈분을 넣고 난로 위에서 끓고 있는 주전자의 물을 따랐다.

남성은 벗은 코트를 정중하게 접어서 무릎에 올렸다. 탐정들이 흔히 입는, 어깨에 스케이프가 달린 코트다. 그런 모양의 외투를 솔개라고 하던가, 날다람쥐라고 하던가 생각이 나지 않는다. 어쨌든 동물 이름이었던 것만큼은 기억이 나지만.

"따뜻할 때 드세요."

나무 스푼으로 갈탕을 저어서 한쪽을 남성 앞에 내밀었다.

남성과 약간 비스듬하게 마주 앉는 형태로 앉았다. 내 갈탕은 손님용 찻잔이 아니라 머그컵에 탔다. 바바라 부인이 연말에 남자 친구와 나라(奈良)에 여행 갔을 때 선물로 사다 준 갈탕이다.

남성은 찻잔을 양손으로 감싸고 자신의 손을 데웠다. 그 입가에서 희미하게 은색 숨이 쏟아졌다.

"쓸 수 있는 범위 내에서 괜찮으니, 부탁할까요?"

남성의 손이 따뜻해지기를 기다렸다가, 그 앞에 종이와 펜을 놓았다. 남성은 등을 곧게 편 듯한 또렷한 필체의 글씨로 자신의 이름을 썼다.

나는 눈앞의 시로가와 쇼타로 씨에게 살짝 물었다.

"어떤 용건이신지?"

그러자 쇼타로 씨가 절박한 표정으로 얘기를 시작했다.

"실은 말입니다, 어머니를, 편하게 해드리고 싶습니다."

"어머님을요?"

편하게 해드리고 싶다니 무슨 뜻일까. 순간, 좋지 않은 생각이 떠오를 것 같아 황급히 지웠다. 쇼타로 씨가 난감한 듯이 크게 한 번 한숨을 쉬었다. 그러고 난 뒤 단숨에 얘기를 시작했다.

"어머니는 대쪽 같은 성격이어서 아흔이 넘을 때까지 누구의 힘도 빌리지 않고 요코하마에서 줄곧 혼자 사셨답니다. 그런데 시설에 들어간 뒤로 묘한 말씀을 자꾸 하세요. 이 얘기는 나중에 하죠. 제 아버지는 무역상이었습니다만, 벌써 옛날에 돌아가셨답니다. 그런데 그 아버지에게 편지가 올 테니까 집에 돌아가게 해달라고 조르세요.

아버지는 무뚝뚝한 사람이어서 솔직히 제게는 별로 좋은 추억이 없습니다. 가끔 집에 가도 한번 웃어주지도 않고, 어릴 때 같이 놀았던 기억도 전혀 없습니다. 용기를 내어 말을 걸어도 무시하고, 옛날 남자 그 자체여서 어머니에게도 뭔가 선물을 한다거나 다정하게 대한다거나 그런 일이 전혀 없었습니다. 그렇다고 술을 마시고 난동을 부리거나 폭언을 하는 일도 없었지만요.

그런 아버지였으니 어머니에게 편지를 썼다는 얘기가 좀처럼 믿어지지 않았어요. 어머니의 헛소리이거나 망상이라고 누나와 결론을 지었답니다.

그런데 얼마 전 누나가 어머니 집을 정리하러 갔다가 장롱 깊숙한 곳에서 진짜 편지를 발견했지 뭡니까. 이게 그겁니다."

쇼타로 씨는 거기까지 말하고 천천히 무릎에 올려둔 보자기에 시선을 떨어뜨렸다.

나는 내 머그컵에 손을 뻗쳐 조금 식은 갈탕을 마셨다. 나른하고 동그란 맛이 혀에 서서히 번졌다.

쇼타로 씨가 조심스럽게 보따리를 풀어서 편지 다발을 내게 내밀었다. 편지는 한 묶음으로 해서 빨간 끈으로 묶어놓았다. 엽서가 많았지만, 그중에는 편지봉투도 섞여 있었다.

"아무거나 한번 꺼내보세요."

쇼타로 씨가 그렇게 말해서, 양손으로 편지 다발을 들고 내 쪽으로 당겼다.

오래된 종이 특유의 마른 흙먼지 같은 냄새가 다가왔다. 조심스럽게 끈을 푸니 편지 다발이 부드럽게 무너지며 책상 위에서 부채처럼 펼쳐졌다.

제일 위에 있는 것은 흑백사진 그림 엽서였다. 거대한 수영장에서 구식 수영복을 입은 사람들이 즐겁게 수영을 하고 있다.

"읽어도 될까요?"

내게 쓴 것이 아닌 편지를 읽을 때는 언제나 그 편지를 보낸 사람과 받는 사람에게 진심으로 미안한 기분이 든다. 그래도 쇼타로 씨가 읽어주십시오, 하는 강한 눈빛으로 나를 마주 보아서 손에 든 엽서를 뒤집었다.

"그 무뚝뚝한 아버지에게 이런 장난스러운 면이 있었다니 아직도 믿을 수 없습니다."

내가 편지글을 읽고 있으니 그 내용을 함께 들여다보면서 쇼타로 씨가 중얼거렸다. 이미 어떤 엽서에 어떤 내용이 있는지 전부 숙지한 것 같았다.

"이건 우리가 알고 있는 아버지와 전혀 다른 사람입니다."

말로는 어이없어 하지만, 내심 역시 기쁠지도 모른다. 쇼타로 씨의 눈가에 부드러움이 배어났다.

"나와 누나에게도 이런 걸 한 장이나마 보내주었다면 인생이 달라졌을지 모를 텐데."

거기에는 쇼타로 씨의 어머니에 대한 애정이 넉살 좋게 쓰여 있었다. 아마 아내가 걱정이 되어 어쩔 줄 몰랐을 것이다. 체재지 곳곳에서 아내에게 편지를 썼다. 때로는 하루에 두 통 연달아 쓴 적도 있었다.

"부럽네요."

편지 내용을 보면서 진심으로 말했다. 절로 한숨이 나왔다.

"생각해보면 당연한 일이긴 합니다만, 아버지와 어머니도 남자와 여자였으니까요. 자식 입장에서는 그런 생각을 전혀 하지 못했지만."

"어머님은 언제나 아버님 편지를 기다리고 계셨군요."

내 말에 쇼타로 씨가 눈을 감고 깊이 끄덕였다.

"그리고 지금도 역시 기다리고 계시는군요."

나는 그 의미를 음미하듯이 마음속으로 중얼거렸다.

"그래서 집에 돌아가게 해달라고 하세요. 그 모습을 보고 있으면 안타깝기 그지없습니다. 어린 우리 남매의 눈을 피해 어머니, 언제나 우편함을 들여다보셨겠구나 상상하면 말이죠. 자식들에게는 보일 수 없는 비밀 사랑이었을 테죠."

도중부터 감정을 참는 목소리로 단숨에 말하더니 쇼타로 씨는 눈초리에 고인 눈물을 살짝 닦았다. 그리고 새삼스럽게 자세를 바로 하고 내 쪽을 똑바로 보며 말했다.

"천국에 계신 아버지 편지를 대신 써주실 수 없겠습니까?"

쇼타로 씨의 부탁에 이번에는 내가 눈가에 맺힌 눈물을 닦을 차례였다.

그날 밤, 쇼타로 씨 아버지가 쇼타로 씨 어머니에게 보낸 편지를 전부 읽었다. 옛날 남자 특유의 힘 있는 글씨였다. 일을 할 때도 항상 애용하는 만년필을 갖고 다닌 걸까. 드물게 볼펜으로 쓴 것도 있었지만, 대부분은 같은 굵기의 만년필로 색도 검은색으로 통일했다.

글씨도 역시 골격처럼 유전되는 것일까. 지금까지 그런 생각을 해본 적 없었는데, 쇼타로 씨의 글씨는 아버지가 쓴 글씨와 똑같았다.

하지만 그 글씨의 늠름한 자태와 반대로 내용은 아내에 대한 사랑 그 자체였다. 거의 모든 편지가 '사랑하는 치짱에게' 혹은 '그리운 치짱'으로 시작해서 마지막에는 반드시 '세상에서 치짱을 가장 사랑하는 나로부터'라고 되어 있었다.

쇼타로 씨의 아버지와 어머니는 나이 차가 상당히 났다고 한다. 아마 아버지에게 사랑하는 아내는 반려자인 동시에 딸 같은 존재이기도 했을지 모른다. 글씨 하나하나에 애정이라는 과즙이 뚝뚝 떨어졌다. 그리고 그 과즙은 지금도 마르지 않고 싱싱함을 보존하고 있었다.

쇼타로 씨 어머니는 남편에게 오는 편지를 언제까지고 기다렸다. 그렇게 목 빠지게 기다리는 것으로 만나지 못하는 날들을 이으면서 살아왔다.

만약 아버지가 아직 살아 있다면 어떤 편지를 보냈을까.

그 후로 나는 몇 번이나 상상의 날개를 펼쳤다.

올해 처음 쓴 붓글씨 종이는 1월 15일 아침, 하치만궁에서 열린 좌의장(설날 장식물 등을 태우며 악귀를 쫓는 정월 불놀이 행사―옮긴이)에서 불꽃에 싸였다. 하늘 높이 올라가면 올라갈수록 서도 솜씨가 뛰어난 것이라고 한다. 내가 쓴 붓글씨 종이도 아름다운 불씨를 날리면서 용처럼 하늘로 올라가, 이윽고 다 타서 재가 됐다.

하지만 아름답게 쓰는 것만이 대필가가 할 일은 아니다.

물론 축의금 봉투나 표창장, 이력서 등을 쓸 때는 전형적인 아름다움을 요한다. 대부분의 사람은 기계로 쓴 활자 같은 글씨를 아름답다고 인식한다. 그러나 살아 있는 사람에게 쓰는 글씨에는 단순한 아름다움이 아닌 맛을 더한다.

글씨는 그 사람과 함께 나이를 먹으며 늙어간다. 같은 사람이 쓴 글씨여도 초등학생 때 쓴 글씨와 고등학생 때 쓴 글씨가 당연히 다르고, 이십 대에 쓴 글씨와 사십 대에 쓴 글씨도 다르다. 칠십 대, 팔십 대가 되면 더욱 그렇다. 십 대 때는 동그란 글씨만 썼던 소녀도 할머니가 되면 자연히 그런 글씨를 쓰지 않게 된다. 글씨도 나이와 함께 변화한다.

성형이 아닌 자연의 아름다움에는 늙어가는 아름다움도 역시 포함된다. 그런 생각을 하다 보니 쇼타로 씨 아버지가 지금이라면 어떤 글씨를 쓸지 도통 감이 잡히지 않았다.

생각해보면 나는 줄곧 선대와 둘이서 살았다. 집에 남자가 없었다. 애초에 아버지라는 사람이 어떤 존재인지도 전혀 상상이 안된다.

내용은 거의 완성했는데, 그걸 표현하기 위한 글씨를 모르겠다. 써도, 써도 감이 오지 않는 상황이 계속됐다.

나는 문자 그대로 칠전팔기를 되풀이했다. 뭔가 상한 것을 먹고 체한 것처럼 몸부림쳤다. 그래도 이거다 싶은 글씨를 만나지 못했다. 쓰면 쓸수록 미로 속으로 파고든다.

요컨대 완전한 슬럼프 상태였다. 지금까지 이런 식으로 벽에 부딪혀서 미동도 할 수 없게 된 적이 없어서 나 자신이 가장 당황하고 놀랐다.

슬럼프는 변비의 고통과 비슷하다. 배설하고 싶은데 나오지 않는다. 배설할 것은 있는데 쉽게 나오지 않는다. 분하고 비참하다.

어느새 보니 밤, 이불 속에 들어간 뒤에도 잠이 오지 않는 날이 계속됐다. 내게는 매우 드문 일이다. 누군가가 도와주면 좋겠는데, 아무도 도와주지 않는다. 써야 하는데, 써야 하는데. 그렇게 초조해하면 초조해할수록 끝없는 진흙탕으로 주르륵 가라앉았다. 이럴 때일수록 선대에게 의지하고 싶은데. 선대는 엉뚱한 방향으로 향한 채 이렇다 저렇다 전연 대꾸가 없다.

그런 안타까움이 반달쯤 계속됐을 때의 일.

아침에 무거운 머리를 들고 걸레질을 하는데, 갑자기 바바라 부인이 통통 튀는 목소리로 제안했다.

"포포, 이번 일요일, 가마쿠라 칠복신 순례에 가지 않겠어? 어제 말이야, 렌바이에서 우연히 빵티랑 마주쳤는데, 그러고 보니 아직 신년회를 안 했네, 하는 얘기가 나왔지 뭐야. 이번 일요일이 마침 음력설이잖아. 일요일이면 포포네 가게도 노니까 참가할 수 있지 않을까 하고. 그런 얘기를 가게에서 카페오레를 마시며 하고 있는데, 마침 남작이 빵을 사러 와서 얘기가 더 흥이 났지 뭐야."

"그렇다면 남작도 같이 간다는 거예요?"

"그렇지. 어쨌든 그분이 제일 신났다니까. 어때? 아까 텔레비전에서 일기예보를 보니 날씨도 그리 나쁘지 않은 것 같고. 포포, 칠복신 순례, 한 적 있어?"

솔직히 전혀 그럴 기분이 아니었다. 칠복신 순례 따위 지금 나한테는 아무 상관 없다. 사양하겠다는 말이 목까지 올라왔다. 그러나 문득 가봐도 좋겠네, 하는 마음이 든 것은 선대가 아니라 스시코 아주머니의 사진과 눈이 마주쳐서일까. 스시코 아주머니가 포포, 모처럼이니 다녀와, 하는 눈으로 윙크하는 것처럼 보였다.

"몇 시에 모여요?"

나도 모르게 걸레질을 하면서 그런 말을 하고 있었다. 엎드린 자세 그대로 달력을 올려다보았다. 확실히 그날은 음력설이었다.

"아직 정하진 않았는데 남작은 모두 같이 먹을 도시락을 준비하겠다며 각오가 대단했어. 난 사탕 담당이라도 할까 봐."

즐거운지 바바라 부인의 목소리가 들떴다.

"그럼 나도 다른 사람과 겹치지 않도록 뭔가 준비할게요."

내가 그렇게 말을 꺼낸 순간

"아, 다행이다. 포포도 갈 수 있다니, 최고네! 갑자기 기대가 되기 시작했어. 설레는 일이 있으면 감기 따위 휙 날아가버리지."

바바라 부인이 빠르게 떠들었다.

"포포, 오늘도 멋진 하루!"

그 순간, 아침 해가 복도 창으로 들어왔다. 쨍, 하는 요란한 소리가 들릴 것처럼 강렬한 빛이었다. 눈이 부셔서 현기증이 날 것 같았다. 허공을 떠도는 먼지조차도 아름다웠다.

당일 약속 장소인 기타가마쿠라 역 앞에 제일 먼저 나타난 사람은 남작이었다.

"어머, 그런 차림으로 가세요?"

엉겁결에 인사도 없이 물었다. 칠복신 순례라고는 하지만, 가마쿠라 알프스의 하이킹 코스를 걸어 산을 넘는 것이다. 그런데 남작은 가문을 넣은 하오리와 하카마(일본 옷의 정장용 남자 하의—옮긴이) 차림이었다.

"설이니까 당연하지. 그렇지만 봐, 신발은 제대로 신었다고."

그렇게 말하면서 장난스럽게 하카마 자락을 걷어 올렸다. 정말로 화려한 색의 스니커즈를 신었다.

"지금 유부초밥을 주문하고 왔으니까 저기 벤치에 앉아서 기다려. 이제 곧 다른 멤버도 올 거야."

그렇게 말하고 주머니에서 담배를 꺼내 입에 물었다. 가마쿠라는 노상에서 흡연 금지일 텐데, 라고 생각했지만, 보복이 두려워서 잠자코 있었다. 기타가마쿠라도 예외는 아닐 것이다.

남작이 반도 피우기 전에 빵티가 개찰구에서 나타났다. 빵티가 걷는 모습은 고무공이 통통 뒤는 모습 같다. 온몸에 존재하는 모든 돌출물이 하나가 되어 흔들린다.

남작이 황급히 바닥에 담배를 던지고, 스니커즈 바닥으로 비벼 껐다. 그대로 버리면 한마디 하려고 마음먹었더니, 남작은 불이 꺼진 담배꽁초를 주워서 하오리 소맷자락에 준비한 휴대용 재떨이에 넣었다. 일단 매너는 숙지하고 있는 것 같다.

그리로 바바라 부인도 등장했다. 오늘은 서로 아침 준비를 하느라 바빠서 개별 행동을 했다.

"안녕하세요."

새삼스럽게 오늘 순례 멤버에게 인사했더니, "안녕하세요, 가 아니라 새해 복 많이 받으세요, 해야지."

남작이 바로 얄밉게 반박했다. 그러나 듣고 보니 그랬다. 오늘

186

은 음력설이다. 뭔가 마을 전체에 무지개가 걸린 듯이 온화하고 밝은 분위기다.

"새해 복 많이 받으세요. 올해도 잘 부탁합니다."

생각을 고쳐먹고 다시 말했다. 명백히 나이가 달라 보이는 네 명이 역 앞 광장에서 인사를 나누었다. 하늘은 파란 시트를 펼친 듯이 구름 한 점 보이지 않았다.

"날씨가 좋아서 다행이네요."

"바람은 차지만 걷다 보면 문제없을 거야."

"칠복신 순례라니 정말 기대돼요."

여자 세 명이 수다꽃을 피우는 동안, 남작은 그 원에서 혼자 빠져나가 식당 고센으로 들어갔다. 주문한 유부초밥을 가지러 갔을 것이다. 잠시 선 채로 얘기를 나누고 있으니 남작이 손에 보따리를 안고 돌아왔다. 사인분의 유부초밥 같다. 남작이 가까이 오니 배합초 향이 훅 강해졌다. 코가 시원해지는 조금 달콤한 자극에 절로 군침이 돌았다. 아직 오전인데 벌써 배가 고프다.

"출발!"

남작이 힘차게 호령하여 제각기 걷기 시작했다. 먼저 목표로 한 곳은 기타가마쿠라의 조치사다.

그나저나 가마쿠라에는 어째서 절이 이렇게 많을까. 마을 전체가 거대한 무덤이라고 해도 과언이 아니다. 여기도 저기도 절들.

이러니 유령 목격 정보가 다량으로 발생하는 것도 어쩔 수 없다.

삼나무 숲으로 둘러싸인 돌계단을 열심히 올라갔다. 조치사에는 호테이 님(칠복신 가운데 유일한 인신으로, 중국의 승려 계차가 그 모델이다. 인격 형성, 관용, 인내, 부귀영화를 대표하는 신이다—옮긴이)이 있다.

신사의 사무소에 도착한 뒤, 한 사람씩 차례대로 고슈인(신사나 절에서 도장을 찍고 붓으로 참배 날짜와 신사나 절 이름을 써주는 것—옮긴이)을 받기 위해 줄을 섰다.

"이런 것 참 설레네."

바바라 부인이 목소리를 낮추어 빵티에게 말했다.

"요컨대 스탬프 랠리 같은 거네요."

빵티도 최대한 목소리를 낮추어 말했지만 직업의 특성인지, 목소리가 원래 큰지 이미 크게 울렸다.

나는 고슈인을 써주는 사람의 붓놀림에 시선이 고정됐다. 먹물을 듬뿍 적신 가는 붓으로 거침없이 글씨를 써나갔다. 내 경우는 대필업이지만, 이쪽은 글씨를 쓰는 업일까. 마지막으로 특대 도장을 세 군데 찍고 완성했다. 생각해보면 실수가 허락되지 않는 일이다. 아차 하다 글씨가 틀릴 때도 있지 않을까. 틀렸을 때는 어떻게 대처할까.

마지막에 섰던 남작이 고슈인을 받을 때까지 기다렸다가 다시 계단을 내려갔다.

"이건 시작에 지나지 않아."

페트병의 물을 마시는데, 남작이 바로 쐐기를 박았다.

"제일 젊은 주제에 제일 헉헉거리네."

급소를 찔렀다.

나는 바바라 부인의 체력을 걱정했지만, 아직까지는 문제없는 것 같다. 평소 사교댄스로 허리와 다리를 단련한 덕분일지도 모른다.

"다음은 어디로 가요?"

앞장서서 걷던 빵티가 돌아보며 남작에게 물었다.

"다음은요, 덴엔 하이킹 코스를 지나 호카이사로 갑니다. 이대로 곧장 걸어서 겐초사 뒤로 해서 산으로 들어가죠."

나를 대할 때와는 완전히 다르게 정중한 언어로 남작이 설명했다.

드디어 하이킹이다. 가마쿠라에서 태어나 자랐지만, 하이킹은 어린 시절 소풍으로 몇 번 갔을 뿐이다.

하지만 그 하이킹 입구까지 도달하는 것이 어려운 일이었다. 가마쿠라 5산 가운데 1위 사찰인 만큼 겐초사는 부지가 넓어서 걸어도 걸어도 절 같은 모습이 보이지 않았다. 심지어 마지막에는 엄청나게 험한 곳이 기다리고 있었다.

벼랑에 달라붙은 듯한 상태로 끝없이 계단이 이어졌다.

"네엣? 여길 간다고요?"

엉겁결에 비난을 띤 말이 입에서 튀어나왔다. 기타가마쿠라 역으로 돌아가서 요코스카 선을 타고 한 역만 가마쿠라까지 앞질러 가는 편이 득일지도 모른다. 이미 등에는 엄청난 땀이 흘렀다.

의기소침해 있으니

"자, 이거 먹어."

바바라 부인이 내 입에 사탕을 넣어주었다. 갑자기 입안에 여름 바람이 지나갔다. 강렬한 박하 맛이다.

"어때? 맛있지? 이제 힘이 날 거야, 포포."

어째서 나보다 훨씬 오래 산 바바라 부인 쪽이 더 쌩쌩한지 모르겠다. 이해가 되지 않았지만, 이미 빵티가 계단을 올라가기 시작해서 할 수 없이 나도 뒤를 따랐다. 의식이 몽롱해져, 빵티의 엉덩이가 신기한 생물로 보였다.

이건 그야말로 계단 지옥이다. 그런 생각을 한 순간

"이 절은 말이야, 지옥 계곡 자리에 세워서 말이야."

뒤에서 남작의 목소리가 들려왔다.

"지옥 계곡요?"

사실은 소리를 낼 기력도 없었지만, 무시하는 것도 실례여서 헉헉거리며 간신히 대답했다.

"옛날에 여기가 형장이었지."

잇따라 무시무시한 말을 했다. 하지만 이제 더는 소리를 낼 수가 없었다.

아까부터 무릎이 시큰거렸다. 설이라면 더 우아하게 떡이나 먹으며 지내고 싶었는데. 이래서야 나까지 죄인이 되어 형을 받는 기분이다. 칠복신 순례에 참가하겠다는 말 따위, 하지 않았으면 좋았을걸.

"포포, 이 전망대가 골인 지점이야."

저 높은 곳에서 빵티가 얼굴 가득 미소를 짓고 손을 흔들었다.

"포포, 조금만 더 힘내."

바바라 부인도 상냥한 미소를 지으며 응원해주었다.

이윽고 전망대에 도착했을 때 얼굴은 완전히 단풍처럼 빨개지고, 머리에서는 김이 모락모락 날 것 같았다. 그런데 나 이외의 세 사람은 이미 호흡을 가다듬고 전망대에서 경치를 감상하고 있었다.

절경이라고까지는 할 수 없지만, 가마쿠라를 한눈에 볼 수 있었다. 왼쪽 저 너머에는 사가미 만도 보였다.

그러나 여기가 골인 지점이 아니다. 겨우 하이킹 코스의 출발 지점에 도착한 데 지나지 않는다. 줄곧 벤치에 앉아 있었더니 엉덩이에서 굵은 뿌리가 내릴 것 같다. 일어서서 이번에는 선두에 서서 걷기 시작했다.

힘든 출발이었지만, 하이킹 자체는 여간 기분 좋은 게 아니었다. 내 뒤를 걸어오는 빵티가 큰소리로 노래를 불러서 어쩌다 보니 다른 세 사람도 작은 소리로 따라 불렀다. 빵티는 스피츠(일본의록 밴드—옮긴이) 팬인 것 같다. 다 큰 어른들이 하이킹하면서 노래를 부르다니, 뭐하는 거야. 머리로는 그렇게 생각했지만, 산길을 걸으면서 노래를 부르는 일은 의외로 상쾌해서 자꾸 부르게 된다.

일말의 주저 없이 부르는 빵티의 노래도 다른 멤버에게 큰 용기가 됐을지 모른다. 내리막길이 될 때마다 조금씩 땀이 가셨다. 진한 흙냄새가 평소 잠들어 있는 뇌의 어딘가를 격렬하게 흔들었다. 도중부터 이 새해 행사에 참가하기를 잘했다는 생각까지 하게 됐다.

족히 한 시간 정도 하이킹을 하고 모미지다니에서 산을 내려왔다. 여기서부터는 길을 잘 알아서 눈을 감고도 걸을 수 있다.

"산길을 걸으니 배가 고파지네요."

바바라 부인의 말에

"저도요."

빵티도 발랄하게 공감했다.

"어디서 밥을 먹고 갈까요?"

남작이 제안했다. 하지만 이 근처에 도시락을 펼쳐놓을 만한 적당한 장소가 있었던가. 가마쿠라에는 절이나 신사가 많지만, 가볍게 앉아서 음식을 먹을 만한 공원은 의외로 적다.

"여기서라면."

남작의 말에 불길한 예감이 가슴을 스쳤다. 과연 그 예감은 적 중했다.

"츠바키 문구점이 제일 가깝지."

아침에 제대로 청소해놓기를 잘했다.

"나 한번 해보고 싶었어요, 문구점에서 밥 먹는 것."

빵티가 천진난만하게 들뜬 목소리로 말했다.

"포포, 신세 져도 될까?"

바바라 부인이 불편하지 않겠냐는 듯이 얼굴을 들여다보며 물었다.

나는 모호하게 대답했다. 여기서 제일 가까운 곳은 확실히 우리 집이지만, 바바라 부인의 집도 마찬가지다. 그러나 아무도 그 말은 하지 않았다. 고령인 바바라 부인의 집에 우르르 몰려갈 만큼 뻔뻔하지 않은 것이다.

"그럼 결정됐네. 그 쓰러져가는 집에서 밥을 먹고 다시 칠복신 순례를 시작하지."

남작의 한마디에 점심은 츠바키 문구점에서 먹게 됐다.

쪽문으로 들어가서 가게를 열고 급히 네 명이 앉을 공간을 마련 했다. 바바라 부인과 빵티에게는 대필 의뢰 손님에게 내놓는 동그란 의자를, 남작에게는 내가 가게를 볼 때 사용하는 나무 의자를 내주고 나는 마루 끝에 방석을 깔고 걸터앉았다.

얼른 난로에 불을 붙이고, 주방에 가서 물을 끓였다. 평소에는 사용하지 않는 큼직한 찻주전자에 교반차를 넉넉히 끓여서, 찻잔과 같이 쟁반에 받쳐 들고 왔다. 이미 각자의 앞에 유부초밥이 나눠져 있었다. 모양이 각기 다른 찻잔에 사인분의 차를 따랐을 때 일제히 잘 먹겠습니다, 인사를 했다. 도시락 밖에까지 새콤한 배합초 향이 났다.

어느새 다들 묵묵히 먹기만 하고 있었다. 새콤달콤하게 간한 얇은 유부 속에 한 알 한 알 고들고들한 밥알이 들어 있다.

"이렇게 맛있는 유부초밥은 처음 먹어봐요."

빵티가 금방이라도 울 것 같은 얼굴로 말했다.

"어머나, 빵티는 고센의 유부초밥 몰랐어?"

"몰랐어요."

황급히 대답하다가 밥알이 목에 걸렸는지 얼굴이 빨개지면서 콜록거렸다.

"차 마셔."

빵티에게 교반차 찻잔을 내밀었다. 빵티가 꿀꺽꿀꺽 호쾌하게 차를 마셨다.

나는 식후에 먹으려고 했던 귤 네 개를 배낭에서 꺼냈다. 이렇게 돌아올 줄 알았으면 무겁게 가져가지 않는 편이 좋았을 텐데. 며칠 전, 이웃 과일 가게에서 산 에히메 현의 감귤이다.

식사를 마친 후 제각기 귤을 먹기 시작했다. 나는 마지막 유부 초밥을 먹을까 말까 망설이다 결국 한 개만 남겨두기로 했다. 내가 손에 든 귤은 달지도 않고 시지도 않고 어중간한 맛이었다.

남작이 식후 커피를 꼭 마시고 싶다고 떼를 써서 베르그펠트 (Bergfeld, 가마쿠라에서 유명한 삼십 년 전통의 독일빵 전문 카페—옮긴이)에 가기로 했다. 나는 평소 집에서 커피를 마시지 않는다. 한 잔분은 끓여도 맛있지 않기 때문이다. 선반 안을 뒤지면 스시코 아주머니가 즐겨 마셨던 인스턴트커피가 잠들어 있을 테지만, 남작이 그런 것을 인정할 리 없다. 설거지는 돌아와서 하면 되니, 일단 그대로 가게를 나갔다.

도중에 가마쿠라궁에 들러서 전원이 야쿠와리이시(厄割り石, 액을 깨는 돌이라는 뜻—옮긴이)를 했다. 이곳에서 태어나서 자란 나도 이걸 해보는 것은 처음이었다. 가와라케라고 하는 종지만 한 작은 접시에 입김을 불어 나쁜 기운을 그리로 옮긴 뒤 돌을 향해 힘껏 던지는 것이다. 모두 진지한 표정으로 가와라케를 던졌다.

쟁, 하고 가장 좋은 소리를 내며 깨진 것은 바바라 부인의 접시이다.

"옳지! 액땜 완벽하게 했네."

흥분하여 브이를 그리며 기뻐했다.

멤버 전원의 액이 떨어져 나가고 나서 에가라텐 신사 앞을 지나 좁은 골목을 걸었다. 과연 한겨울 가마쿠라에는 사람이 적다. 오가는 사람들은 이 지역 사람들뿐이다. 우리 앞을 걸어가던 시바견이 한쪽 다리를 높이 들고 전봇대에 소변을 보았다. 그 포물선에서 김이 나는 것을 보니 한층 더 추워졌다.

베르그펠트에 들어가서 커피를 마시고 있는데 구름의 흐름이 점점 수상해졌다. 바깥이 명백히 어두워졌다. 오늘 일기예보는 꽝이다.

"아침에는 그렇게 날씨가 좋더니."

전원이 창 너머로 시선을 보냈다. 금방이라도 비가 쏟아질 것 같았다.

"일단 가게를 나가서 호카이사까지 갈까요?"

남작의 제안에 전원이 쪼르륵 자리에서 일어났다.

차들의 왕래가 많아서 버스 길을 한 줄로 서서 빠른 걸음으로 걸었다. 칠복신 순례를 하자고 야심차게 출발했지만 딴짓으로 시간이 길어져, 생각해보니 아직 한 군데밖에 가지 못했다.

"호카이사에는 어느 분이 계세요?"

빵티의 질문에

"비사문천(毘沙門天, 사천왕의 하나인 다문천왕을 가리킨다―옮긴이)일걸요."

남작이 대답했다.

"가을의 하얀 싸리가 예뻐서 자주 갔는데."

바바라 부인이 이어서 말했다. 나는 문 앞까지는 자주 가서 익숙하지만, 안에는 들어간 적이 없었다. 입장료를 내지 않으면 들어가지 못하는 것이 가장 큰 이유다.

동전 지갑에서 100엔짜리를 꺼내 입장료를 냈다. 경내로 들어가니 본당 앞 매화나무에 홍백색 꽃이 피었다. 알록달록한 팝콘처럼 귀여웠다. 눈을 감고 숨을 들이마시니 달콤한 향이 몸속으로 부드럽게 흘러 들어왔다. 이렇게 추운데 봄은 한 걸음씩 다가오고 있다.

"예뻐라."

눈을 뜨니 옆에 빵티가 나란히 서서 똑같이 눈을 게슴츠레하게 뜬 채 향기를 맡고 있었다. 바로 옆에서 보니 빵티의 볼록한 가슴이 한층 도드라졌다.

고슈인을 찍고 다음에는 어느 절에 갈지 의논하는데 뚝, 뚝 또 빗방울이 떨어졌다.

"일단 하치만궁까지 갈까요?"

바바라 부인의 한마디에 전원이 동의했다. 뭐니 뭐니 해도 오늘은 음력설. 즐거운 날이다.

대형 관광버스를 조심하면서 길을 걸어 정면의 도리이를 빠져나갔다. 하치만궁의 벤자이텐(辯才天, 칠복신 중 유일한 여신―옮긴이)은 겐페이 연못 한가운데에 있는 섬에 모셔져 있다. 다만 내게는 좀 무서운 곳이다. 그곳에는 비둘기가 많다. 보이는 게 전부 하얀 비둘기뿐이다. 내게 비둘기 무리는 공포 그 이상의 아무것도 아니다. 이름이 하토코이면서 비둘기를 무서워하다니 웃기다고 생각하지만, 지금까지 한 번도 비둘기를 귀엽다고 생각한 적이 없다.

덜덜 떨면서 참배를 마치고, 고슈인을 받았다. 이것으로 오늘 돌아본 신사는 세 곳이 됐다. 보슬비가 내리는 가운데 다들 신사 안쪽을 향해 걸어갔다. 아마 모두 똑같은 생각을 하고 있을 것이다. 양력설에는 긴 줄을 서면서까지 하치만궁에서 참배해야겠다는 생각은 꿈에도 하지 않지만, 음력설이니 가능하다. 평소 계단을 올라가서 참배하는 일은 거의 없는데, 특별한 날이니 정식으로 본궁까지 가서 가시와데(신을 배례할 때 치는 손뼉―옮긴이)를 칠 생각이다.

하지만 역시 나는 훌륭한 사당이 있는 하치만궁보다 촌스러운 분위기의 유이와카미야 쪽이 훨씬 매력적이고, 복도 많이 받을 것 같은 기분이 든다.

계단을 오르는 도중에 은행나무와 스쳐 지났다. 전에 태풍이 왔을 때 벼락을 맞아 쓰러진 건 알고 있었지만, 실물을 보니 더 안타까웠다. 철책에 둘러싸인 거대한 은행나무에서 잘려진 나무는 보기에도 안쓰러웠다. 마지막에는 네 명이 나란히 참배했다.

사람이 적은 장소로 이동해서 그다음 계획을 의논했다.

우산을 쓰고 칠복신 순례를 하는 것은 아무래도 내키지 않았다. 말은 꺼내지 않고 생각만 하고 있었는데, 역시 다른 멤버도 같은 생각을 했던 것 같다. 절묘한 타이밍에 빵티가 제안했다.

"나머지는 다음에 하도록 할까요?"

과연 초등학교 선생님답다. 결단이 빠르다.

"그러네, 날씨가 갤 것 같지도 않고."

"그러네요. 다음을 위해 남겨두죠."

"그럼 여기서 해산이네요."

시원스럽게 끝났다. 이것이 십 대나 이십 대 모임이었다면 분명 분위기에 들떠 빗속에서도 마지막까지 칠복신 순례를 강행했을지도 모른다.

남작은 한기가 들어서 이대로 이나무라가사키 온천에 가겠다고 했다. 빵티도 편승했다. 내게도 같이 가자고 권했지만, 이나무라가사키까지 가면 돌아오기가 힘들어서 거절했다. 바바라 부인은 밤에 사교댄스 레슨이 있다고 했다.

역 쪽으로 가는 남작과 빵티를 배웅했다.

"포포는 이대로 집에 갈 거야?"

바바라 부인의 물음에 왠지 선뜻 결정하기 어려웠다. 그대로 돌아가는 것도 소화불량 같아서 내키지 않았다.

"그렇다면 이거 써."

바바라 부인이 접는 우산을 빌려주었다.

"그렇지만 바바라 부인은요?"

"나는 이게 있으니까 괜찮아. 전화해서 달링한테 데리러 오라고 할 거야."

백팩에서 레인코트를 꺼내 입더니, 주머니에 넣어둔 스마트폰을 익숙하게 조작했다. 가식적인 미소를 지으며 상대에게 전화를 걸었다.

"그럼 저는 여기서 실례하겠습니다. 오늘 고마웠습니다."

통화에 방해되지 않도록 짧게 인사하고 그 자리를 떠났다. 바바라 부인이 웃는 얼굴로 손을 흔들었다.

되도록 우산을 쓰지 않게 큰 나무 아래를 골라 걸었다. 하치만궁 서쪽에는 오래된 숲 같은 곳이 있다. 문득 생각이 나서 근대 미술관으로 들어갔다. 비를 피하기에는 안성맞춤인 곳이다.

전시품을 한 차례 둘러본 뒤, 커피숍에 가서 레모네이드를 주문했다. 활짝 열린 창 너머에 안개비로 부연 연못이 보였다. 이곳에 오면 언제나 그렇다. 미궁 속으로 헤매든 것 같아서 자신이 지금 어느 시대를 사는지 알 수 없어진다.

레모네이드는 극단적으로 달고 시었다. 그러나 남기는 것이 아까워서 결국 연못을 보면서 다 마셨다. 손님은 나 말고 아무도 없었다. 벽 가득 그려진 벽화도, 복고풍 레이스 커튼도, 오렌지색 의자도 모두 내 마음의 수다에 귀를 기울였다.

그때, 내 속에서 꼬물꼬물 무언가가 움직이는 것을 느꼈다. 처음에는 혹시 화장실에 가고 싶은 건가, 생각했다. 그러나 아니었다. 무언가가 움직이는 곳은 내 뱃속이 아니라 마음속이었다. 마치 작은 씨에서 보드라운 싹이 터서 기지개를 켜듯이 희미하게 내 마음의 벽을 밀어 올렸다.

미미한 징조는 이윽고 또렷한 태동으로 바뀌었다. 나오지 못해서 줄곧 괴로워하던 그것이 지금 이곳에 와서 갑자기 출구를 찾았다.

쓰고 싶다. 꺼내주어야 해. 지금 당장 여기서. 갑자기 산통을 느끼는 기분이었다.

쇼타로 씨의 아버지 글씨가 내 손가락 끝에서 쏟아질 듯 몸부림쳤다. 그것은 그야말로 진통 같았다. 이 징조를 놓치고 싶지 않았다. 일 초라도 빨리 펜을 잡고 싶었다.

황급히 배낭을 열었다. 그런데 하필 필기도구를 갖고 오지 않았다. 꼭 이럴 때 이 무슨 어리석은 짓인가. 이것은 대필가로서 실격이다. 그러나 반성하고 있을 시간이 없다. 지금은 어쨌든 쓰는 것이 최우선 과제다.

"죄송합니다!"

카운터 안에서 설거지를 하던 점원을 느닷없이 큰소리로 불렀다.

"뭐든 좋으니 종이하고 펜 좀 빌려주시겠어요?"

나의 절박한 모습에 놀랐는지 어리둥절해했다.

"이런 것밖에 없습니다만."

점원이 당황하면서도 앞치마 주머니에 넣어둔 볼펜을 내밀었다.

"종이는 전표 쓸 때 사용하는 이면지밖에……."

그렇게 말하면서 미안한 얼굴로 나를 보았다.

"그 종이여도 좋으니 좀 주시겠어요?"

이러저러하는 사이에도 쇼타로 씨의 아버지 글씨가 다시 깊은
잠 속으로 빠질 것 같아서 애가 탔다.

"이거라도 괜찮으시다면 많이 있으니 필요할 때 말씀해주세요."

점원에게 볼펜과 종이 다발을 받아 들었다. 고맙다는 인사를 하
고 바로 내 자리로 돌아왔다. 흐트러진 마음을 진정시킨 뒤 볼펜
을 조심스럽게 들었다. 왼손으로 쓰는 러브레터였다.

사랑하는 치짱에게

나는 지금 아주 아름다운 풍경을 보고 있습니다.

여기서는 치짱이 아주 잘 보입니다.

이제 나는 공을 굴리며 곡예하는 인생을 졸업했습니다.

그러니 다음에 만날 때는 매일 손을 꼭 잡고,

마음껏 산책하지 않겠습니까.

웃는 얼굴의 치짱을 사랑합니다.

다시 만날 날까지 부디 건강하게 지내요.

세상에서 치짱을 가장 사랑하는 나로부터.09

"이것은 틀림없는 아버지 글씨입니다."

편지를 본 쇼타로 씨는 두 번, 세 번 깊이 끄덕인 뒤 내 눈을 보고 말했다. 나도 그럴 거라고 강한 확신을 갖고 있었다. 쇼타로 씨 아버지는 지금이라면 아마 이런 글씨체로 썼을 것이다.

공 굴리기 인생이란 쇼타로 씨 아버지가 예전에 잘 사용했던 말이다. 지구를 공에 견주어 자신은 그 위를 자유롭게 걷는 인생이라는 의미로 사용했을 것이다. 온 세계를 날아다니는 바쁜 자신의 인생을 유머로 감싸서 작은 웃음으로 바꾸려고 했을지도 모른다.

주문을 적는 종이였던 멋없는 이면지는 수제 대지에 붙였다. 글씨 주위는 압화로 장식하고, 겉에도 전부 압화로 채웠다. 그 위에 얇은 종이를 포개서 양초로 코팅했다.

어머니는 요코하마의 자택에서 많은 꽃을 키웠다고 한다. 꽃 가꾸기를 사랑했다고 한다.

그리고 이것은 천국에서 온 편지. '천국=아름다운 꽃밭'이라 생각하는 건 너무 단순한가. 하지만 만약 정말로 쇼타로 씨의 아버지가 천국에서 편지를 보낸다면 이렇지 않을까.

"아버지 글씨네."

한참 말없이 편지를 바라본 뒤, 쇼타로 씨는 다시 중얼거렸다.

"그런데 이렇게 많은 계절 꽃을 어떻게 모으셨어요?"

압화를 조심스레 손으로 만지면서 쇼타로 씨가 물었다. 압화는 여러 겹으로 포개지도록 붙였다. 그중에는 네잎 클로버도 섞여 있다.

"실은 그게 제일 힘들었어요."

나는 솔직하게 고백했다.

처음에는 근대 미술관 커피숍에서 쓴 글을 앤티크 엽서에 복사할까 생각했다. 하지만 그렇게 하면 볼펜 필치는 남아도 필압이 없어진다. 생생함이 사라지는 것이다. 그래서 역시 종이는 실물을 그대로 사용하기로 했다.

"봄이나 여름이라면 여기저기 꽃이 피어서 구하기 힘들지 않겠지만 말이죠."

공교롭게 지금 계절은 한겨울이다. 가마쿠라에도 드문드문 매화가 피기 시작했지만, 매화꽃만으로는 맛이 나지 않는다.

"장미, 제비꽃, 수선화, 수국, 그리고 이 조그맣고 빨간 열매는

죽절초인가요? 제가 식물에 관해서 잘 모릅니다만."

큰 꽃은 꽃잎만 핀셋으로 뜯고, 작은 꽃은 피어 있는 모습 그대로 꽃이나 꽃잎 이외에 나뭇잎이나 열매 등도 들어간다.

"이 열매는 산딸나무 같네요."

편지 내용을 완성하고 며칠 뒤, 꽃을 찾느라 덴가쿠즈시 길을 걷다가 야외 수업 중인 빵티를 만났다. 간단하게 찾는 것을 말하자 그날 방과 후, 아이들과 작년에 만들었다는 식물채집 공책을 갖고 와주었다. 이제 사용하지 않아서 처분하려던 참이니 쓰고 싶을 때 써도 좋다고 했다. 술 익자 체 장수 지나간다는 것은 이런 장면을 말하는 것이리라.

"이렇게 보니 보석 상자 같군요."

쇼타로 씨가 조금 수줍어하면서 말했다. 그러고 보니 색색의 꽃잎이 한 면 가득 흩어져서 보석처럼 보였다.

"아직 살아 있군요."

쇼타로 씨가 확인하듯이 내 눈을 들여다보았다.

"네, 아직 살아 있을 거라고 생각해요."

설령 땅에서 꺾였어도, 광합성을 하지 않아도 이 꽃들은 이 모습 그대로 지금도 말짱하게 살아 있다. 죽는다는 것은 영원히 사는 것일지도 모른다. 나도 작업을 하면서 줄곧 그 사실을 생각했다.

"아버지와 함께겠죠."

한참 사이를 둔 뒤에 쇼타로 씨가 중얼거렸다.

천국에서 온 러브레터를 받고서, 쇼타로 씨의 어머니는 진심으로 기뻐했다고 한다. 그 후로 뭔가를 깨달았는지 집에 돌아가고 싶다는 말은 하지 않게 됐다. 부적처럼 편지를 가슴에 꼭 껴안고 있었다는 말을 듣고 안도했다.

그리고 그대로 조용히 숨을 거두었다. 평온한 임종이었다고 한다.

"그 편지 덕분입니다."

초칠일이 끝났다는 보고를 하러 쇼타로 씨가 일부러 츠바키 문구점까지 와주었다. 편지를 건네고 아직 얼마 지나지 않았다. 혹시 내가 대필한 것 때문에 어머니의 천국 여행이 더 빨라진 건 아닐까 걱정이 됐다. 그러나 어쩐지 그렇지는 않은 것 같았다.

"어머니, 안심이 되셨나 봅니다."

쇼타로 씨는 평온한 표정을 지었다.

"그때까지 줄곧 화나신 것도 같고 두려우신 것도 같은 얼굴로 계셨어요. 그런데 그 편지를 받는 순간, 오랜만에 웃으셨죠. 그것만으로 저도 누나도……."

거기까지 말하고 쇼타로 씨는 주머니에서 황급히 손수건을 꺼냈다. 나는 살며시 자리에서 일어나 안으로 들어가 코코아를 탔다. 봄이 가까워졌다고 하지만, 가마쿠라는 아직 뼛속까지 한기가 스며드는 추위다.

"드세요."

따뜻한 코코아를 머그컵에 따라서 가져가니 쇼타로 씨가 등을 편 채 기다리고 있었다.

"어머니는 아버지한테 받은 편지를 전부 갖고 천국으로 떠나셨답니다."

"그러셨군요."

가능하다면 나도 사랑하는 사람에게 받은 편지에 묻혀서 천국으로 여행을 떠나고 싶다. 쇼타로 씨와 마주 앉아서 조용히 코코아를 마시며 그런 생각을 했다.

편지 공양을 며칠 뒤로 앞둔 어느 날, 솔로 문총의 비석을 닦고 있을 때였다.

"안녕하세요."

갑자기 낯선 청년이 나타났다. 지면에서는 히아신스 싹이 물개처럼 빼꼼 얼굴을 내밀었다. 상대는 서툰 일본어로 말했다.

"나, 이탈리아에서 왔습니다. 안뇨로입니다. 오모니에게, 편지, 갖고 왔습니다. 나를, 잘 부탁합니다. 뇨로라고 불러주십시오."

가파른 언덕길을 올라갔다 내려갔다 하는 듯한 억양으로 뇨로가 말했다. 그리고 오른손을 내밀었다.

뇨로의 눈은 크리스마스트리 제일 위에 장식한 은색 별처럼 빛났다. 나쁜 사람은 아닌 것 같았다.

"시간, 있으세요? 안에서, 차라도 마실래요?"

나도 뇨로의 억양에 전염되어 말투가 좀 이상해졌다.

"시간, 많이 있습니다. 내일도, 내일 모레도, 괜찮아."

괜찮아, 만큼은 완벽한 일본어 발음이다.

뇨로와 함께 츠바키 문구점 안으로 돌아갔다.

"지금 차를 끓여 올게요."

뇨로에게 의자를 권한 뒤, 안으로 들어갔다. 사정은 잘 모르겠지만, 천천히 얘기하면 뇨로와도 일본어가 통할 것이다. 뭔가 특별한 용무를 갖고 와준 게 분명하다.

내가 찻주전자의 차를 따르자, 뇨로가 강아지처럼 코를 킁킁거렸다.

"좋은, 냄새입니다. 이탈리아의, 겨울 냄새."

가까이서 보니 뇨로의 코가 아주 높았다. 피부 결이 촘촘해서 뺨이 갓 태어난 아기 같았다.

"자, 뜨거우니까 조심하세요."

연상인지 연하인지 알 수 없었지만, 너무 복잡한 경어를 사용하면 의미가 통하지 않을 것 같아서 괜한 말은 생략했다. 눈앞에서 뇨로가 신기한 듯이 교반차를 마셨다. 역시 맛은 미묘한 것 같왔다.

내가 등을 펴자 뇨로도 새삼스럽게 나를 보았다. 그리고 짊어진 백팩의 지퍼를 열고 천천히 안에서 종이 가방을 꺼냈다. 놀랍게도 백팩의 반 이상을 종이 가방이 차지하고 있었다.

"이것, 당신 하모니, 전부 썼습니다."

하모니? 도무지 무슨 말인지 모르겠다.

여우에 홀린 듯한 기분으로 있으니 뇨로는 설명을 더했다.

"내 오모니, 일본 사람. 압파, 이탈리아 사람. 오모니, 이탈리아에서, 당신의 하모니와, 펜 프렌드. 펜 프렌드, 일본어로, 뭐라고 합니다?"

뇨로는 펜 프렌드라는 단어만은 혀를 마는 듯이 빠르게 말했다.

그런데 오모니는……. 아마 본인은 어머니라고 말한 건지도 모른다. 듣고 있으니 나도 모르게 웃음이 날 것 같았다.

뇨로에게 질문을 받은 것이 생각나 황급히 대답했다.

"아, 저기, 편지 친구?"

자신 없는 목소리로 그렇게 말하자

"맞아, 맞아, 편지 친구, 편지 친구."

뇨로가 말했다. 본인은 편지 친구, 편지 친구라고 하는데 편칭구, 편칭구로 들렸다.

"그러니까 우리 할머니와, 당신의 어머니가, 친구였어요?"

할머니와 어머니를 일부러 강조하면서 물었다. 선대에게 이탈리아인과 결혼한 친구가 있다니 들은 적도 없다.

"처음에, 친구, 아냐. 펜칭구로, 친구가 됐다. 오모니, 당신 하모니, 아주 좋아해."

"그랬군요. 나, 그런 얘기, 지금까지 전혀 몰랐어요. 두 사람은, 만난 적이 있나요?"

만난 적이 있었다는 표현을 바로는 이해하지 못했다. 뇨로가 어렵다는 표정을 지었다.

나는 알기 쉬운 말로 바꾸어 물었다. 뇨로가 잠시 생각했다. 그리고 이윽고 그 의미를 알았는지 갑자기 말이 빨라졌다.

"없어없어없어없어. 만난 적, 없어. 나 오모니, 당신 하모니, 만나고 싶었어. 문병, 가고 싶었어. 그러나 올 수 없었습니다. 왜냐하면, 압파의 오모니도, 몸이 나빠. 그래서, 이탈리아에서, 일본에, 갈 수 없었다. 압파의 오모니, 이제 없어."

"아하. 그럼 두 사람은 만난 적이 없지만, 편지 친구를 계속했군요."

"맞아맞아맞아맞아. 편지에, 하토짱 얘기만, 있어. 그래서, 내 오모니, 하토짱한테 이것, 돌려주고 싶어."

"거짓말?"

엉겁결에 입에서 흘러나왔다.

"나, 거짓말 사람 아니야. 뇨로, 거짓말, 안 해."

뇨로가 억울해했다.

"아, 미안해요. 그런 의미가 아니고. 그냥 믿기지 않아서."

빠른 말로 해명했다.

"이것, 읽으면, 안다. 당신 하모니, 아주 착해. 당신, 사랑해."

그럴 리는 없다고 생각했다. 하지만 뭔가 나도 모르게 서서히 눈물이 차올랐다.

"뇨로, 이만 실례합니다. 당신을, 만나서, 좋았다."

"네? 벌써 가게요? 지금부터, 어떻게 할 거예요?"

"일본어, 더 공부합니다. 나, 유학하러 왔습니다."

그런 걸 물은 게 아니었지만, 뇨로가 당당하게 대답해서 그냥 넘겼다.

"일부러, 이렇게 갖다주어서 고마워요. 또, 언제든 놀러 와요. 다음에는, 가마쿠라를 안내해줄게요. 그리고 곤란한 일 있으면, 연락 주세요."

"정말, 고마워. 그라치에(grazie, 이탈리어어로 고맙다는 뜻―옮긴이)."

뇨로가 다시 등에 멘 백팩은 보기에도 가벼워 보였다.

뇨로는 몇 번이나 어색한 인사를 하고 돌아갔다. 책상 위에는 선대가 이탈리아에 사는 펜팔 친구에게 보냈다고 하는 편지가 남아 있다.

그래도 바로 그것들을 읽을 마음은 들지 않았다.

내가 모르는 선대를 만나는 것이 두려웠을지도 모른다. 그래서 편지는 종이 가방에 든 채였다.

이탈리아 슈퍼마켓에서 사용하는 종이 가방일까. 소박한 터치로 채소와 과일 그림이 인쇄되어 있다.

겨우 읽을 마음이 든 것은 그날 해 질 녘이었다. 해가 꽤 길어졌다. 거기에 맞춰 츠바키 문구점의 폐점 시간도 연장했다.

봄이 가까워지면 왠지 자전거를 타고 싶어지는 것은 나뿐인가.

서둘러 가게 문을 닫은 뒤, 편지가 든 종이 가방을 자전거 바구니에 넣고 출발했다. 선대와 정면으로 마주하려면 나름대로의 각오가 필요하다. 집에서는 무리였다. 내가 어지간해서 맞붙을 수 있는 상대가 아니다.

이럴 때는 사한에 가야 한다.

역 선로 변에 있는 식당 사한에서는 여주인이 손수 요리를 만들어준다. 재료가 떨어지면 영업이 끝나기 때문에 나는 페달을 밟는 발에 힘을 주어 속도를 높였다.

가게 앞에 자전거를 세우고 좁은 계단을 뛰어 올라갔다. 늦지 않아서 다행이었다. 게다가 오늘 밤에는 밥과 된장국 정식이다. 빵과 밥이 매주 번갈아 나오지만, 나는 단연 밥이 좋다.

목이 말라서 정식과 함께 맥주도 주문했다. 이 가게에 오면 왠지 마음이 편하다. 오리 모양의 팻말을 받아서 창가 카운터 자리에 앉았다. 여기서라면 가마쿠라 역의 플랫폼이 바로 보인다.

맥주를 천천히 한 모금 마셨다. 그리고 종이 가방을 슬며시 무릎 위로 옮겼다. 정말로 많은 편지가 들어 있다. 당연하지만, 받는 사람 주소는 모두 이탈리아어로, air mail은 빨간 연필로, ITALY는 파란 연필로 원을 그렸다.

봉투는 서양식이 아니라 화봉투를 사용했고, 가로로 길게 주소와 받는 사람 이름을 썼다. 그중에는 무늬나 색이 있는 봉투도 보였지만, 대부분은 일반적인 흰색 이중 봉투였다. 이미 색이 바래고, 얼룩이 드문드문 생겼다.

생각해보니 선대가 쓴 알파벳은 지금까지 본 기억이 없다. 틀림없이 하기 위해서인지 한층 또렷한 필체로 썼다.

정식이 나오기를 기다리는 동안 편지를 읽었다. 제일 먼저 손에 잡힌 편지를 한 통 빼서 봉투에서 편지지를 꺼냈다.

느닷없이 선대의 목소리가 들렸다.

봉주르!

지금 커다란 냄비에 감자를 삶고 있습니다.

아드님의 감기는 이제 다 나았는지요?

남편과 아드님이 둘 다 감기에 걸렸다니

시즈코 씨도 몹시 힘들겠군요.

가마쿠라도 아직 추운 날이 계속되고 있답니다.

며칠 전, 하토코는 태어나서 처음으로 치즈를 먹었습니다.

이탈리아 가정에서는 어릴 때부터 치즈를 먹인다는 걸 알고,

늦었지만 우리 집에서도 실천해보고 싶었어요.

치즈는 몸에 아주 좋다고 하죠.

요전 편지에 썼던 것이 아마 파란 곰팡이의

고르곤졸라였던가요?

갓 지은 흰밥에 고르곤졸라를 듬뿍 올려서

간장이나 가쓰오부시를 뿌려서 먹는다는 얘기를 읽고

어떤 맛인지 전혀 짐작도 할 수 없었답니다.

나도 해보려고 슈퍼에서 찾았습니다만,

도저히 찾지 못하고…….

그래서 일단 카망베르라는 것을 사보았답니다.

독특한 냄새가 없고 맛있네요.

앞으로 하토코에게 조금씩 치즈 맛을 가르쳐주고 싶습니다.

언젠가 하토코와 함께 이탈리아에 가서

시즈코 씨와 가족 여러분을 만날 수 있다면

얼마나 기쁠까요.

이제 슬슬 하토코가 돌아올 시간입니다.

배가 고플 테니 간식으로 삶은 고구마에 버터를 올려서

주려고 합니다.

지금 문득 생각했습니다만, 버터가 아니라 치즈를 올려도

맛있을지 모르겠군요.

냉장고에 아직 카망베르 남은 것이 있을 거예요.

시시한 얘기만 썼더니 이번에도 그만 편지가 길어졌군요.

이만 여기서 필을 놓겠습니다.

부디 몸 건강히 잘 지내시기를.

ps.

다음에 꼭 시즈코 씨의 특기 요리 만드는 법을 가르쳐주세요.

이탈리아에서는 역시 날마다 스파게티를 먹나요?

나는 어찌나 옛날 인간인지 식탁이 맹숭맹숭하기 그지없습니다.[10]

얼굴을 들다가, 가마쿠라 역 플랫폼에서 요코스카 선이 들어오기를 기다리는 여성과 눈이 마주쳤다. 내 또래일까. 그쪽이 희미하게 미소 짓는 것처럼 보였다. 아는 사람인가 했지만, 역시 처음 보는 사람이었다. 나도 따라서 미소를 지어주었다.

편지는 확실히 선대의 글씨였다. 하지만 내가 아는 선대와는 미묘하게 달랐다. 무엇이 어떻게 다른지, 말로 잘 표현할 수 없는 것

이 안타깝다.

선대가 ps라는 말을 쓰다니 믿기지 않는다. ps라 쓰지 말고 '추신'이라고 쓰라고 입이 아프도록 잔소리한 사람은 선대였을 텐데. 게다가 나는 식탁에 치즈가 올라온 걸 본 기억도 없다. 학교에서 돌아오면 언제나 삶은 감자만 먹었다. 그 사실만은 잊으려 해도 잊히지 않는다.

봉투 뒷면에 빨간 볼펜으로 No.라고 쓰여 있는 것은 편지가 온 차례 같았다. 이것은 선대가 아니라 이탈리아의 시즈코 씨가 나중에 붙인 것이리라.

때로는 읽은 책 이야기를 길게 썼다. 시즈코 씨의 인생 상담에 응해줄 때도 있었다. 동백꽃이 피었다, 아끼던 찻잔이 깨졌다, 큰비가 내려 강이 범람했다, 정원에서 뱀이 나왔다. 소소한 내용일 때도 있고, 스시코 아주머니의 가정환경을 걱정하는 편지도 있었다.

도중에 식사가 나와서 일단 읽기를 멈추었다. 배추와 파 춘권을 먹으면서 멍하니 하늘을 올려다보았다. 뇨로가 말한 대로다. 어떤 편안한 편지에도, 어떤 심각한 편지에도 거기에는 반드시 내가 등장했다. 하토코, 하토짱, 포포, 손녀, 건방진 계집애. 호칭은 제각각이어도 여기저기에 내가 있다.

감정이 터지지 않도록 눈앞의 반찬을 열심히 입으로 가져갔다. 역시 사한에 오기를 잘했다. 남은 맥주를 목으로 흘렸다. 식사를 마친 뒤, 다시 편지를 읽기 시작했다. 다음 편지는 완전히 나에 관한 내용이었다.

시즈코 씨, 산다는 것은 정말로 어려운 일이네요. 나는 요즘 그 사실을 절실히 느낍니다. 엄마라면 또 달랐을지 모르겠군요.

그러나 나는 하토코와 나이 차도 많이 나고, 그래요, 그리 오래는 같이 지낼 수 없습니다. 하토코라면 분명 이해할 것이다, 대답해줄 것이다, 그렇게 무른 생각을 했을지도 모르겠습니다. 나 자신은 교육이라고 생각했지만, 본인에게는 그렇지 않았던 것 같습니다. 내 인생을 더 이상 빼앗지 말아달라고, 울면서 호소하더군요. 그 아이를 위해서라고 해온 것들인데, 그것은 나의 독선이었던 걸까요…….

그러나 이제 와서 어떻게 해야 좋을지 모르겠습니다. 나는 엄하게 키우는 것이야말로 애정이라고 믿어왔습니다. 그 사실이 하토코를 오랜 세월에 걸쳐 괴롭혀왔나 생각하면, 정말로 진심으로 한심해집니다. 언젠가 그 아이와 서로 이해할 날이 올까요?

지금의 나는 그런 날을 상상할 수가 없습니다. 같이 이탈리아에 가다니, 꿈 중에 꿈이군요. 모처럼 시즈코 씨의 생활이 안정됐을 무렵인데…….

이런 얘기를 써서 미안합니다. 하지만 이런 얘기를 상담할 수 있는 사람이 당신밖에 없습니다. 오늘은 살아가는 것이 정말로 힘들었습니다. 그러나 이 편지를 쓰고 나니 조금 마음이 안정되는군요.

시즈코 씨, 언제나 도와주어서 정말로 고마워요!

진심으로 감사를 담아

다음에는 더 밝고 즐거운 내용의 편지를 쓰겠습니다.[11]

내가 반란을 일으켰을 무렵에 쓴 편지가 틀림없다.

울면서 썼는지 곳곳에 눈물로 글씨가 번졌다. 글씨도 흐트러져서, 선대가 쓴 글씨라고 생각할 수 없었다. 행도 고치지 않고 세로로 긴 편지지에 빼곡하게 글씨를 채웠다.

계산을 마치고 가게를 나왔다. 이제 해가 완전히 저물었다. 돌아오는 길은 언덕길이다.

나는 아직 선대를 원망하는 걸까. 그래서 선대가 죽었다고 하는데 눈물도 흘리지 않은 걸까.

웃긴 얘기지만, 나는 아직 선대가 먼 존재가 됐다는 사실이 실감 나지 않는다. 이 모퉁이를 돌면 불쑥 선대가 나타날 것만 같다.

집에 돌아온 뒤, 편지를 마저 읽으며 밤을 새웠다. 역시 시즈코 씨가 번호를 붙여준 순서대로 읽는 편이 편했다.

후반은 나와의 갈등에 대해서만 썼다.

거기에 따라 선대가 나이를 먹고 있다는 사실을 실감하지 않을 수 없었다. 이제 선대는 예쁘게 쓰겠다는 의식조차 없는 듯 글씨가 기울고, 흐트러지고, 종종 오자도 있었다. 본인은 허리도 굽지 않고 꼿꼿했지만, 글씨는 확실히 늙었다.

그리고 나는 어떤 사실을 알고 나서 깜짝 놀랐다.

선대에게 편지를 쓴 적이 없었다.

편지를 받은 적도 끝내 없었다.

123통째의 편지를 읽었다.

그 편지는 한층 차분하고 꾸밈없는 글씨로 쓰였다.

시즈코 씨, 이것이 마지막 편지가 될지도 모릅니다.

지금 나는 병원에 있고, 병실 침대에서 이 편지를 쓰고 있습니다.

이제 하토코는 만나지 못하겠지요.

만나지 못하리라는 걸 머리로는 알고 있지만, 그래도 혹시나 하고

발소리를 기대하게 됩니다.

나는 하토코에게 줄곧 거짓말을 했습니다.

그 아이에게 엄마를 빼앗은 것은 나입니다.

나는 내 딸과도, 그리고 손녀와도

좋은 관계를 구축하지 못했습니다.

내게 문제가 있겠지요.

내가 혼자가 되고 싶지 않은 마음에

딸에게서 하토코를 떼어놓았습니다.

딸은 사실은 아기였던 하토코를 데려가려고 했습니다.

그러나 내가 그렇게 하지 못하게 했습니다.

가게 때문이라는 건 순전히 거짓말입니다.

선대 대대로 이어온 대필업이라는 것도 내가 멋대로 꾸민 얘기로,

실제로는 내가 처음 시작한 문구점입니다.

그런데 하토코는 순수한 마음으로 믿어주었습니다.

이 집에 이어야 할 역사 따위 있을 리 없습니다.

전부 내가 꾸민 호러, 무서운 옛날이야기이니까요.

그러나 나는 그 사실에 죄책감 따위 조금도 없었습니다.

하토코가 반항할 때까지는.

하지만 지금은 진심으로 하토코에게 사과하고 싶습니다.

어디에 있는지조차 제대로 알려주지 않습니다.

몸이 건강하다면 온 일본을 찾아서라도 사과하고 싶은데.

그래서 이제 그 아이를 속박에서 풀어주고 자유롭게 해주고 싶어요.

내가 죽으면 그 아이는 자유로워질 수 있을까요?

미안해요, 시즈코 씨한테 이런 걸 물어도

소용없는데.

인생은 정말로 뜻대로 되지 않는 것이네요.

나는 무엇 하나 이루지 못했어요.

인생은 눈 깜짝할 사이더군요.

정말 한순간이었어요.

그러니 시즈코 씨, 부디 당신의 인생을 마음껏

즐기세요.

아마 나는 이제 오래 살지 못할 겁니다.

다음 편지가 한 달이 지나도 오지 않는다면, 그때는

이미 내가 이 세상에 없다고 생각해주세요.

시즈코 씨, 당신은 나의 둘도 없는 친구였습니다.

아직 만난 적 없다는 것이 신기할 정도로

나는 몇 번이나 당신에게 도움을 받았습니다.

하토코가 어릴 때는 언젠가 이 아이가 자라면

둘이 같이 이탈리아에 가는 것이 꿈이었습니다.

이탈리아에 가서 당신과 당신 가족을 만나고,

그리고 이탈리아 본고장의 요리를 먹고,

작은 문구점을 둘러보고 싶었습니다.

그러나 꿈인 채로 끝날 것 같습니다.

솔직해진다는 것은 어려운 일이군요.

나는 만난 적 없는 당신에게만

솔직하게 마음을 털어놓을 수 있었으니.

슬슬 진료 시간입니다.

이 마음을 시즈코 씨에게 어떻게 전해야 좋을지 모르겠습니다만,

어쨌든 그라치에!

오랜 시간 어울려주어서 고마웠어요.

당신과 당신 가족의 행복을 멀리 하늘에서 기도하겠습니다.[12]

그리고 정말로 이것이 마지막 편지였다.

싸구려 볼펜으로 쓴 123통째 편지를 뒤집어보니 마치 점자처럼 요철(凹凸)이 됐다.

나는 눈을 감고 그 요철을 손가락으로 더듬었다. 올록볼록한 글씨가 부드럽게 느껴졌다. 선대를 그렇게 접한 적은 없다. 병으로 쓰러졌다는 연락을 받은 뒤에도 나는 한 번도 병원에 가지 않았다. 나는 선대 피부의 부드러움을 모른다. 뼈의 딱딱함을 모른다.

그날 밤, 선대가 시즈코 씨에게 보낸 마지막 편지를 이불 속에 넣고, 기대듯이 하고 잤다. 불단 앞에서 손을 모으는 것보다 그편이 더 선대를 가까이 느낄 수 있었다. 단 한 번이어도 좋았다. 선대와 이렇게 함께 이불을 덮고 잘 수 있었다면 내 인생도, 그리고 선대의 인생도 달라졌을지 모른다. 그런데 이제 내게는 선대가 펜팔 친구에게 쓴 편지밖에 남지 않았다.

어제 일기예보로는 보슬비였는데, 일어나보니 쾌청했다. 오늘

222

은 음력 2월 3일, 편지를 공양하는 날이다.

내게는 몇 년 만의 편지 공양이다. 아침부터 황금색 아름다운 햇살이 쏟아졌다.

언제나처럼 물을 끓이고, 교반차를 우리고, 바닥에 걸레질을 한다. 그 후 양동이에 물을 퍼 와서 뒤뜰로 나갔다. 이 일대는 목조 가옥이 많아서 한 집에서 불이 나면 눈 깜짝할 사이에 번진다. 그래서 편지를 공양할 때는 반드시 물을 퍼 와서 대비를 하고, 절대 불 옆을 떠나지 않아야 한다고 선대가 입에 단내가 나도록 말했다.

며칠 전까지만 해도 살짝 얼굴을 내민 정도였던 히아신스 싹이 요즘 와서 쑥 자랐다. 나는 문총 앞에 공양용 물을 새로 떠놓은 뒤 그 앞에 구부리고 앉아 손을 모았다.

뒤뜰은 아무렇게나 방치됐다. 스시코 아주머니가 가게를 도와줄 때는 흙을 갈아서 거기에 채소며 꽃을 키웠던 것 같지만, 내가 돌아온 뒤로는 전혀 손을 대지 않았다. 여름 동안 무성했던 풀이 그대로 시들어서 비참한 상태가 됐다.

이번에 편지 공양을 해달라고 보내온 편지는 네 상자 정도 된다. 그것들을 툇마루에 모아서 안의 내용물을 차례차례 꺼내, 뒤뜰 한 모퉁이에 편지 산을 만들었다.

일단은 엽서와 편지로 나누고, 편지는 다시 봉투에서 꺼내 편지지와 봉투로 나눈다. 엽서와 봉투에 붙은 우표는 가위로 조심스럽게 잘라둔다. 소인이 찍힌 우표도 아직 도움이 되기 때문이다.

일본 우표와 외국 우표로 나누어 봉사 단체에 기부하면 그걸 개발도상국을 원조하는 데 쓴다. 어릴 때는 우표를 가위로 도려내는 작업은 전적으로 내 일이었다.

편지여서 기본적으로는 모두 종이지만, 그래도 소재는 각각 미묘하게 다르다. 불이 붙는 상태가 다르므로 한군데에 같은 재질이 뭉치지 않도록 주의하면서 산을 만든다. 사진이 인쇄된 엽서 등은 태우는 데 아무래도 시간이 걸린다.

불에 잘 타도록 곳곳에 마른 낙엽도 섞는다. 어느 정도 산이 완성되면 먼저 불을 붙이고, 상자에 아직 남은 편지는 상태를 보면서 도중에 더 넣는다.

선대는 굳이 부싯돌로 불을 피웠지만, 나는 사용법도 모르고 어디 있는지도 모르므로, 그냥 성냥으로 불을 붙였다. 작년 가을, 남작이 데려가준 예전에 은행이었던 바에서 받은 성냥이다.

일단 신문지를 뭉쳐서 불을 붙이고, 그걸 불씨로 편지 산 한복판에 밀어 넣었다. 그러나 좀처럼 불이 붙지 않더니 이내 꺼져버렸다.

몇 번이나 실패를 거듭하는 사이 뒷산에서 해가 얼굴을 내밀었다. 안개 때문에 경치가 부옇게 흐려 보였다. 어디선가 달콤한 향이 흘러나오는 것은 동백꽃이 피어서일까.

그러고 보니 선대는 불을 피울 때 부채로 부쳤던 생각이 나서, 집 안으로 들어가 부채를 갖고 왔다.

이번에야말로, 하고 기합을 넣으며 성냥을 그어 신문지에 불을 붙였다. 끝이 Y 자로 된 나뭇가지를 사용하여 깊숙이 안까지 넣고, 산 모양을 유지하며 불씨가 꺼지지 않도록 부채로 부쳤다. 한쪽 손으로만 하면 바람의 양이 부족할지도 몰라서 양손에 부채를 들고 필사적으로 바람을 보냈다.

파닥파닥, 파닥파닥. 3월의 아침에 시끄러운 소리가 울렸다.

열심히 양손으로 부채를 부친 성과일까. 편지 산에 조금씩 연기가 나기 시작했다. 신문지 불씨가 편지 일부로 옮겨 붙은 것 같다. 연기는 끊이지 않고 하늘을 향해 올라갔다. 이것으로 제1관문은 돌파다.

한동안 상태를 보려고 툇마루에 앉아 교반차를 마시며 쉬고 있을 때였다.

"오늘은 아침부터 열심이시네."

바바라 부인이 까치발을 하듯이 이쪽 정원을 들여다보았다.

"낙엽 태우기?"

편지 공양이라고 해도 잘 모를 것 같아서 적당히 대답했다.

"냄새가 좋네. 고구마라도 굽는 거야?"

바바라 부인이 코를 킁킁거렸다. 편지 공양에 군고구마라는 발상은 미처 하지 못했다. 그러나 낙엽 태우기에는 군고구마가 필수다.

"지금은 넣지 않았지만, 그것도 좋은 생각이네요."

차를 홀짝홀짝 마시면서 대답했다. 어딘가에서 휘파람새가 울었다. 하지만 아직 휘파람을 잘 불지는 못했다.

"저기, 포포, 부탁 하나 해도 될까?"

잠시 후 바바라 부인이 조심스럽게 말했다.

"뭔데요?"

"우리 집에 있는 바움쿠헨, 거기에 좀 구워도 돼?"

잠깐 침묵한 뒤에 나는 씩씩하게 대답했다.

"물론이죠!"

편지 공양이니 어쩌니 고상하게 말하지만, 어차피 낙엽 태우기와 다름없다.

"그럼 주먹밥도 구워도 돼? 아침, 이제 먹으려고 하는데."

"그럼요, 그럼요. 뭐든 마음대로 갖고 오세요."

"이야, 좋아라. 이런 걸 아웃도어라고 하지? 나, 한 번이라도 좋으니까 해보고 싶었어. 포포도 아침, 아직 먹지 않았지?"

바바라 부인의 목소리가 점점 밝아졌다.

"네. 오늘은 이것 끝나면 먹으려고요."

"그럼 기왕이면 모닥불로 아침을 해 먹을까?"

"좋네요. 아마 포일에 싸서 구우면 아무거나 괜찮을 거예요."

"알겠어. 그럼 지금부터 우리 집에 있는 것 전부 그리로 갖고 갈 게. 포포 덕분에 오늘도 특별한 하루가 되겠네. 정말 고마워."

"저야말로."

그렇게 말하고 돌아보니, 이미 바바라 부인의 모습은 그곳에 없었다.

편지 산에서 마침 적당한 타이밍에 불이 붙어서 편지 공양은 순조롭게 진행됐다.

도중부터 바바라 부인이 다양한 식재료를 불 속에 넣어서 그야말로 모닥불 요리의 실험장 같았다.

주먹밥, 바움쿠헨, 감자, 카망베르 치즈, 고구마튀김, 프랑스빵. 그중에서도 카망베르 치즈는 최고였다.

우연의 결과지만, 모닥불에 넣는 시간이 딱 좋았는지 겉껍질은 부드러워지고, 안의 크림은 걸쭉해졌다. 그 걸쭉한 부분을 프랑스 빵에 찍어 먹기도 하고 주먹밥에 올려 먹기도 했다. 그러나 가장 궁합이 좋은 것은 의외로 고구마튀김과의 조합이었다.

"이거야말로 환상 궁합이네."

바바라 부인이 고구마튀김을 걸쭉한 부분에 푹 적시면서 얼굴 가득 미소를 지었다.

"화이트 와인을 마시고 싶어지네요."

별생각 없이 말하자

"샴페인도 어울릴 것 같지 않아?"

바바라 부인이 말했다. 그리고

"우리 집에 작년 크리스마스에 받은 샴페인이 한 병 있어. 포포, 마실래?"

갑자기 진지한 얼굴로 물었다.

"네? 지금요?"

"가끔은 좋잖아. 하프 보틀(1/2병)이기도 하고."

어어, 하는 사이에 그렇게 되어 정신을 차리고 보니 어느새 바바라 부인의 손에 샴페인 하프 보틀이 들려 있었다. 이렇게 말하는 나도 잔을 두 개 준비해서 기다리고 있었다. 바바라 부인의 참가로 얼떨결에 흥겨운 편지 공양이 됐다.

뚜껑을 딴 순간, 뽁, 하고 기세 좋은 소리가 울렸다.

"로제 아니에요? 이렇게 좋은 샴페인을 저랑 마셔도 돼요?"

"포포니까 마시고 싶은 거야."

아름다운 분홍색 샴페인은 잔 속에서 반짝반짝 작은 빛을 뿌렸다.

"건배!"

"오늘도 행복하게 보내기를!"

아침 해를 받으면서, 그것도 밖에서 마시는 샴페인은 각별했다.

"아, 맛있다."

"살아 있어서 다행이야."

바바라 부인이 과장스럽게 말했다.

이따금 편지를 더 넣으면서 불을 계속 피웠다

불은 신기하다. 아무리 보고 있어도 질리지 않는다. 몇 천, 몇 만, 몇 억의 말이 불길에 싸여 하늘로 올라간다. 그걸 나는 따듯한 바움쿠헨을 오물오물 먹으면서 멍하니 바라보았다.

잔의 바닥에 남은 마지막 샴페인을 다 마셨을 때였다.

"포포, 편지 태우는 거야?"

조용한 목소리로 바바라 부인이 물었다. 지금까지 편지 공양 행사에 관해 얘기한 적은 없다.

"네. 편지를 태우고 있었어요."

"이거 전부 포포한테 온 편지?"

"설마요. 저는 다른 분들을 대신해 공양을 올리는 것뿐이에요."

선대가 이탈리아 펜팔 친구인 시즈코 씨에게 보내서, 돌고 돌아 내게 온 123통의 편지는 아직 이 안에 넣지 않았다. 갈등 끝에 조금 더 곁에 두고 싶어서 이탈리아 종이 가방에 그대로 돌려놓았다.

"그렇구나. 나는 포포 앞으로 온 편지를 태우는 줄 알았네. 꽤 인기가 많은 사람이었구나, 생각했지."

"아유, 이렇게 많은 편지를 받을 리가 없잖아요. 아이돌도 아니고."

"무슨 소리야, 포포는 가마쿠라의 아이돌이야."

그 의미를 알지 못해 나는 입을 다물었다.

불을 앞에 두고 있으니 왠지 말을 나누지 않아도 초조하지 않았다. 오히려 서로 마음의 소리에 귀를 기울일 수 있었다. 또 휘파람새가 울었다.

호오오, 호켓케케케케.

저건 만담에 지나지 않는다.

너무 서툴러서 절로 웃음이 터졌을 때였다.

"결정. 내 것도 하나 이 속에 넣어도 될까?"

"편지를요?"

"응."

소녀처럼 끄덕이더니 바바라 부인은 슬며시 일어나서 집으로 돌아갔다. 내가 잘못 본 게 아니라면, 바바라 부인의 눈가가 희미하게 반짝거렸다. 단순히 연기가 눈에 들어가서 눈물이 났을 뿐인지도 모르지만, 역시 바바라 부인은 울고 있었던 것 같다.

바바라 부인을 기다리는 동안, 문득 데자뷔를 보고 있는 듯 묘한 기분이 들었다. 그렇다, 카망베르 치즈와 연관된 것이다. 선대가 시즈코 씨 편지에 카망베르 치즈 이야기를 썼다. 그래서 지금 마음이 찡한 것이다.

혈육인 선대에게는 부드럽게 대하지 못했으면서 이웃에 사는 바바라 부인과는 이렇게 친하게 카망베르 치즈를 먹고 있다. 선대는 선대대로, 만난 적도 없는 펜팔 친구에게는 솔직하게 자신의 생각을 털어놓았다. 마음을 주고받았다.

그러나 어쩌면 세상은 그런 것일지도 모른다. 그렇게 인연이 있는 사람들끼리 서로 돕고 부족한 점을 채워주다 보면, 설령 혈육인 가족과는 원만하지 못하더라도 누군가가 어딘가에서 지지해줄지 모른다.

"이건데."

잠시 후 바바라 부인이 편지 한 통을 가지고 돌아왔다. 그녀가 두 손에 소중하게 들고 있는 것은 옅은 갈색 봉투였다.

"줄곧 소중히 간직하고 있었지만, 이제 그만 자유롭게 해주어야 할 것 같아. 이건 아마 세상에서 가장 슬프고 불행한 편지일 테니까."

"정말로 괜찮으세요?"

"괜찮아. 아까 결심했어."

봉투를 건네받을 때 잠시 내용물이 비쳐 보였다. 거기에는 종잇조각 한 장과 머리칼 같은 것이 들어 있었다.

"알겠습니다. 정성껏 공양하겠습니다."

"고마워."

바바라 부인이 오래 소중하게 간직했다고 하는 편지 한 통은 눈 깜짝할 사이에 재가 됐다. 마치 그렇게 되기를 바랐던 것처럼.

"아, 이제야 마음이 홀가분해졌네. 계속 걸렸는데."

그렇게 말하면서 바바라 부인이 자신의 가슴에 살며시 손바닥을 올렸다.

"바바라 부인은 지금까지의 인생에서 가장 행복했을 때가 언제예요?"

문득 물어보고 싶었다.

"당연히 지금이지!"

역시 예상대로의 대답이 돌아왔다.

"그러게요, 지금이 가장 행복하죠."

바바라 부인을 따라 한 말은 아니다. 정말로 진심으로 행복하다고 생각했다.

바바라 부인과 내가 이웃에 살고 있는 것도 우연이 아니라 제대로 의미가 있을지 모른다. 그리고 이런 식으로 바바라 부인과 친해진 것도 천국에서 선대가 그렇게 되도록 보이지 않는 실로 조종했을지 모른다.

선대에게 해준 것보다 받은 것이 압도적으로 많았다.

그러나 아직 늦지 않았을지도 모른다.

내 옆에서 바바라 부인이 다리를 달랑달랑 흔들면서 카망베르 치즈를 먹고 있다.

봄

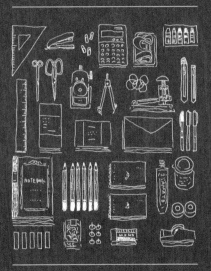

오늘

정원에

튤립

피었습니다.[13]

우편함을 들여다보니 편지가 한 통 들어 있었다. 우표는 붙이지
않은 걸 보니 직접 와서 넣은 것이리라.

보낸 사람은 이름을 확인하지 않고도 바로 알았다. 큐피다. 색
종이를 뒤집어서 직접 만든 봉투에는 컬러풀한 색연필로 '포포에
게'라고 쓰여 있었다.

그 옆에는 받는 사람 이름보다 큰 글씨로 '귀하'라고 쓰여 있다.

단, '포(ポ)'는 원래 오른쪽 어깨에 붙어야 할 작은 동그라미가
왼쪽 어깨에 붙었고, '시(ン)'는 방향이 바뀌었다. 큐피는 거울 글
씨의 달인이다. 최근 이 근처로 이사 온 다섯 살짜리 여자아이다.

빨리 보고 싶은 마음을 참을 수 없어서 그 자리에 선 채 스티커
를 뜯었다. 봉투 안에서 달콤한 향이 훅 번졌다. 초콜릿 포장지 가
득 글씨를 커다랗게 썼다.

뒷면에는 빨간색과 초록색 매직으로 싱싱한 튤립 그림을 그렸
다. 몇 번이고, 몇 번이고 다시 읽고 싶어지는 편지였다. 그때마다
내 마음속에도 튤립이 잔뜩 핀다.

사정은 잘 모르겠지만, 큐피에게는 엄마가 없다. 아빠가 혼자
카페를 운영하고 있다.

토요일 낮, 산책길에 우연히 그 카페 앞을 지나다가 그대로 들
어가서 점심을 먹었다. 아직 오픈한 지 얼마 되지 않았는지 손님
은 나뿐이었다. 그곳에서 일을 돕고 있던 아이가 어린 큐피였다.

큐피라고 부르지만, 물론 본명은 따로 있다.

다만 아빠도 큐피라고 불렀고, 본인도 자신을 큐피라고 했다.
편지에도 완벽한 거울 글씨로 큐피라고 썼다. 닉네임의 유래는 짐
작이 갔다. 생긴 모습이 똑같다.

큐피에게 온 편지는 이것으로 세 번째다. 물론 모두 챙겨서 옆
에 두었다.

너무 기뻐서 오후에 가게를 보면서 바로 답장을 썼다.

내가 사용한 것은 미니 레터다. 세상 사람들이 널리 쓰지 않는 것이 유감스럽지만, 이것은 편지지와 봉투가 하나로 된 훌륭한 것으로 우편요금도 적당해서 좋다. 정식으로는 우편 서간이라고 하는데, 우표도 이미 인쇄된 상태로 판다.

먼저 겉면에 큐피의 이름을 쓴다.

큐피짱은 카페 2층에 살고 있다. 츠바키 문구점도 그렇지만, 가마쿠라에는 자택 일부를 가게로 꾸며서 살림을 하면서 영업하는 가게가 꽤 있다. 그래서 전체적으로 느긋할지도 모른다.

나도 큐피를 흉내 내어 '친전(親展)'이라고 썼다.

받는 사람이 직접 봉투를 뜯어주세요, 하는 의미로 쓰이는 이 말을, 대체 큐피는 어디서 배웠을까. 지금까지 받은 모든 편지에 '친전'이라고 쓴 걸 보면 큐피가 좋아하는 말일지도 모른다.

큐피도 알아보도록 한자 옆에 조그맣게 '귀하'라고 적었다. 그리고 종이를 뒤집었다.

먼저 일곱 색깔 크레파스로 종이 한복판에 커다랗게 무지개를 그렸다. 큐피에게 보내는 편지에는 아무래도 컬러풀한 색을 쓰고 싶어진다.

그 사이에 메시지를 적어 넣었다. 시화를 쓸 때와 같다.

사랑하는 큐피에게

편지 고마워요.

정말 기뻤어요.

큐피가

그려준

튤립 참

귀여웠어요.

이제 곧

유치원 생활을

시작하겠군요.

친한

친구들 많이

생기면 좋겠네요.

다음에 꼭 우리 집에

놀러 오지

않을래요?

함께

그림책도 읽고,

그림도 그리면

즐겁겠어요.

아침저녁으로 아직 추우니까

감기 걸리지 않도록.

또 아빠의 요리

먹으러 갈게요.

큐피를 빨리

보고 싶네요.

포포.14

큐피에게 쓴 편지는 러브레터에 한없이 가까웠다. 설마 내게도 펜팔 친구가 생길 줄은 생각지도 못해서 기쁜 만남이었다. 이 일로 선대의 마음에 조금 더 가까이 다가간 듯한 느낌이 들었다.

미니 레터 종이는 두 번 접으면 딱 봉투 폭이 된다. 마지막에 세 군데를 풀로 붙이면 겉보기에는 평범한 봉투로 변한다.

두 변을 풀로 붙인 뒤, 퍼뜩 생각난 게 있어서 풀칠을 멈추었다. 미니 레터는 안에 얇은 것을 넣어 보낼 수 있다.

뭔가 없을까 둘러보았더니 동물 모양의 귀여운 스티커가 있었다. 안에 넣어 무게를 재니 아슬아슬했지만, 25그램을 넘지 않았다.

완전히 봉한 뒤에 2엔짜리 우표를 추가했다. 전에는 60엔에 보냈지만, 소비세가 올라서 더 붙여야 한다.

가게가 끝난 뒤 가까운 우체통에 넣었다. 업무 편지는 넣지 않지만, 개인 편지이니 천천히 여행을 시켜도 좋다. 이 우편함을 보니 반사적으로 그날의 빵티가 생각났다. 온몸이 흠뻑 젖어서 어쩔 줄 몰라 하던 빵티도 지금은 나의 소중한 친구 중 한 명이다.

우체통에 편지를 넣는 순간, 톡 하고 작은 소리가 났다.

잘 다녀오렴.

마치 내 분신을 여행 보내는 기분이었다. 편지는 기다리는 시간도 즐겁다.

부디 큐피에게 무사히 도착하기를.

며칠 뒤 아침의 일.

"저기, 저기, 포포, 집에 연유 있어?"

바바라 부인의 목소리가 들렸다. 최근 며칠, 갑자기 공기가 봄다워졌다. 밖에서 참새들이 왁자지껄하게 담소를 나눈다.

"맛있는 딸기를 얻었는데 연유가 떨어져서."

"잠깐만요, 지금 보고 올게요."

일어서서 냉장고 안을 뒤져보았다.

"있어요! 지금 갖고 갈게요."

"고마워. 그럼 나도 답례로 딸기를 준비할게."

이웃끼리의 대화도 상당히 부드러워졌다. 높은 하늘에서 바라보면 한 지붕 아래 오순도순 사는 것처럼 보일 것이다.

몇 분 뒤, 담장 너머로 연유와 딸기를 교환했다.

"포포는 딸기에 연유를 뿌려 먹어?"

"저는 딸기를 갈아서 우유에 섞어서 꿀을 넣어 먹어요."

"그래, 그럼 마음 놓고 쓸게."

"네, 네."

연유를 내가 산 기억은 없으니 분명 스시코 아주머니가 생전에 사둔 것이리라. 내가 어릴 때, 연유는 지금처럼 튜브가 아니라 깡통에 들어 있었다. 깡통 따개로 뚜껑 두 곳에 구멍을 뚫어 사용했다. 달콤한 과자는 충치가 생긴다고 먹지 못하게 했지만, 연유까지는 금지하지 않았다.

깡통의 내용물이 적어지면, 선대는 뚜껑을 따서 그대로 난로 위에 올렸다. 그렇게 두면 시간이 지나면서 갈색 캐러멜이 완성된다. 나는 그 캐러멜을 정말 좋아했다.

그 사실이 갑자기 떠올라서 눈물이 날 것 같았다. 내게도 아주 조금이긴 하지만 캐러멜같이 달콤한, 선대와 보낸 즐거운 추억이 남아 있다.

아침부터 싱싱한 딸기를 만끽하며, 드디어 봄이 왔구나 하고 들뜬 마음으로 보낸 것도 잠깐, 오후가 되자 터무니없는 대필 의뢰가 들어왔다.

세상에, 절연장을 써달라는 게 아닌가.

"그건 그러니까 상대방과 절교한다는 말인가요?"

"아, 그렇게, 되나요."

의뢰 내용과는 달리 익명 씨는 가볍게 대답했다. 기본적으로 처음에 이름과 연락처 등을 쓸 수 있는 범위까지 써달라고 하지만, 이 손님은 단호하게 거절했다. 그래서 익명 씨라고 부를 수밖에 없다.

"가능하면 내일까지 부탁하고 싶네요. 사실 내 피로 저주의 편지를 쓰고 싶은 기분이지만요. 내 손가락만 아플 테죠. 그 여자한테는 그런 짓조차 하고 싶지 않아요. 난 이제 완전히 인연을 끊고 싶어요."

긴 세월의 원망이 쌓이고 쌓인 표정은 아니었다. 오히려 눈앞의 익명 씨는 후련해 보인다.

"친구였어요?"

익명 씨의 모습을 살피면서 넌지시 물었다. 아무런 정보도 없으면 절연장도 쓸 수가 없다.

나는 내심 망설였다. 사실은 이 일을 거절해야 하는 게 아닌가 생각했다. 누군가의 행복을 돕는 것이 대필업의 긍지다. 그런데 상대를 상처 입히는 편지를 굳이 쓸 필요가 있을까.

하지만 일은 어디까지나 일이다.

대필을 자원봉사로 하고 있는 건 아니어서, 눈앞의 손님인 익명 씨가 기뻐한다면 그걸로 된 거라고 생각할 수도 있다. 상반된 두 가지 마음이 속에서 탁탁 소리를 내면서 서로 부딪쳤다.

"그야 아주 절친이었죠. 주위에서는 자매라고 할 정도였으니. 그러나 지금은 아니에요. 그 여자 얼굴 따위 두 번 다시 보기 싫어 요. 생각만 해도 토할 것 같다니까요."

익명 씨의 어투가 세졌다.

찻잔 속에서 벚꽃 한 송이가 기분 좋은 듯이 흔들렸다. 선대였 다면 이럴 때 어떻게 했을까. 바른 소리 한마디 내뱉고 단호하게 거절했을 것 같기도 하고, 네네, 알겠습니다, 하고 담담하게 절연 장을 썼을 것 같기도 하다. 망설이면서도 질문을 계속했다.

"여행을 같이 다녀오거나 하셨어요?"

그러자 익명 씨의 표정이 단숨에 환해졌다.

"그럼요, 세계 여기저기 다녔죠. 솔직히 남편과 여행할 때보다 몇 천 배 즐거웠으니까요. 그런데요, 그 여자는 여우예요. 나한테 거짓말을 했어요. 그게 용서가 안 돼요. 그래서 이참에 인연을 끊 어버리려고요. 꼴도 보기 싫어요. 연락도 오지 않았으면 좋겠어 요. 앞으로는 조용히 살고 싶어요."

익명 씨의 의지는 확실하고 흔들림이 없었다. 흔들리는 것은 내 쪽이었다.

"그런 편지를 보낸 뒤에 정말로 후회하지 않으시겠어요? 괜찮아요?"

글은 남는 것이다. 상대가 그 편지를 읽고 나면 돌이킬 수 없게 된다.

"괜찮아요. 이 나이에 누구하고 절교하고 싶다니 어린애 같은 생각이겠지만요, 어른 세계가 의외로 그런 거예요. 어른이 되어 뭐가 편한가 하면 그런 점이죠. 사귀고 싶지 않은 사람과는 사귀지 않아도 되잖아요? 남자들은 이런저런 계산을 하는 것 같지만, 여자는 서로 피곤하기만 할 뿐이에요. 그런 짓은요, 하고 싶지 않아요. 어른이니까."

확실히 그럴지도 모른다.

"그렇지만 본인은 좋아하지 않아도 상대방이 자신을 좋아할 때는 어떻게 해요?"

"그건 짝사랑 얘기? 짝사랑은 맺어지지 않을 게 뻔하잖아요. 짝사랑이니까요. 어느 쪽인가가 무리하면 반드시 언젠가 서로 틀어지고 괴로워져요. 그러니까 서로 사랑하는 게 아니라면 절대로 사귀면 안 돼요."

익명 씨가 단언했다. 그리고 더 강하게 말했다.

"나 말이에요, 앞으로 남은 인생은 자신에게 거짓말하지 않고 살고 싶어요. 거짓말은 종류가 두 가지 있다고 생각해요. 하나는 자신에게 하는 거짓말. 또 하나는 상대에게 하는 거짓말. 그 여자는요, 자신에게 거짓말을 하면서 살고 있어요. 그게 말이죠, 용서가 안 돼요. 내가 싫으면 싫다고 똑바로 의사표시를 하면 좋았을걸. 그래서 내 쪽에서 먼저 재단 가위를 든 거예요."

"재단 가위요?"

"네, 그래요. 자를 때는 힘껏 자르지 않으면 안 되거든요. 조금이라도 이어진 부분이 남아 있으면 의미가 없어요. 깨끗하게 싹둑 자르는 편이 서로 아픔이 적게 끝나죠. 내가 내 손으로 자르는 것은 공평하지 않잖아요. 그래서 이렇게 제삼자인 당신한테 부탁하러 온 거예요. 당신, 프로 대필가잖아요?"

익명 씨의 말을 듣는 동안 역시 이 일은 맡아야겠다는 마음이 들었다.

"실은 좀 갈등했어요. 그런 중요한 편지를 제가 쓸 수 있을까 하고. 그러나 지금은 제가 반드시 써야 한다는 생각이 드네요. 편지 쓸 때 꼭 요청하고 싶은 사항이 있으신가요?"

쓰기로 마음먹고 나면 다음은 엄숙하게 일을 하면 될 뿐이다. 나는 대필업으로 살아가고 있다. 선대는 이미 내가 그 속박에서 벗어나 자유로워졌으면 좋겠다는 말을 이탈리아의 시즈코 씨에게 편지로 전했다. 선조 대대로 내려온 유서 깊은 대필업이라는 말은 사실이 아니었을지도 모른다. 그러나 내가 대필하는 집에 태어난 것은 틀림없는 사실이다. 내게는 대필가의 피가 흐른다.

"어쨌든 천년만년 뒤에도 변함없을 결심이라는 것을 그쪽에 분명하게 전해주세요. 그나저나 다행이네요. 당신이 써주겠다고 하니. 이제야 하는 얘기지만, 이 집이 벌써 다섯 번째랍니다. 다들 절연장이라는 말만 꺼내도 문전 박대를 하더라고요. 이야기를 들어주어서 감사드려요. 고맙습니다."

익명 씨가 새삼스럽게 머리를 숙였다. 아마 마음 한 켠을 얼버무리면 그대로도 관계를 계속 이어갈 수 있을지 모른다. 하지만 익명 씨는 그렇게 얼버무려서 이어지는 관계가 옳지 않다고 생각한 것이다. 겉치레로 관계를 지속해도 더는 서로에게 좋은 일이 없다고 판단했을 것이다. 절교하지 않으면 끊을 수 없을 만큼, 사이가 좋았다는 증거이기도 하다. 그런 상대를 평생에 한 사람이든 두 사람이든 만난 것만으로도 기적이다.

"힘껏 도끼를 휘둘러주세요."

익명 씨가 웃으면서 말했다.

"재단 가위가 아니라 도끼인가요?"

"네, 그 정도가 아니고서는 끊을 수 없는 관계니까요."

"노력하겠습니다!"

익명 씨가 일어서서 오른손을 내밀었다. 생각해보니 이런 장면에서 손님과 악수를 나누는 건 처음이었다. 익명 씨가 뜻밖에 내 손을 꽉 잡았다. 일을 맡은 이상, 최고의 절연장을 쓰기로 맹세했다.

익명 씨는 받을 사람의 주소와 이름을 써주고 츠바키 문구점을 뒤로했다. 보내는 사람 이름은 '전前언니로부터'라고 해달라고 했다. 빙그레 웃으면 양쪽 뺨에 볼우물이 생기는 귀여운 사람이었다.

자, 절연장이다. 전에 남작의 의뢰로 돈 빌려달라는 부탁을 거절하는 편지는 쓴 적이 있다. 하지만 이것과 그것은 차원이 다르다. 관계 그 자체를 끊는 편지다.

익명 씨를 배웅하고, 안으로 들어가 찻잔을 씻을 무렵에는 후회의 싹이 얼굴을 내밀었다.

돌이켜 생각해보니 마법 같았다. 나는 익명 씨 말의 마법에 걸려 일을 맡았다고밖에 생각할 수 없다. 불길한 예감이 들었다. 또 슬럼프가 오면…… 그런 괴로운 고통, 두 번 다시 겪고 싶지 않은데.

이런 엄청난 일을 간단히 맡은 나 자신이 진심으로 한심했다. 얼마나 바보 같은가. 내가 내 목을 조르고 있다. 익명 씨는 내일까지 써서 우체통에 넣어달라고 했다. 시간의 유예도 별로 없다.

그런데 평소에는 한가한 가게에 꼭 이럴 때 손님이 끊이지 않아서 그야말로 악몽이었다. 평소에는 침묵을 지키던 검은 전화기까지 계속 울리고, 택배 기사도 연신 왔다.

드디어 한숨 돌릴 무렵에는 사방이 어두컴컴해졌다. 시계를 보니 5시 반을 지나고 있었다. 해가 제법 길어졌다.

밖으로 나가 문을 닫고 있는데, 뒤에서 자전거 서는 소리가 났다. 돌아보니 큐피 아빠가 있었다. 자전거 앞 바구니에는 채소가 잔뜩 들어 있고, 뒷자리 차일드 시트에는 어린이용 안전모를 쓴 큐피가 타고 있다. 잠이 든 것 같았다.

"안녕하세요. 이걸 배달하러 가고 싶다고 해서 들렀는데, 들켜 버렸네요."

큐피 아빠가 점퍼 주머니에서 봉투를 꺼냈다.

"고맙습니다."

"직접 우편함에 넣고 싶다고 의기양양하더니 잠들어버렸네요."

아빠가 큐피의 뺨을 콕 찌르면서 말했다.

"모처럼 기분 좋게 자는데 깨우지 마세요."

뭔가 즐거운 꿈이라도 꾸는 걸까. 큐피가 벅찬 표정을 짓고 있다.

"우리 딸, 이 펜팔이 무진장 즐거운 것 같아요. 그렇지만 이렇게 자주 쓰면 포포 씨가 귀찮지 않을까요? 힘들게 답장 써주지 않아도 된답니다."

큐피 아빠가 미안한 듯이 목소리를 낮추었다.

"말도 안 돼요, 저야말로 큐피랑 펜팔해서 날마다 즐거워죽겠는걸요. 늘 배달해주셔서 정말 감사합니다."

큐피 아빠는 가끔 드라마나 영화에서 조연으로 나오는 배우를 좀 닮았다.

"그럼 이만."

"네, 런치 먹으러 갈게요."

남자 혼자 아이를 키우려면 힘든 일도 많을 텐데. 부인은 어떻게 된 걸까. 하지만 거기까지 물을 정도의 관계가 아니다.

자전거를 탄 큐피 아빠가 언덕길을 올라갔다. 사라지는 두 사람의 등에 살짝 손을 흔들었다. 문득 보니 어두컴컴해진 하늘에 달이 걸렸다. 곤히 잠든 큐피의 감은 눈두덩 같은 달이었다.

참을 수 없어서 그 자리에서 편지를 뜯었다. 요전에 내가 선물한 판다 스티커를 큐피가 바로 붙여준 게 기뻤다. 눈에 넣어도 아프지 않다는 말은 분명 큐피 같은 존재를 두고 하는 말일 것이다.

하지만 딴짓하고 있을 때가 아니다.

절연장이다. 나는 내일까지 어떡하든 절연장을 써야 한다. 역시 어려워서 못 쓰겠습니다, 라는 말은 프로로서 실격이다. 일단 일을 맡은 이상, 물구나무를 서서든 땅을 기어서든 피를 토하든 제대로 써야 한다.

큐피의 편지를 읽은 뒤, 집에 들어가서 문을 잠갔다.

오늘은 가게 일이 바빠서 점심도 제대로 먹지 못했다. 생각해보니 아침에 바바라 부인이 준 딸기를 먹은 게 전부다. 평소라면 지갑만 들고 밖으로 나갔을 테지만, 역시 오늘 저녁은 편지 걱정에 먹으러 나갈 마음도 들지 않았다. 그래도 배는 고파서 이대로는 일에 몰두할 수가 없다.

뭐라도 있을 것 같아서 부엌 선반을 뒤져보았다. 내 기억이 확실하다면 어딘가에 봉지 국수가 있을 터다. 무사히 찾아내서 편수 냄비에 물을 끓였다. 냉장고에 달걀이 남아 있다. 다만 파가 없었다. 무언가 양념으로 넣을 게 없을까 생각하다, 번쩍 생각났다. 뒤뜰 어딘가에 선대가 심은 파드득나물이 있을 것이다.

달걀을 풀고 파드득나물을 넣은 인스턴트 국수는 뜻밖에 고급스러운 맛이 됐다. 마지막으로 라유를 떨어뜨린 것이 신의 한 수였을지도 모른다. 배가 고파서 국물까지 모두 마셨다.

졸음을 쫓기 위해 커피를 마시고 싶었지만 집에는 없어서 녹차를 진하게 끓였다. 꼭 해야 하는 일은 한 가지다. 알고 있다. 그러나 좀처럼 집중할 수가 없었다. 그릇을 씻고, 지금 할 필요가 전혀 없는 싱크대를 박박 닦았다.

이 의뢰에서 중요한 것은 종이. 이것은 인연을 끊기 위한 편지다. 그렇다면 쉽게 찢기지 않을 질긴 종이에 쓸 필요가 있다. 익명 씨의 결심을 전하기 위해서도 극단적인 얘기지만, 불이 나더라도 타지 않을 것 같은 종이를 고르고 싶었다.

그렇다면 그 조건에 맞는 것은 양피지다. 종이라고 하지만, 실제로는 식물섬유로 만든 종이와 달리 동물 가죽을 얇게, 아주 얇게 편 것이다. 양가죽이라고 생각하기 쉽지만, 양뿐만 아니라 산양이나 새끼 송아지, 사슴이나 돼지 등 양 이외의 동물 가죽도 사용하고, 그중에서도 사산한 새끼 송아지로 만든 양피지를 최고급으로 친다. 양피지는 그 역사가 기원전으로 거슬러 올라가, 종이가 등장하기 전까지는 주로 유럽을 중심으로 종교서나 공문서 등에 사용됐다.

양피지에 쓰면 잉크는 충영 잉크를 써야 한다. 식물에 발생한 벌레혹을 잘게 갈아서 쇳가루를 섞고 레드 와인과 식초로 방부 처리하여 중세 잉크를 재현한 것이다. 최종적으로는 아라비아고무를 섞어서 점질을 조절한다. 쓰고 난 뒤 금방은 연하게 보이지만, 시간이 지날수록 색이 짙어진다.

나도 충영 잉크를 사용하는 것은 처음이었다. 충영 잉크는 만년필에 사용할 수 없어서 깃털 펜을 준비했다. 깃털 펜은 타조 깃털 끝에 칼집을 넣은 것으로, 18세기 후반에 금속제 펜이 고안될 때까지 약 천 년 동안이나 필기구로 쓰였다.

책상에 양피지와 충영 잉크, 깃털 펜, 그리고 연필을 나란히 놓았다.

시계를 보니 벌써 10시가 가까웠다. 슬슬 쓰기 시작하지 않으면 늦다. 절연장을 바로 양피지에 쓸 수는 없어서, 일단은 다른 종이에 연필로 초안을 썼다. 좀처럼 문장이 정리되지 않았다.

무의식중에 어금니로 연필을 씹고 있었다. 입속에 연필 특유의 달지 않은 초콜릿 같은 차가운 맛이 퍼졌다. 옛날부터 무언가를 생각할 때면 연필을 무는 버릇이 있다.

멍하니 있다 보니 큐피의 편지가 너무 읽고 싶어졌다. 절연장과 대극에 있는 것이 큐피의 편지다. 오늘로 네 통째이다. 첫 편지부터 차례대로 펼쳐놓고 하나하나 다시 읽었다. 짧고, 네 통밖에 되지 않아서 바로 다 읽었다. 그걸 또 처음부터 읽었다. 완전한 현실도피다.

그건 그렇고 어찌나 훌륭한 거울 글씨인지. 'わ(히라가나의 '와')'는 왼쪽으로 부풀었고, 'し(히라가나의 '시')'는 알파벳 'J' 그 자체. 거울 글씨이니 거울에 비춰 읽어볼까 하는 생각이 문득 들었다.

큐피의 편지를 들고 세면실로 갔다. 불빛에 비추며 가슴 앞에 양손으로 편지를 들고 거울 앞에 서보았다.

포포

사랑해요.

큐피가[15]

그래! 이걸 사용하면 되겠어.

세면실에서 뛰쳐나와 바로 책상 앞으로 돌아왔다. 그리고 연필을 다시 들고 아이우에오를 거울 글씨로 써보았다.

몇 번이나 연습했다. 처음에는 복사지에 쓰고, 잘 쓰게 된 뒤부터는 양피지 조각에 깃털 펜으로 써보았다. 양피지는 귀해서 한장 값이 비싸므로 잘못 쓰는 것은 용서되지 않는다. 지금 츠바키 문구점 창고에 있는 것도 그 장수가 한정되어 있다.

깃털 펜은 촉이 가늘어서 안정되지 않기 때문에 솔직히 쓰기가 상당히 어렵다. 그래도 깃털 펜으로 쓰는 것밖에 방법이 없다.

거울 글씨 연습을 하면서 조금씩 내용도 완성했다.

오늘 익명 씨와 나눈 얘기에서 익명 씨의 깊은 애정을 느꼈다. 익명 씨의 마음속에서 두 개의 상반된 감정이 서로 정면으로 부딪치고 있음을 느꼈다.

두 사람을 강하게 묶어두었던 우정이라는 이름의 끈. 그것을 익명 씨 쪽에서 끊지 않으면 언제까지나 익숙하고 타성에 젖은 관계가 계속된다. 상대를 자유롭게 해주기 위한 절연장이구나 하는 사실을 깨달았다. 그, 상반되는 마음을, 거울 글씨로 전하고 싶었다.

거울 글씨 연습에 의외로 시간이 걸려서 시곗바늘은 이미 새벽 2시를 지나고 있었다. 선대는 밤에 쓰는 편지에는 요물이 낀다고 말했지만, 이렇게 된 이상은 어쩔 수 없다. 게다가 절연장이니, 조금은 요물이 껴도 괜찮을지 모른다.

이렇게 된 바에야 완벽한 절연장을 쓰고 싶었다. 도끼는 힘껏 휘두르지 않으면 끊어지지 않는다.

오른손에 깃털 펜을 들고 충영 잉크병에 살짝 담갔다. 쓸 내용은 이미 머릿속에 정리됐다.

지금까지 보낸 즐거운 시간, 정말 고마워.

너를 만나서 행복했어.

진심으로 감사하고 있어.

이제 서로 거짓말하는 것은 그만두지 않겠니?

나는 너와의 멋진 시간을 멋진 시간인 채,

가슴에 담아두고 싶어.

이것은 나의 절연장이야.

이제 널 만날 일은 없을 거야.

이유는 알겠지.

너 자신의 솔직한 목소리에 귀를 기울여주렴.

너를 좋아했어,

지금도 좋아해.

그러나 싫어.

나는 네가 너무 싫어.

이제 예전으로 되돌릴 수는 없겠지.

솔직하게 살아간다는 것은 정말로 어려운 일이야.

때로는, 거짓말을 해야 할 때도 있고.

그러나 자신에게는 거짓말을 하지 않길 바란다.

솔직하게 살아주렴.

마지막으로 한 번 더 네게 감사의 마음을 전하며.[16]

상대의 이름을 쓰고 깃털 펜을 내려놓았다.

마치 눈물로 연해진 희미한 글씨 같았다. 하지만 충영 잉크 속 철분이 공기에 닿아 산화하면 검은색이 점점 짙어진다. 그리고 그것이 정점에 이른 뒤에는 온화한 갈색 글씨로 자리 잡는다고 한다. 마치 익명 씨 마음의 강약을 나타내는 것 같다고 생각했다.

문득 내 손가락을 보니, 깃털 펜을 받치고 있던 오른손 중지가 새까맣게 물들었다. 일단 샤워를 하며 손가락의 얼룩을 씻어낸 뒤 이불 속에 들어가서 자자. 아침이 바로 저기까지 와 있다.

다음 날 아침, 불단 특등석에 놓아둔 절연장을 조심스레 들고 다시 읽어보았다. 글씨를 보고 있기만 해도 가슴이 쿵쾅거린다. 보통은 있을 수 없는 편지였다. 받는 사람은 기분이 나쁠지도 모른다. 하지만 그것이야말로 절연장으로서 제 역할을 해낸 것이다. 익명 씨의 뒤집힌 마음은 이렇게라도 하지 않으면 표현할 수 없으니까.

실수를 발견한 것은 거울 앞에 서서 최종 체크를 할 때였다. 나는 엉겁결에 비명을 질렀다. 그 소리가 바바라 부인의 귀에 들린 모양이다.

"괜찮아?"

나도 모르게 소리가 컸던 것이다.

"괜찮습니다."

나는 바바라 부인과 나 자신에게 말했다.

뒤에서 4행째, '때로는'에 이어진 ','가 거울 문자가 되지 않았다. 하지만 당황하지 않아도 된다. 양피지에 잘못 쓴 글씨는 칼로 잉크를 긁어내든가, 오렌지 과즙으로 닦으면 지워진다.

칼로 긁으면 양피지가 찢어질 것 같아서 무서우니, 편의점까지 오렌지 주스를 사러 가기로 했다. 구두점 방향을 수정하면 종이를 둘둘 말아서 두루마리 형태로 보낼 생각이었다.

지름 3센티미터, 길이 14센티미터까지라면 둘둘 만 상태로도 일반 우편물로 보낼 수 있다. 양피지 두루마리를 쿠킹 시트로 싸서 보내자. 받는 사람 이름은 철사가 달린 꼬리표에 써서 한쪽 끝에 묶어두면 본체와 떨어질 염려가 없다.

나로서는 최선을 다했다.

설마 잇달아 의뢰가 들어올 줄은 상상조차 못했다.

역 앞 우체국까지 절연장을 보내러 갔다가 가게를 연 지 몇 분 뒤. 기모노 차림의 한 여성이 츠바키 문구점에 나타났다. 처음에는 열심히 진열대를 보고 있어서 그냥 문구를 사러 온 손님인 줄 알았다. 그런데 잠시 후, 상담할 게 있어서 왔는데요, 하고 조심스럽게 말을 걸었다.

"또요?"

나는 엉겁결에 이상한 소리를 지르고 말았다. 대필 의뢰가 이틀 연속으로 들어오는 것도 드문 일인데, 기모노 미인이 절연장이라는 말을 했기 때문이다.

혹시 츠바키 문구점이라면 써줄 것이라고 익명 씨에게 얘기를 들었을지도 모른다. 하지만 익명 씨가 익명인 이상 깊은 얘기는 들을 수 없다. 그러나 어쩐지 익명 씨와 관계없이 시기가 겹친 것은 정말로 우연이었던 것 같다. 내가 모르는 사이, 세상에는 절연 붐이 일어나기라도 한 걸까.

"어느 분 앞으로 보내는 절연장인지요?"

기모노 미인의 안색을 엿보면서 물었다. 나이는 삼십 대 초반일까. 기모노를 입은 탓에 실제 나이보다 차분해 보일지도 모른다.

"다도 선생님이에요."

기모노 미인이 콧소리가 나는 섹시한 목소리로 대답했다.

"제가 고등학생 때부터 배운 다도 선생님입니다만, 저를 더러운 말로 매도했어요. 전에는 자상한 선생님이었는데, 어느 시기부터 태도가 이상해졌어요. 얼굴이 호박이네, 손이 발이네, 인간쓰레기네, 그런 말을 하는 거예요. 처음에는 그래도 선생님이고, 제가 다도를 좋아하니 참았어요. 그러나……."

괴로운 기억을 떠올렸는지, 기모노 미인이 고개를 숙이고 손수건을 눈가에 가져갔다.

"내게 적의를 보이는 것은 어느 정도 어쩔 수 없다 생각하고 포기했어요. 그런데 점점 남편과 아들 험담까지 하는 거예요. 혹시 아들에게 해를 가하지 않을까 생각하면 밤에도 잠이 오지 않아서……. 사실은 어디 멀리로 이사를 가고 싶어요. 그렇지만 남편 직장이나 아들 학교를 생각하면 그것도 어려운 일이고. 게다가 가마쿠라를 좋아해서 그런 이유로 이사를 가고 싶지 않아요.

친구에게 의논했더니, 제 태도에도 문제가 있지 않느냐고 하더군요. 그런 상대한테는 그러지 말라고 딱 부러지게 말해야 한다고. 선생님을 존경합니다, 라는 생각을 갖게 하는 건 좋지 않다고."

여기까지 얘기를 듣고 난 뒤, 나는 조심스럽게 질문했다.

"저기, 다도 선생님은 남자 분이신가요?"

어쩌면 기모노 미인에게 특별한 감정을 갖고 있는 게 아닌가 생각했다. 그래서 가족을 질투하는 게 아닐까, 하고.

"그렇지가 않아요. 여자 선생님이에요. 다도 배우는 걸 포기하고, 한동안 쉬었거든요. 그랬더니 쉬면 쉰다고 왜 안 오냐고, 끈질기게 메일이 와서 신경쇠약에 걸릴 것 같아요. 그러다가 갑자기 비싼 선물을 보내기도 하고. 그러니 부탁이야, 포포, 도와줘!"

기모노 미인의 마지막 말에 엉겁결에 얼굴을 들었다. 몇 초 동안, 서로 눈과 눈을 마주 보았다. 그 눈매에 희미한 기억이 되살아났다.

"혹시, 마이?"

"이제 알아차렸구나!"

눈앞의 기모노 미인 마이가 환성을 질렀다.

"뭐어? 정말로 마이니?"

"그래, 마이야. 바로 알아봐줄까 하고 두근두근했는데, 전혀 못 알아차리네. 만약 집에 갈 때까지 모르면 어떡하지, 싶어서 초조했잖아."

"미안해."

정말 진심으로 놀라서, 그다음에 할 말이 떠오르지 않았다. 너무 차분한 태도로 얘기해서 당연히 연상일 거라고 생각했다. 마이는 초등학교 동창생으로 소극적이어서 좀처럼 친구가 생기지 않았던 내게 적극적으로 말을 걸어준 아이였다.

"나 있지, 아직도 포포가 써준 이름표, 갖고 있어."

좀 전까지 차분했던 기모노 미인이 갑자기 친근하게 말을 걸었다.

"뭐? 이름표?"

"응, 기억 안 나니? 이거, 반 친구들 모두에게 써주었잖아."

그렇게 말하고, 마이는 핸드백에서 배지를 꺼냈다.

"봐, 이것."

거기에는 '오노 마이'라고 매직으로 마이의 이름이 쓰여 있었다.

"나, 글씨를 못 써서 내 이름도 제대로 못 썼거든. 그래서 포포가 이름을 써주었을 때 엄청 기뻤어. 나도 이렇게 글씨를 잘 썼으면 좋겠다고 생각했지. 그래서 줄곧 갖고 있었어."

"이거 벌써 이십 년 전 것이잖아."

"그렇게 되네, 하지만 소중한 것이니까."

그렇게 말하고 마이는 정말로 사랑스러운 듯이 그 배지를 양손으로 감싸고 가슴 앞으로 가져갔다. 아마 마이는 중학교 때부터 요코하마에 있는 사립학교에 다녔을 것이다.

"벌써 결혼해서 엄마가 됐구나."

거의 같은 시간을 살았는데 나와는 전혀 다른 길을 걷고 있다.

"아들이 벌써 초등학생이야."

"뭐? 정말?"

그 말은 나도 책가방을 멘 아이가 있어도 이상하지 않을 나이라는 말이다.

분위기가 바뀌어서 못 알아봤다는 말은 핑계가 되지 않는다. 기모노 미인을 보았을 때, 나는 설마 그녀가 동급생일 거라고는 생각도 하지 못했다.

"그런데 절연장이라는 건?"

어쩌면 나를 놀라게 하기 위해서 얘기한 호러담인가 내심 조금 기대했다.

"그래서 그걸 포포한테 부탁하러 온 거잖아. 요전에 초등학교 반창회를 했는데, 거기서 포포 이야기가 화제가 됐어. 이쪽에 있는 것 같다고 누군가가 말을 꺼내서. 그래서 마침 선생님 일로 고민하던 참이라 큰마음 먹고 상담하러 가자고 결심하고 와본 거야. 포포 집은 옛날부터 대필을 했지?"

우리 집에도 반창회 안내문이 왔었다. 그러나 부끄러운 과거가 있는 나는 당연히 그런 모임에 뻔뻔하게 갈 수 없어서 불참 답장을 보냈다.

"알겠어, 절연장은 내게 맡겨줘."

나는 마이의 눈을 똑바로 보고 말했다. 초등학생 때 몇 번이나 마이에게 도움을 받았다. 이번에는 내가 은혜를 갚을 차례다.

그건 그렇고 사람이란 바뀌는구나. 초등학생 때 마이는 종종 남자아이를 울릴 정도로 말괄량이였는데, 그런 소녀가 지금은 멋진

263

기모노 미인이라니.

"대단하다, 마이. 다도를 배웠구나."

내 말에 마이는 호호호, 하고 방글방글 웃더니

"실은 나, 포포를 동경했어."

조금 수줍어하면서 털어놓았다.

"뭐? 거짓말. 나는 칙칙하고 눈에 안 띄고, 친구도 별로 없고 애들하고도 어울리지 못하고, 최악이었는걸."

"뭐, 그런 면도 있었을지 모르지. 그렇지만 말이야. 초등학생인데 예의 바르고, 어려운 말도 많이 알고. 어린 마음에 포포의 언행이 참 예쁘다, 나도 저렇게 되고 싶다고 생각했어. 게다가 포포는 글씨도 잘 썼고."

"그것뿐이었잖아."

글씨만큼은 잘 써서 언제나 금상이었다.

"무슨 소리야, 은근히 포포를 동경하던 남자애들도 있었는데."

"뭐? 그런 적 없어."

내가 크게 부정하자

"포포, 여전해서 안심했다."

마이가 진지하게 말했다.

초등학생 때에 비하면 달라지지 않았을 리 없지만, 자신이 어떻게 할 수도 없는, 사람마다의 심지를 말하는 것일지도 모른다.

"아, 미안. 마이한테 차 대접하는 걸 잊었었네."

기모노 미인의 분위기에 압도되어 마실 것을 내놓는 걸 잊어버렸다.

"아냐, 신경 쓰지 마. 또 놀러 올 테니까. 그보다 절연장, 정말로 부탁해도 돼? 몇 번이나 내가 써보려고 애썼지만, 어떻게 써야 좋을지 모르겠더라."

마이가 난감한 표정을 지으며 얼굴 앞에서 손을 모았다.

"잘 알겠습니다."

나는 가볍게 애교를 부리며 머리를 숙였다. 그리고 서로 연락처를 교환했다.

"고마워!"

큰소리로 고맙다는 말을 하고 마이가 경쾌하게 돌아갔다.

마이가 츠바키 문구점의 문을 여는 순간, 바람이 후욱 불어왔다.

"봄이네."

바람 냄새를 맡으며 마이가 중얼거렸다. 이제 곧 벚꽃이 필지도 모른다. 하늘이 살포시 분홍빛으로 미소 지었다.

그날 밤, 바로 마이에게 의뢰받은 절연장을 쓰기 시작했다. 상대가 다도 선생님이라면 최대한 예의를 다하고 싶다. 그렇다면 붓으로 쓰는 것이 좋겠지.

절연장이라고는 하지만, 되도록 마이의 분위기에 맞는 마이다운 절연장을 쓰고 싶었다.

어제는 끙끙거리면서 썼지만, 마이에게 의뢰받은 절연장 문장은 비교적 술술 쓰였다. 익명 씨의 의뢰 덕분에 내 머리가 절연장 모드로 바뀌었을지도 모른다. 확실히 이별을 말하는 편지는 어렵다. 상대를 상처 입히지 않으면서 원한도 사고 싶지 않다. 절연장을 술술 쓸 수 있게 되면 어엿한 대필가라고 할 수 있을 것이다.

정성껏 먹을 갈며 마음을 가다듬었다. 먹색은 마이의 눈동자 색이다. 정의감이 강하고 무슨 일에든 바로 대처하는 마이. 상대의 눈을 똑바로 보고 얘기하는 마이.

생각해보니 자신에게는 자신의 모습이 보이지 않는다. 손과 손톱은 간단히 보이지만, 등도 엉덩이도 거울에 비추지 않으면 보이지 않는다. 언제나 자신보다 주위 사람이 더 많이 나를 보고 있다. 그래서 자신은 이렇다고 생각해도 어쩌면 타인은 더 다른 나를 발견할지도 모른다. 낮에 마이와 나눈 대화를 떠올리며 그런 생각을 했다.

한없이 칠흑에 가까운 먹물이 완성됐다. 마이의 의지를 전하기에 이것 이상의 색은 없다. 거기에 붓을 담가 먹물을 흠뻑 빨아들이게 했다.

그때부터 무아지경으로 단숨에 써 내려갔다. 그때만큼은 나는

오노 마이였다.

오늘 아침 천리향의 달콤한 향에 눈을 떴습니다.

이제 곧 봄이 만연하겠죠.

다도를 시작한 지 벌써 십 년이 더 지났군요.

처음에는 아무것도 몰라서 차를 마시는 것도 힘들었답니다.

오랜 시간 정좌를 한 탓에 발이 저려서 일어나지 못한 적도

한두 번이 아니었죠.

그런 초보자인 저를 끊임없이 따듯하게 지켜봐주신

선생님의 자상함에 얼마나 도움을 받았는지 모릅니다.

기쁠 때도 힘들 때도 다도를 배우러 가서

선생님을 뵙고 나면 마음이 포근해져, 돌아오는 길에는

하늘을 올려다보며 웃었습니다.

다도의 세계를 알게 된 것은 인생 최대의 수확이었다고

생각합니다.

때로는 선생님의 엄한 말씀도 애정이라 믿고

노력했습니다.

그러나 더 이상 다도를 배우러 다니는 것이 어려워졌습니다.

직접 뵙고 인사를 드리는 것이 옳습니다만,

공교롭게 몸이 좋지 않아서 찾아뵐 수가

없게 됐습니다.

중요한 이야기를 이런 형태로 전하는

무례함을 용서해주세요.

지난번에 보내주신 마쓰자카산 소고기는 세 식구가

스키야키로 해 먹었습니다.

과연 최고급 고기더군요.

한창 먹성 좋은 아들은 태어나서 처음 맛본 고기 맛이었을 겁니다.

항상 마음 써주셔서 감사합니다.

다만 부끄럽습니다만 남편은 샐러리맨, 나는 전업주부,

아들은 한참 먹을 나이의 초등학생입니다.

그렇게 귀한 것을 보내주셔도 무엇 하나

선생님께 보답해드리지 못해

마음이 무거울 따름입니다.

매주 다닌 다도 교실이었는데 앞으로 찾아뵙지 못하는 것은

슬픕니다만, 선생님께 배운 다도를 앞으로

더 넓은 세계에서 실천하도록 하겠습니다.

부디 몸 건강히 지내시기 바랍니다.

언제나 건강하고 행복하시기를.[17]

완성한 순간, 큰 한숨이 새어 나왔다.

마이가 다도 선생님을 떠나 날갯짓하는 소리가 들리는 것 같았다. 확신은 없지만, 이것으로 선생님도 마이에 대한 집요한 심술은 그만둘 것 같은 기분이 들었다.

다음 날 아침, 한 번 더 읽어본 뒤 편지지를 접었다. 그것을 백지에 싸서 세 번 접고, 위아래 남은 종이를 삼각형으로 접었다.

백지에 쌀 때 정원에 핀 황금부추꽃 한 송이를 곁들였다. 황금부추꽃의 꽃말은 '이별의 슬픔'이다. 이것을 다시 같은 재질의 종이로 싸서 주소를 썼다.

마지막으로 선생님 이름 옆에 '미모토니(여성의 편지에서 상대방 이름에 덧붙이는 말—옮긴이)'라고 썼다. 최근에는 거의 사용하지 않는 말이지만, '당신의 곁에'라는 의미로 옛날 사람들은 사용했다고 한다. 편지를 받는 상대는 다도 선생님이니 그 정도의 예를 지키는 편이 좋겠다고 생각했다.

봉투를 뒤집어서 마이의 주소와 이름을 쓰고 우표를 붙이면 완성이었다.

슬픈 편지는 슬픔의 눈물에, 기쁜 편지는 기쁨의 눈물에 각각 우표를 적셔서 붙이라고 하던 선대의 가르침이 생각났다. 하지만 나는 아직 그게 뜻대로 되지 않는다. 그냥 수도꼭지에 대롱대롱 맺힌 물방울에 적당히 적셨다.

"포포, 부탁 좀 해도 될까?"

아침에 비질을 마치고 한숨 돌리는데 이웃에서 부르는 소리가
났다.

"네에, 잠깐만요."

막 먹고 있던 스콘 조각을 얼른 입에 밀어 넣고, 후다닥 일어서
서 창문을 열었다. 파란 하늘에 자로 그은 듯한 비행기구름 한 가
닥이 뻗어 있다.

"잠깐 이쪽으로 와줄 수 있을까?"

바바라 부인이 무슨 일인지 목소리를 낮추면서 손짓했다.

덧신고 있던 털실 양말만 그 자리에서 벗어 던지고, 발가락 양
말을 신은 채 조리에 억지로 발을 끼웠다. 뒤뚱뒤뚱 불안정한 걸
음걸이로 담장 쪽으로 가자, 바바라 부인도 역시 몸의 방향을 바
꾸지 않고 게걸음으로 다가왔다. 잠을 잘못 자서 목이라도 돌아간
건가 걱정했더니

"미안. 이런 건 포포한테밖에 부탁할 수 없어."

뺨을 붉히면서 얌전한 태도로 말했다. 별일은 아니었다. 등에
달린 스웨터 단추를 잠가달라는 부탁이었다.

"바쁜데 정말 미안해."

바바라 부인이 민망해서

"그렇지 않아요. 일 년 내내 한가한걸요."

말하면서 단추를 한 개씩 채웠다.

참 귀여운 스웨터였다. 검은 바탕에 등에는 빨강, 파랑, 하양으로 색이 다른 동그란 단추들이 달린 디자인이 참신했다.

"스웨터 예쁘네요. 어디 거예요?"

제일 아래 달린 마지막 하나를 잠그면서 묻자

"무슨 말이야. 벌써 반세기 전의 스웨터인걸. 원래는 엄마한테 물려받은 건데 겨울이 되면 꺼내 입고 있어. 근데 디자인이 너무 촌스러워서 최근에 단추만 바꿔 달아본 거야. 왜 그 농협 맞은편에 단추 가게 있지?"

"네, 네, 있어요. 간판은 걸리지 않았지만."

"거기서 단추를 사 와서 단 것뿐이야. 옛날에는 손을 뒤로 돌려서 쉽게 채웠는데, 아까 입다가 어찌나 당황했는지. 글쎄, 전혀 팔이 돌아가지 않지 뭐야."

"이런 건 식은 죽 먹기이니 필요할 때는 언제든 불러주세요."

바바라 부인의 견갑골 언저리에 묻은 머리칼을 한 가닥, 살며시 떼면서 말했다. 거미줄같이 아름다운 은색 머리칼이었다.

"고마워. 그럼 미안하지만 곤란할 때는 사양하지 않고 부탁할게."

들뜬 목소리로 바바라 부인이 말했다.

"그건 그렇고, 포포 이번 주말 일정은?"

"딱히 없는데요."

슬슬 날씨가 따뜻해져서 해변에 올라온 보물을 주우러 바다 쪽으로 비치코밍(beachcombing)이라도 가볼까 생각했지만, 그건 다음 주로 미룰 수 있다.

"그럼 꽃놀이하지 않을래?"

바바라 부인이 말했다.

"좋아요. 이제 곧 만개하겠군요. 어디로 갈까요?"

내 경우, 꽃놀이라고 하면 제일 먼저 떠오르는 곳은 하치만궁 참배 길인 단카즈라다. 그 길을 갓 봄이 온 밤, 선대와 나란히 걷는 것이 꽃놀이였다. 그런 생각을 하고 있는데

"우리 집에서 할까 생각해."

바바라 부인이 말했다.

"괜찮겠어요?"

"물론 준비는 여러분에게 도와달라고 하겠지만 말이야. 여기서는 보이지 않아서 포포도 모르지 않을까 싶은데, 우리 정원에 아주 멋진 벚나무가 있어. 그걸 여러분에게 보여주려고. 나처럼 꽤 나이 먹은 할머니여서 앞으로 얼마나 더 꽃을 피울지도 모르고."

"그런 말씀을……."

"포포, 그렇게 슬픈 얼굴 하지 마. 생명이 있는 것은 언젠가 움직이지 못하는 날이 오는 거야."

그래도 바바라 부인은 아주 오래 살길 바랐다. 언제까지고 이웃 사촌이길 바랐다.

"기대되네요, 꽃놀이."

"그지? 벚꽃을 보면 살아 있어서 다행이라는 생각이 들어. 포포, 그날은 친구들을 많이 불러와."

바바라 부인의 말에,

"네? 그렇게 많이 불러서 하는 거예요? 저는 친구가 별로 없는데."

무엇을 감추랴, 제일 친한 친구는 지금 앞에 있는 바바라 부인이다.

"그럼 아까 한 말은 철회. 친구는 숫자가 아니라 질이니까. 그렇지만 함께 꽃놀이를 하고 싶은 사람이 있다면 사양하지 말고 불러도 돼."

그 말을 듣고 제일 먼저 뇌리에 떠오른 사람은 큐피였다.

"고맙습니다."

"옛날에는 말이야, 꽃놀이라고 하면 큰맘 먹고 어디 멀리로 갔을지도 모르지만, 요즘은 집에서 꽃놀이를 하는 게 제일 좋아. 자기 집 벚꽃이 제일 예쁜 법이잖아. 그래서 여러분은 좀 귀찮겠지만, 할머니의 응석을 들어주었으면 해서."

"바바라 부인은 절대 할머니가 아니에요."

나는 강하게 말했다.

"고마워, 포포. 그렇게 말해주다니 정말 착하네."

바바라 부인이 온화하게 웃었다. 정말로 나는 하느님, 부처님에게 맹세컨대 바바라 부인을 할머니라고 느낀 적이 단 한 번도 없었다. 오히려 정신적으로는 나보다 젊어서 부럽다고 생각했다.

"자잘한 진행은 빵티가 맡아주기로 했으니까 선생님한테 맡기자고."

"그렇군요, 빵티, 그래 봬도 야무져서."

"맞아, 맞아. 그래 봬도, 라는 말이 정답이네."

하늘을 올려다보니 어느새 비행기구름은 없어졌다.

"그럼 그만 집에 가서 가게를 열게요."

"그래, 그래. 나는 남자친구한테 요코하마 코스트코에라도 데려다 달라고 해야겠어. 꽃놀이 때 쓸 접시 같은 것 좀 사게."

"코스트코요?"

바바라 부인과 코스트코라는 조합이 좀 의외였다.

"응, 차로 가면 금방이야. 거기 가면 안 사도 되는 것까지 다 사게 돼서 위험하지만."

그렇게 말하면서 바바라 부인은 자택 쪽으로 돌아갔다. 등에는 빨강, 파랑, 하양 단추가 같은 간격으로 빛났다.

퍽, 퍽, 퍽, 퍽.

일요일 아침 일찍 부엌에서 요란한 소리가 울렸다.

"포포, 더 힘껏 쳐. 가슴속에 응어리를 전부 담아서."

빵티가 지도하는 목소리가 들렸다.

"응어리가 뭐야?"

옆에서 앞치마를 두른 큐피가 천진난만하게 물었다. 하지만 정성껏 대답해줄 마음의 여유가 없다.

꽃놀이 메인 음식으로 빵을 굽기로 했다. 그 얘기를 했더니 큐피도 꼭 참가하고 싶다고 하여 이 멤버가 아메미야의 부엌에 집결했다. 나도 큐피도 본격적인 빵 만들기는 처음이다.

"빵은 말이야. 여기서 얼마나 혼을 담아 반죽하는가가 맛을 좌우해. 그러니까 집중해."

기본적으로는 물과 가루뿐인데 눈앞에 있는 덩어리는 가루도 아니고, 물도 아니고, 그저 탄력 있는 동그란 물체였다.

"살아 있는 것 같아."

큐피의 감상에

"살아 있는 것 맞아."

빵티가 큐피에게 얼굴을 바싹 갖다 대고 말했다. 두 사람은 오늘이 초면인데 옛날부터 아는 사이처럼 친하게 대화를 나누었다.

숨을 헉헉거리면서 빵 반죽과 격투를 벌이길 십오 분. 간신히 빵티에게서 합격 사인이 내렸다. 나는 평소 거의 운동을 하지 않아서 팔과 허리가 비명을 질렀다.

"빵 만들기, 상당히 중노동이네."

간신히 숨을 쉬며 중얼거리자,

"뭐야, 포포, 나보다 젊으면서. 제대로 해."

등짝을 힘껏 때렸다.

"포포도 참."

큐피까지 빵티 흉내를 냈다. 빵 만들기가 이렇게 체력이 필요한 줄은 상상도 못 했다.

여기서 한 번 반죽을 재워, 두 배로 부풀기를 기다린다고 한다.

반죽이 부풀기를 기다리는 동안, 큐피의 아빠가 만들어준 아침을 먹었다. 큐피의 것만 만들어주어도 될 텐데 삼인분을 만들어서 아침에 큐피를 여기로 데려다줄 때 함께 가져온 것이다.

"앗, 오니기라즈."

알루미늄 포일을 펼친 순간, 빵티가 제일 먼저 반응했다.

"응? 뭐? 오니?"

엉겁결에 내가 뭘 잘못 들었나 했다.

"엥? 포포, 오니기라즈 몰라? 요즘 시내에서 완전 유행인데."

빵티의 말에

"포포는 모르는구나."

큐피가 즐거운 듯이 빵티에게 가세했다.

"나, 세상 정보에 어두워서. 이게 그렇게 유행이야?"

물었더니, 뭐 먹어봐, 하고 권했다. 눈앞에 나란히 있는 것은 네모난 주먹밥이랄까, 샌드위치 밥 버전이랄까, 어쨌든 지금까지 있었던 것 같지만 없었던 음식이다.

두 손으로 들고 입으로 가져가니 볶은 달걀 소보로 맛이 났다.

다음에 한 입 먹자, 이번에는 다시마 쓰쿠다니(해산물 조림—옮긴이)였다. 그 옆에는 가볍게 간장으로 간한 유채꽃 나물과 어묵 튀김이 들어 있었다. 바삭바삭 씹는 맛이 좋았던 것은 잘게 다진 단무지였다.

"맛있다! 한 번에 여러 가지 맛을 즐길 수가 있네."

감탄하면서 말했더니

"그래서 오니기라즈는 세기의 대발명이라니까."

빵티는 마치 자기가 발명한 음식처럼 자랑했다.

"이거라면 말이야, 젓가락도 필요 없고 무엇보다 애들이 음식을 흘리지 않고 깨끗이 먹을 수 있잖아. 소풍 때 최고야."

큐피는 오니기라즈를 어지간히 좋아하는지, 대화에 끼지 않고 아까부터 부지런히 먹었다. 평범한 삼각 주먹밥이라면 이렇게 많은 반찬을 즐기지 못한다. 뒷정리도 간편했다.

다 먹고 난 뒤, 금귤청을 뜨거운 물에 타서 마시며 쉬고 있는데

"어, 누구야?"

큐피가 불단 쪽을 가리켰다.

"한 사람은 선대이고, 또 한 사람은 스시코 아주머니야."

내가 가르쳐주자

"선대가 누구야?"

큐피가 또 물었다.

"음, 포포의 할머니."

"포포의 엄마는?"

"엄마는 없어."

"천국에 갔어?"

"글쎄. 만난 적이 없어서 모르겠지만, 아직 천국에는 가지 않았을걸."

"큐피 엄마는?"

어쩌다 보니 자연스러운 흐름이었다.

빵티가 자리에서 일어나 싱크대에 쌓인 볼과 숟가락 등을 씻기 시작했다. 나와 큐피를 배려해주었는지도 모른다.

"엄마는 천국에 있어."

그렇게 말하고 큐피는

"외로울 때는 말이야, 이렇게 꼭 안으면 돼."

양손을 교차하여 자기 몸을 자신의 팔로 꼭 안았다. 눈도 꼭 감왔다.

"포포도 같이해."

눈을 감은 채 큐피가 권해서 나도 나를 힘껏 안았다.

"꼭."

큐피를 따라 나도 소리를 내어보았다.

"꼬옥."

엄마는 십 대 때 나를 임신하고 출산했다고 한다.

선대 몰래 스시코 아주머니가 가르쳐주었다. 원래 선대와 엄마
는 견원지간이었다고 한다. 철들 무렵에는 집에 엄마 사진이 한
장도 없었다.

처음부터 엄마라는 존재를 몰라서, 없는 것을 당연하게 생각했
다. 그래서 보고 싶다는 감정조차 품은 적이 없다. 그러나 만약 어
딘가에서 살고 있다면 언젠가 만날 날도 있을지 모른다.

"자, 됐어요. 포포, 이제 외롭지 않지?"

큐피의 목소리에 천천히 눈을 떴다. 큐피가 내 쪽으로 손을 내
밀고 머리를 쓰다듬어주었다. 마치 엄마가 딸에게 하듯 부드럽고
부드러운 손길이었다.

큐피는 엄마가 보고 싶으면 언제나 이렇게 하는 걸까. 옆에 있
을 때는 내가 꼭 안아주고 싶지만, 역시 이것과 그것은 의미가 다
를 것이다. 큐피의 엄마에게는 큐피의 엄마에게밖에 없는 온기가

있을 테니까.

설거지를 마친 빵티가 남은 가루로 한 가지 더, 팬케이크를 구워주겠다고 했다. 그렇다면, 하고 나는 거기에 곁들일 생크림과 베이컨을 준비하기로 했다.

큐피와 손을 잡고 장을 보러 나갔다. 가마쿠라궁에서 버스를 타고 한 정거장 전에서 내려 유니온에 들어갔다. 집에서 가장 가까운 슈퍼마켓이다.

큐피에게 갖고 싶은 것 없냐고 물었더니, 아무것도 없다고 빨리 집에 가자고 했다. 큐피가 내 손을 잡고 바삐 출구로 가려고 해서, 황급히 생크림과 베이컨만 골라서 계산을 했다.

밖으로 나가니 마침 타고 갈 버스가 바로 왔다. 슬슬 날이 따뜻해지기 시작해서 가마쿠라에는 또 이 시기부터 관광객이 늘어난다.

집에 오니 재워놓은 빵 반죽이 상당히 부풀어 있었다.

"얘는 잘 때 코 골고 그래?"

큐피의 질문에

"아까도 쿨쿨 코 골면서 잤어."

빵티가 진지한 표정으로 대답했다.

손바닥을 살짝 대보니 빵 반죽에는 사람 살 같은 온기가 있었다. 조금 더 재우는 편이 좋다고 해서 다시 그 위에 젖은 면을 살짝 덮었다.

"잘 자. 푹 자야 돼."

나도 살아 있는 빵 반죽에게 작은 소리로 속삭여보았다.

빵 반죽을 재우는 동안, 나와 큐피는 생크림을 준비했다. 볼 바닥을 얼음으로 차게 하면서 초특급 속도로 거품기를 휘저어 섞는 거지만, 이것도 역시 팔이 아픈 작업이었다.

옆에서 빵티는 팬케이크를 계속 구웠다. 얇아서 모양이 미묘하게 고르지 않은 것이 그야말로 수제풍이어서 더 맛있어 보였다. 그때 바바라 부인의 목소리가 울렸다.

"굿모닝."

갑작스러운 소리에 놀랐는지, 빵티가 뒤집개를 든 채 움찔했다.

"안녕하세요!"

대신 큐피가 큰소리로 대답했다. 큐피와 바바라 부인은 아직 만난 적이 없다.

"어머나, 귀여운 목소리가 들리네요."

바로 큐피의 존재를 발견한 것 같다.

"오늘 잘 부탁합니다. 지금 여기는 팬케이크를 굽고 있는 참이에요."

내가 상황을 설명하자

"날씨도 좋고 잘됐네요."

빵티도 그제야 바바라 부인에게 인사를 했다.

"뭐 좀 도와주지 않아도 돼?"

바바라 부인의 말에

"여기는 괜찮습니다. 우리한테 맡겨주십시오!"

빵티가 씩씩하게 대답했다.

"그럼 예정대로 12시에 시작하는 걸로."

"알겠습니다!"

내가 대답했다. 우리의 대화를 옆에서 듣고 있던 큐피가 흥미진진한 듯이 내 귓가에 대고 물었다.

"이웃집 할머니?"

"응, 아주 친한 이웃집 할머니인데 바바라 부인이라고 해. 나중에 큐피한테도 소개해줄게."

내게는 가장 연상의 친구가 바바라 부인이라면 가장 연하의 친구는 큐피다.

시계를 보니 꽃놀이 시각까지 앞으로 두 시간 남았다.

부풀어 오른 빵 반죽을 일단 눌러서 공기를 빼고, 잠시 쉬었다가 모양을 만들어서 구웠다.

완성한 것은 크디큰 시골 빵으로 살짝 탄색까지 났다. 가운데에 쿠프(coupe)라는 열십자의 칼집은 나와 큐피가 함께 칼을 들고 낸 것이다.

11시가 지나자 주위가 어수선해지더니, 11시 반에는 사람이 꽤 모였다. 정원 쪽에서 담장을 넘어 바바라 부인의 집으로 빵과 생크림, 베이컨 등을 갖고 가자, 남작이 진두지휘하여 툇마루에 방석을 나란히 깔아놓았다. 남작과 얼굴을 마주한 것은 음력설에 가마쿠라의 칠복신 순례를 한 뒤 처음이었다.

각자 먹을 것을 가져오기로 해서 테이블에는 음식이 비좁게 차려져 있었다. 식당 도리이치의 크로켓과 닭꼬치, 하기와라 정육점의 로스트비프, 베르그펠트의 소시지 등 반가운 음식들과 고등어초회, 정어리초밥, 가마아게시라스(잔멸치를 끓는물에 소금을 넣고 데친 것—옮긴이) 등 해산물도 많았다. 디저트로는 역시 가마쿠라의 명물인 후항의 화과자 후만주와 쇼카도의 양갱이 있었다.

모인 사람은 십여 명으로 같은 가마쿠라 주민이어서 이내 친해졌다. 얘기하다 보면 반드시 공통의 지인이 있는 곳이 가마쿠라다.

큐피의 손을 잡고 가서 방석에 앉았다. 먼저 이즈에서 만든 요로코 맥주로 건배했다. 큐피에게는 바바라 부인이 따뜻한 레모네이드를 만들어주었다.

그건 그렇고 정말로 훌륭한 벚나무였다. 우아한 수양벚나무로 하늘에서 춤추며 내려오는 빛의 실처럼 보였다.

큐피도 진지한 시선으로 벚나무를 보고 있었다.

"수령은 어느 정도 돼요?"

바바라 부인에게 묻자

"내가 태어났을 때 아버지가 기념으로 심으셨대. 그러니까 나이는 나랑 같아."

평온한 미소를 지으며 가르쳐주었다. 마치 바바라 부인 자체인 듯한 벚꽃이다. 품위 있고 화사하고 곁에 있기만 해도 평화로운 기분이 든다.

아직 좀 쌀쌀한 가운데 벚꽃을 바라보며 맥주를 마셨다.

자세히 보니 벚꽃 색은 전부 똑같은 게 아니라 연하기도 하고 진하기도 하고, 제각기 농담(濃淡)이 있다. 봉오리도 있고, 이미 꽃잎이 진 것도 있었다. 각자 나름대로의 속도로 피고 있다.

꽃뿐만 아니라 검게 구불거리는 듯한 그루도, 가는 현 같은 가지도, 살짝살짝 싹트기 시작한 나뭇잎도, 모든 것이 아름다웠다. 이쪽이 마음을 열면 그만큼 벚꽃도 많은 얘기를 들려주는 것처럼 느껴진다. 벚꽃과 점점 친밀해지는 듯한 기분에 마음속으로 벚나무를 꼭 안았다.

작년 봄에도 나는 가마쿠라에 있었다. 그러나 벚꽃을 올려다볼 여유가 조금도 없었다. 지금은 이렇게 이웃들과 꽃놀이를 즐기고 있다. 이런 아무것도 아닌 일에 행복했다.

멍하니 벚꽃을 보고 있는데 옆에 앉은 노신사가 화이트 와인을 권했다.

"알자스 지방의 리슬링(알자스 지방에서 가장 오래된 포도 품종—옮긴이)으로 만든 특별한 자연파 와인이라고 하네요."

큰 강이 흐르듯이 담담하게 얘기하는 노신사는 바바라 부인의 남자 친구일까. 남은 맥주를 목으로 흘려보내고 빈 컵에 화이트 와인을 받았다.

오크 향이 나는 깊은 맛의 화이트 와인을 마시면서 각자 가져온 요리에 손을 뻗쳤다. 도리이치의 크로켓에는 돼지고기가 아니라 다진 닭고기가 들었다. 선대가 바빠서 저녁밥을 준비하지 못했을 때 곧잘 아메미야가의 식탁에 등장한 것이다.

물론 우리가 구워 온 빵 맛은 특별했다. 소금이 딱 맞게 들어가서 버터나 잼에 찍지 않아도 충분히 맛있었다.

꽃놀이 분위기가 한창 무르익었을 무렵, 빵티가 큰소리로 말했다.

"여러분, 기왕 이렇게 모였으니 한 사람씩 자기소개를 부탁합니다. 어디 살며 무슨 일을 하는지 짧게 얘기해 주세요."

왼쪽부터 시작하라고 해서 바로 내 차례가 돌아왔다. 좀 긴장됐지만, 그 자리에 서서 인사를 했다.

"바바라 부인의 이웃사촌이고, 츠바키 문구점을 하고 있는 아메미야 하토코입니다. 가마쿠라에서 태어나고 죽 살았지만, 작년까지 몇 년 동안은 외국을 방랑했습니다. 문구점이지만, 부업으로 대필도 하고 있습니다. 필요하실 때 꼭 불러주세요. 잘 부탁합니다."

원래 자기소개는 영 못 하는데, 술기운 탓인지 비교적 말이 술술 나왔다. 다음은 큐피 차례다.

"가마쿠라에 이사를 와서 아빠랑 살고 있어요. 다섯 살입니다. 좋아하는 음식은 삶은 달걀을 마요네즈에 무친 거고요. 잘 부탁합니다!"

전혀 주눅 들지 않은, 당당하고 훌륭한 자기소개였다. 그곳에 모인 전원이 크게 박수를 보냈다.

술렁거림과도 비슷한 환성이 터진 것은 그러고 나서 몇 분 뒤, 빵티 차례가 돌아왔을 때였다.

빵티는 초등학교에서 아이들을 가르친다는 얘기 등을 한 차례 한 뒤, 느닷없이 폭탄선언을 했다.

"실은 저, 이제 곧 결혼합니다!"

그리고 이어서

"상대는 저기 계신 분입니다."

하고 터무니없게도 남작 쪽을 가리켰다.

잠시 침묵이 흐른 뒤 와아, 하고 일제히 축복의 박수가 터졌다.

남작의 얼굴이 점점 단풍잎이 됐다. 상상도 하지 못한 조합에 속이는 게 아닌가 의심조차 들었다. 혹시 만우절인가? 그러나 두 사람의 표정을 보니 도저히 장난으로 그런 말을 하는 것 같지 않았다.

전원의 자기소개가 끝난 뒤 나는 빵티에게 다가가서 속삭였다.

"축하해."

묻고 싶은 것은 산더미 같았지만, 일단은 축하 인사부터다.

"고마워! 포포한테 고맙다는 인사를 해야 하는데."

"왜 나한테 인사를 해? 나, 아무것도 안 했어."

"그때 왜, 우체통에 넣은 편지를 회수해주어서 내 인생이 바뀌었잖아? 그대로 편지가 상대에게 전달됐더라면 어떻게 됐을지 몰라. 그대로 좋아하지도 않는 사람과 결혼했을지도 모르고."

빵티는 술을 못할 텐데 어째선지 술을 마신 것 같은 얼굴이었다.

"그런가. 그런데 상대가 남작이라니 깜짝 놀랐어. 전혀 눈치 못 챘어. 언제부터 사귄 거야?"

나까지 심장이 두근거렸다. 연애 이야기로 이렇게 분위기가 타오르는 것도 오랜만이다.

"왜, 칠복신 순례를 하러 갔잖아? 그때 비가 와서 하치만궁에서 해산했지? 그 후부터일걸. 그러나 최초의 만남은 포포하고 바에서 마주쳤을 때야."

"바?"

기억에 없어서 의아해하는데

"그때 태풍이 와서 비가 내린 뒤라 포포가 장화를 신고 바에 있었잖아."

"앗, 생각났다, 생각났어. 그때, 그랬지, 맞아, 남작과 함께였어."

"그렇지? 그때 실은 포포, 정말 멋있는 사람하고 있구나, 하고 은근히 부러워했어."

"그랬구나! 그럼 칠복신 순례 때는 두 번째였네. 두 사람 아마 그 뒤에 이나무라가사키 온천에 들렀지?"

"맞아, 맞아. 온천 가는 도중에 이런저런 얘기를 나누었어. 어느 새 보니 사랑에 빠져 있더라고. 난 나를 따라와, 하는 타입의 남자 한테 약한 것 같아."

"그럼 빵티가 먼저 고백한 거야?"

내가 묻자 빵티는 소녀처럼 눈을 촉촉하게 적시고 끄덕였다.

"포포, 인생은 정말로 무슨 일이 일어날지 모르는 거더라."

빵티가 확신에 찬 표정으로 말했다. 정말로 그렇다. 오히려 무엇이든 예측대로 된다면 시시할 터다.

"어쨌든 행복하게 살아."

빵티와 남작이 부부가 되다니 상상이 되지 않지만, 어쩌면 잘 어울릴지도 모른다. 남작은 빵티보다 훨씬 연상이고, 다른 사람과 결혼했던 적도 있으니 여러 가지로 힘든 일도 있을 것이다. 그러나 좋아하는 사람을 만나 그 옆에서 사는 것이 무엇보다 행복이다.

"즐거운 꽃놀이였어요."

저녁 무렵 뒷정리를 하면서 바바라 부인에게 말했다. 사람들은 대부분 돌아갔다. 큐피는 어른들에게 둘러싸여서 피곤했는지 도중부터 방석에 누워 잠이 들었다. 깨지 않도록 조용히 쓰레기를 분리하고 그릇을 정리했다.

"이 나이가 되면 말이야, 매일매일이 모험이야. 재미있는 일이 연신 일어나니까."

사람들이 사용한 나무젓가락을 모으던 바바라 부인이 혼잣말처럼 중얼거렸다.

"아름다운 벚꽃을 보면서 맛있는 술을 마시다니 정말 호사스러운 하루였어요."

내 어깨에도 반짝거리는 벚꽃색 날개옷을 걸친 것 같은 기분이었다.

나와 바바라 부인의 시선 끝에 벚꽃이 피어 있다. 이미 주위에는 살짝 어둠이 내려앉았다. 하늘은 분홍색과 짙은 감색이 완만한 층을 이루어 최고의 칵테일 같은 색채였다.

"너무 행복하니까 왠지 요즘 슬퍼져."

바바라 부인이 숙연하게 말했다.

"가마쿠라에서 태어나서 참 행복하다는 생각을 절실히 했어요. 바바라 부인과도 이렇게 이웃사촌이 돼서 행복해요. 고맙습니다."

평소에는 생각만 하고 하지 못한 감사의 말, 지금이 좋은 기회였다.

"나도야. 포포처럼 귀여운 아가씨하고 친구가 되다니 최고야."

그때 산 쪽에서 바람이 부드럽게 불어와 벚나무 가지를 흔들었다. 마치 신이 손가락으로 살며시 뺨을 어루만져주는 듯한 기분이었다.

데이트 신청을 받은 것은 그로부터 보름쯤 지났을 무렵이었다.

"부탁이 있습니다."

큐피 아빠가 심각한 표정으로 말을 꺼내서 처음에는 무슨 일인가 했다. 토요일 오후, 가게를 닫은 뒤 늦은 점심을 먹으러 갔을 때의 일이다.

"정찰하러 같이 가주시지 않겠어요?"

계산대에서 동전을 꺼내면서 큐피 아빠는 말했다.

"정찰?"

예상 밖의 말이 튀어나왔다.

"부끄러운 얘기지만, 다른 가게에는 어떤 카레가 나오는지 알고 싶어서요. 그러나 저 혼자서는 그런 세련된 가게에 좀처럼 들어갈 용기가 나지 않아서. 그러니까 포포 씨, 정찰하는 데 같이 가주실 수 없을까요……. 가마쿠라에는 카레 가게가 꽤 많지 않습니까? 우리 가게도 카레로 승부를 보고 싶어서요."

확실히 오늘도 손님은 여전히 나 한 명뿐이다. 물론 목이 좋은 곳은 아니다. 하지만 이대로라면 장사가 무리다.

"좋아요. 이렇게 된 바에 가마쿠라의 카레를 다 먹고 다니며 철저하게 연구해봐요. 그리고 어느 집에도 지지 않을 카레를 만들어서 승부해주세요!"

일 년 전이었다면 주눅이 들어서 거절했을 것이다. 내 가게만으로도 벅찬데 그럴 여유도 없었을 것이다. 그러나 지금은 다르다. 어디가 어떻게 다른지 구체적으로 설명하기는 어렵지만, 확실히 다르다.

"고맙습니다! 아, 살았다."

큐피 아빠가 머리를 숙이자

"아빠, 좋겠네. 포포하고 데이트하고."

카운터에 숨어서 가만히 대화를 듣고 있던 큐피가 아빠를 놀렸다.

"데이트가 아냐."

아빠가 필사적으로 나무라도 큐피는 데이트라는 단어를 되풀이했다. 그 모습을 보고 있으니 나까지 뭔가 정말로 데이트 신청을 받은 기분이 들어서 쑥스러워졌다.

노포라면 캐러웨이가 유명하고, 젊은이들에게 인기인 곳은 오쿠시모론(OXYMORON)이다. 나가타니 쪽까지 가면 울프 카레가 있고, 시선을 조금 달리하면 로시아테이의 카레 빵도 있다. 고마치에 있는 가게에서는 일주일에 한 번 본격적인 인도 카레를 먹을 수 있다. 가게 이름이 좀처럼 외워지지 않지만.

며칠 뒤 그 얘기를 큐피 아빠에게 했더니 일단 오쿠시모론부터 공략하자고 했다. 이곳이 가장 마음에 들었지만, 큐피 아빠에게는 난이도가 높아서 들어가지 못했던 것 같다.

"이 계단까지는 올라왔는데 말이죠, 너무 세련된 곳이어서 문을 열지 못하고 결국 되돌아가버렸어요."

일요일 초저녁, 마지막 주문 시간에 아슬아슬하게 맞춰 가서 그다지 사람이 많지는 않았다. 전망이 좋아 보이는 창가 테이블에 앉았다. 내 앞에는 큐피가, 그 옆에는 큐피 아빠가 나란히 앉았다.

그래서 부녀를 비교해보니 두 사람은 어디서 어떻게 봐도 피를 나눈 부녀지간이었다. 눈과 눈 사이의 거리감이나, 빽빽하게 난 눈썹이나, 엉겁결에 손을 내밀어 만져보고 싶어지는 탄력 있어 보이는 볼이나.

"뭐로 드실래요?"

멍하니 두 사람을 보고 있으니 메뉴판을 건네주었다.

"음, 오늘은 일본식 키마카레로 할까나."

혼잣말처럼 대답한 뒤

"모리카게 씨는 어떻게 하시겠어요?"

처음으로 큐피 아빠를 성으로 불렀다.

큐피의 본명은 모리카게 하루나. 하지만 역시 내게 큐피는 큐피다.

"그러게요. 처음이니까 가장 보편적인 치킨카레로 하겠습니다. 큐피는?"

"푸딩!"

큐피가 큰소리로 말했다.

"쉿, 큰소리 내는 거 아니야. 오늘은 얌전하게 있기로 약속했지?"

아빠에게 주의를 받고 이내 조용해지는 큐피가 귀여웠다.

"그럼 아빠 카레를 나눠줄 테니까 푸딩은 그것 먹고 난 뒤에 먹어. 알았지? 약속."

모리카게 씨의 말에 큐피가 힘차게 끄덕였다.

주문하고 기다리는 동안, 큐피는 자신의 조그마한 가방에서 색종이를 꺼내 열심히 접었다.

"이 아이, 어릴 때부터 기다리는 데 익숙하답니다."

진지한 시선으로 종이와 격투하는 큐피의 머리를 모리카게 씨가 힘을 담아 쓰다듬었다. 그리고 큐피는 그런 데 전혀 아랑곳하지 않고 종이접기를 계속했다.

그랬구나, 자기도 아빠한테 받고 있어서 그때 내게도 해주었구나. 외로울 때 자신을 꼭 껴안는 법을 가르쳐준 뒤, 내가 천천히 눈을 뜨자 큐피는 내 머리를 쓰다듬어주었다.

모리카게 씨는 큐피를 위해 작은 그릇을 달라고 해서 거기에 치킨카레를 밥만 덜었다. 내 키마카레에서도 밥을 덜어주었다. 자색 양배추 콜슬로와 콩 마리네, 당근 샐러드는 테이블 복판에 두고 함께 먹었다.

식사 준비를 마친 뒤 잘 먹겠습니다, 하고 세 사람은 목소리를 모았다. 손님은 젊은 커플만 한 쌍 있고, 창으로는 눈부실 정도로 노을이 들어왔다.

오랜만에 먹은 일식 키마카레는 역시 맛있었다. 제대로 맵고, 다양한 향신료가 들어가서 마음의 눈이 번쩍 뜨였다.

"괜찮으시면 이쪽도 맛 좀 보실래요?"

모리카게 씨 쪽으로 접시를 내밀자

"그럼 사양하지 않고."

수저로 일식 키마카레를 떴다.

"치킨카레도 괜찮으시면."

왼손으로 입가를 가리면서 내게도 권했다.

"그럼 한 입만 먹어볼게요."

나도 모리카게 씨 접시에서 치킨카레를 떴다. 모리카게 씨는 곰곰이 맛을 음미하듯이 입에 머금고서 자신이 가져온 공책에 무언가 메모를 했다.

큐피는 당근 샐러드가 마음에 들었는지 연신 먹었다.

평소에는 혼자 와서 일인분을 주문해 혼자 먹고 혼자 돈을 내고 거의 말 한마디 하지 않고 가게를 나온다. 그게 당연하다고 생각했다. 하지만 지금 나는 모리카게 씨와 큐피와 함께 셋이서 카레를 먹고 있다. 분명 맛은 똑같을 텐데, 누군가와 같이 먹는 카레는 위를 채우는 법이 달랐다.

서로 양보하느라 콩 마리네 몇 알이 그릇에 남았다. 남은 게 아까워서 먹고 있는데, 모리카게 씨가 큐피 손수건을 꺼내 큐피 입가를 싹싹 닦아주었다.

"아파."

큐피가 얼굴을 돌렸다.

"안 돼, 제대로 닦아야지."

싫어하는 큐피의 얼굴을 자기 쪽으로 돌리고 손수건으로 닦는 모리카게 씨는 진지함 그 자체다. 그런 두 사람을 보고 있으니 평소에는 잠들어 있던 마음 어딘가를 따끔하게 꼬집힌 듯이 무언가가 꾸역꾸역 차올라왔다.

안 돼, 안 돼, 지금은 눈물 흘리지 마.

그렇게 생각했는데 아빠도, 하며 이번에는 큐피가 모리카게 씨 입가를 손수건으로 열심히 닦아주었다. 그 모습을 보니 더는 참을 수가 없었다.

두 사람이 눈치채지 못하도록 살짝 몸의 방향을 틀어서 창 너머에 펼쳐진 자줏빛 하늘을 보는 척했다.

다 타서 그대로 재가 되어버릴 것 같은 노을이었다. 설마 내가 울 줄은 상상도 하지 못해서 손수건도 갖고 오지 않았다. 애써 셔츠 소맷자락을 늘여서 눈물을 닦았다. 긴팔 셔츠를 입기를 잘했다.

아무래도 나와 선대의 관계를 겹쳐서 생각하게 된다. 선대와의 좋은 추억을 캐내보려고 했지만, 이내 나쁜 추억이 앞을 가로막고 서서 좋은 추억이 지나가지 못하게 했다. 스스럼없이 다정한 몸짓을 나누는 모리카게 씨와 큐피가 부러웠다.

이윽고 푸딩이 나왔다. 아까까지 가게에 있던 젊은 커플은 어느샌가 가버렸고, 가게에는 우리밖에 없었다.

"푸딩이다!"

큐피는 어지간히 푸딩을 좋아하는 듯 눈동자를 반짝거리면서 스푼으로 푸딩의 보드라운 살을 푹 떴다.

"어때? 큐피, 맛있니?"

내가 묻자, 큐피는 만면의 미소로 대답해주었다.

삼분의 이 정도 먹었을 때, 큐피가 문득 얼굴을 들고 나와 모리카게 씨를 번갈아 보았다. 그리고 한 번 더 스푼으로 푸딩을 듬뿍 뜨더니 천천히 모리카게 씨 쪽으로 스푼을 움직였다.

"아빠, 앙."

그리고 이번에는 내 쪽으로도 스푼을 내밀더니

"포포도 앙."

마찬가지로 푸딩을 넣어주었다.

혼자 다 먹고 싶었을 텐데. 아낌없는 큐피의 다정함에 또 마음이 뭉클해졌다.

"맛있어?"

큐피의 물음에 나는 필사적으로 눈물을 참으면서 고개를 위아래로 움직였다. 사실은 먹는 것이 아까워서 계속 입속에 남겨두고 싶을 정도였다.

"고마워. 잘 먹었습니다."

부드럽고 달콤한 푸딩은 마치 큐피의 존재 그 자체 같았다.

더치페이를 할 생각이었는데, 같이 와준 감사의 뜻이라며 모리카게 씨가 계산을 했다.

고맙다는 인사를 했다가 되레 고맙다는 인사를 받았다.

일요일 저녁 6시가 지난 고마치 거리는 사람 왕래가 적고 고즈넉했다. 자연스럽게 큐피를 사이에 두고 셋이 나란히 손을 잡고 걸었다.

"그냥 흘려들어주세요. 사실 오늘이 첫 데이트였답니다."

모리카게 씨가 갑자기 그런 말을 해서, 놀란 나는 엉겁결에 그가 있는 쪽을 보았다.

"아, 미안합니다. 데이트라는 말, 역시 가볍게 입에 올리는 게 아니네요."

"아뇨, 그런 건 아니에요. 여자끼리도 곧잘 데이트하자, 그런 말 하니까요."

왠지 모르게 천천히 걷고 싶었다. 큐피가 아무런 망설임도 없이 내 손을 잡았다. 그 손을 계속 잡고 있고 싶었다.

"괜찮으시면 커피라도 마시지 않겠어요? 카레를 먹은 답례로 커피는 제가 대접할게요."

"고맙습니다."

그렇게 대답하는 모리카게 씨의 목소리가 부드럽게 귀에 울렸다.

모퉁이를 돌아 카페에서 커피를 두 잔 주문하여 테라스 자리에서 마셨다. 바로 앞으로 일을 마친 인력거가 지나갔다. 잡고 있는 큐피의 손을 놓고 싶지 않아서 계속 오른손으로만 돈을 내고 오른손으로 컵을 들었다. 모리카게 씨도 손을 잡은 채일 것이다. 컵을 왼손으로 들었다. 그 약지에 가느다란 반지가 끼여 있었다.

"아까 하던 얘기, 계속입니다만."

커피를 마시면서 모리카게 씨가 말했다.

"평생 여자와 어딘가에 가리라고 생각지도 못했습니다."

옆에서 듣고 있는 사람이 아무도 없는 것 같은 조용한 목소리였다. 나는 그 목소리에 가만히 귀를 기울였다.

"애 엄마, 갑자기 떠나버렸어요. 어떻게 해야 할지 몰라서 날마다 이 아이랑 같이 죽을까, 그런 생각만 했죠. 아무것도 할 마음이 생기지 않아 어두운 방에서 종일 멍하니 있었어요. 지금 생각하면 소름 끼치지만, 그건 완전히 아동 방치였죠. 그러다 어느 날 문득 보니 이 아이가 마요네즈 통에 입을 대고 뽀뽀를 하는 겁니다. 입이랄까, 온 얼굴이 마요네즈투성이가 되어서. 그때 번쩍 정신이 들었어요. 내가 이래서는 안 된다고.

애 엄마가 떠난 게 채 두 살도 되기 전이어서 이 아이한테 엄마 기억은 없는 것 같아요. 그렇지만 지금도 밤에 잘 때는 마요네즈 통을 안고 잔답니다. 이 아이 나름대로 마요네즈를 엄마로 생각하는지. 이렇게 어린 아이도 어떻게든 이겨내려고 하는데, 부모인 내가 약해지면 안 된다고 정신을 차렸죠. 그래서 아내의 꿈을 이루어주기로 마음먹고."

"꿈?"

"네, 그 사람, 언젠가 둘이서 카페를 하고 싶다고 늘 말했거든요."

"가마쿠라 분이셨어요?"

"우리한테는 아무 인연도 연관도 없는 곳이랍니다. 하지만 그 사람과 첫 데이트를 한 곳이 가마쿠라였어요. 그래서 두 사람 다 이곳을 무척 마음에 들어했죠. 도쿄에서 가까운데 공기가 전혀 다르지 않습니까? 그래서 아이가 생기면 언젠가 살고 싶다고, 막연히."

"그랬군요. 부인은 병으로?"

그렇게 깊숙이 들어가는 질문을 해도 될까 망설여지기도 했다. 그러나 알아두고 싶었다.

"묻지 마 살인이었습니다. 뒤에서 갑자기 칼로 찔렀어요. 이 아이를 데리고 슈퍼마켓에 물건을 사러 갔다가."

"죄송합니다."

경솔하게 그런 질문을 한 자신이 부끄러웠다.

그랬구나, 그래서 큐피는 나와 유니온에 갔을 때 그곳에서 빨리 나가고 싶어 했다. 머리로는 기억하지 못할지 모르지만, 몸은 그때의 공포를 기억할지도 모른다. 그때 아프리만치 세게 내 손을 꼭 잡고 있던 큐피의 옆얼굴을 떠올리니 가슴이 아파왔다.

"괜찮습니다, 사실이니까요. 이미 지난 일이고요."

원인이 있으면 납득할 수 있을지도 모르지만, 아무 나쁜 짓도 하지 않았는데 느닷없이 생판 모르는 사람에게 소중한 가족을 잃었으니, 모리카게 씨는 그 분노를 어디에 터트리면 좋았을까.

큐피는 어느샌가 나와 모리카게 씨 사이에서 꾸벅꾸벅 졸았다.

"괜찮으시면 좀 더 걸을까요?"

모리카게 씨가 일어섰다.

"어부바."

내 왼손에서 큐피의 손이 스르르 떠나, 큐피가 모리카게 씨 쪽으로 두 손을 내밀었다. 모리카게 씨가 자기가 메고 있던 백팩을 앞쪽으로 옮기려고 해서 내가 들어주기로 했다.

"고맙습니다."

그렇게 말하고 모리카게 씨는 큐피를 업고 일어섰다. 그리고 건널목 쪽으로 걸어갔다.

"큐피, 지금 몇 킬로그램이에요?"

"한 15킬로그램 정도인가."

큐피는 모리카게 씨 등에서 완전히 졸린 표정이었다. 큐피가 미끄러져 내려올 때마다 모리카게 씨는 멈춰 서서 다시 업었다.

그 모습을 보고 있으니, 어떤 기억이 떠오를 것 같았다.

건널목 앞에서 전철이 지나가기를 기다리면서 모리카게 씨에게 말했다.

"잠깐 가고 싶은 데가 있는데, 가도 괜찮을까요? 이 근처인데."

"그럼요."

건널목을 지나 기타가마쿠라 쪽을 향해 걸었다. 이제 해가 완전히 저물어서 밤하늘에는 간간이 별이 반짝거렸다. 벚꽃도 지고, 이번에는 벚잎이 아름다웠다.

"여기예요."

"주후쿠사라. 처음 와봤습니다."

"저도 오랜만이네요. 마사코 씨가 만든 절이죠."

"마사코 씨요?"

"아, 호조 마사코(가마쿠라 막부를 연 미나모토노 요리토모의 정실부인—옮긴이) 씨요. 할머니가 그렇게 편하게 불러서 그만 입에 붙었네요."

선대라고 하면 어리둥절해할 것 같아서 할머니라는 말을 썼다.

정문을 들어서면 중문까지 돌길이 이어지고, 완만한 언덕이 나온다. 중문까지는 일반인도 참배할 수 있다.

"좋은 곳이네요. 마음을 씻는 것 같습니다."

돌길 양옆으로 나무가 울창하게 우거지고, 나무 밑동에는 이끼가 부드럽게 덮였다. 나도 모르게 멈춰 서서 심호흡을 하고 싶어졌다. 가지 끝에 싹이 튼 신록이 마치 무수히 켜놓은 촛불처럼 보였다. 갓 태어난 나뭇잎이 어두운 밤을 반짝반짝 비추었다.

모리카게 씨는 큐피를 업은 채 천천히 중문 쪽을 향해 걸었다. 나는 반걸음 뒤따라 걸었다.

"아까 모리카게 씨가 큐피 업은 모습을 보니 불현듯 생각이 났어요."

모리카게 씨가 가만히 귀를 기울였다.

"저는 할머니 손에 컸는데요, 무진장 엄하셨거든요. 기억나는 것은 대부분 괴로웠던 추억뿐이랄까. 그런데 아까."

놀랍게 내 눈에서 눈물이 쏟아졌다. 그래도 나는 이야기를 계속했다.

"생각났어요. 할머니도 나를 업어주었지, 하는. 그곳이 여기였어요."

겨우 그 말만 했을 뿐인데, 말을 끝내자마자 나도 모르게 그 자리에 주저앉았다.

나도 왜 그렇게 울었는지 모른다. 그러나 눈물은 끝도 없이 밀려와서 차오르더니 쏟아졌다.

"괜찮으면 이거, 쓰세요. 좀 지저분하지만."

모리카게 씨가 손수건을 건네주었다. 아까 큐피의 입가를 닦아주었던 손수건이다. 카레 냄새가 훅 났다.

자세히 보니, 손수건 끝에 큐피라고 수가 놓여 있었다. 그것도 거울 글씨가 되도록 방향이 반대로 되어 있다. 모리카게 씨는 아주, 아주 자상한 아빠였다.

"할머니는 아마 엄하게 대하는 것으로 포포에 대한 애정을 표현하셨을 겁니다."

모리카게 씨의 말대로다. 그러나 내 속에는 돌이킬 수 없는 기억이 자리 잡고 있다.

　일어서서 다시 중문을 향해 걷기 시작했다. 손바닥에는 눈물에 젖어 촉촉한 큐피의 손수건이 있다.

　중문 앞까지 가서 휙 방향을 바꾸었다.

　"여기서 보이는 경치가 최고랍니다."

　밤 내음이 났다. 생물이 토해내는 진한 입김을 느꼈다. 이곳은 선대가 가마쿠라에서 가장 좋아한 곳.

　"어부바, 해드릴까요?"

　모리카게 씨의 목소리가 들렸다.

　큐피는 모리카게 씨 등에서 내려와 자기 발로 서 있었다. 커다랗게 뜬 눈으로 멀리 바라보고 있다. 그때의 나도 지금 큐피만 한 나이였을까. 아니, 더 어렸을지도 모른다.

　"또 다른 기억이 떠오를지도 모르지 않습니까."

　"아니에요, 이미 충분히 떠올렸어요."

　"그렇지만 기왕 온 길이니. 오늘 같이 와주신 답례입니다."

　나는 갑자기 현실로 돌아왔다. 무엇보다 내 몸무게가 몇 킬로그램인지 아는 걸까. 15킬로그램의 큐피를 업고 걷는 것도 힘들어했으면서.

　그래도 모리카게 씨는 벌써 바닥에 쭈그리고 앉아 등을 내밀었다.

그 뒷모습을 보고 있으니, 그냥 어리광을 부려도 될까, 하는 생각이 마음속을 스윽 지나갔다.

"절대로 무리하지 마세요. 정말로 몇 걸음이면 되니까요."

모리카게 씨 등에 상반신을 맡기자 몇 초 뒤 시야가 훌쩍 넓어졌다.

분명 그때의 나도 무거웠을 것이다. 그래도 선대는 이 경치를 보여주고 싶어서 나를 업은 채 이 돌길을 걸었다. 그것은 확실히 예전에 본 적 있는 풍경이었다.

"괜찮아요."

나를 업은 채 모리카게 씨는 봄밤에 녹을 듯한 목소리로 말했다.

"네?"

나뭇잎들이 나와 모리카게 씨의 대화에 귀를 기울였다.

"그러니까 후회를 하지 않는다는 건 있을 수 없어요. 이랬으면 좋았을 텐데, 그때 그런 말을 하지 않았더라면 좋았을 텐데, 하고 말이죠. 나도 줄곧 그렇게 생각했으니까요. 그렇지만 어느 날 깨달았답니다. 깨달았다고 할까, 딸이 가르쳐주었어요. 잃어버린 것을 찾으려 하기보다 지금 손에 남은 것을 소중히 하는 게 좋다는 걸요. 그리고……."

모리카게 씨는 말을 이었다.

"누군가가 어부바를 해주었으면 다음에는 누군가를 어부바해

305

주면 되는 겁니다. 나도 아내가 많이 업어주었어요. 그래서 지금 이렇게 당신을 업고 있는 거랍니다. 그것만으로 충분해요."

모리카게 씨는 어쩌면 울고 있을지도 몰랐다. 하지만 얼굴이 보이지 않는다. 큐피의 손에는 어디서 땄는지 들꽃이 들려 있었다.

"고맙습니다. 이제 이 기억만으로 평생 살아갈 수 있을 것 같아요."

모리카게 씨에게, 그리고 이제 이 세상에는 없는 선대에게 이 기분을 전하고 싶었다.

모리카게 부녀와 헤어진 뒤 집으로 돌아와 교반차를 우렸다.

찻잔을 세 개 준비하여 찻주전자로 뜨거운 차를 따랐다. 모락모락 김이 올랐다.

한 잔을 선대 사진 앞에, 또 한 잔을 스시코 아주머니 사진 앞에 놓고 방울을 울린 뒤 손을 모았다.

선대와도, 스시코 아주머니와도 이제 절대로 만날 수 없다. 언젠가 다시 만나서 화해할 수 있지 않을까 희미한 기대를 안고 있었다. 그러나 절대 무리한 일이라는 걸 오늘, 모리카게 씨를 보고 깨달았다. 나도 선대가 없는 세계에서 한 걸음 앞으로 나아가야 한다.

내 찻잔을 앞에 놓고 의자에 앉았다. 바바라 부인의 집 복도에

켜진 불빛이 오늘 밤에도 오렌지색으로 빛났다. 슬슬 수국이 싹을 틔울 계절이다.

결국 바바라 부인은 수국을 자르지 않았다. 그래서 그대로 시든 작년 수국은 지구본 모양을 유지한 채 남아 있다.

첫 잔을 다 마신 뒤 식탁으로 문구 상자를 가지고 왔다.

안에서 만년필을 꺼냈다.

내가 고등학생이 됐을 때 선대가 축하 선물로 준 것이 이 워터맨 만년필이었다. 뉴욕의 보험 외판원이었던 루이스 에드슨 워터맨이라는 사람이 펜 속에 잉크를 내장한, 이른바 만년필을 발명했다. 선물 받은 만년필은 루이스 에드슨 워터맨의 발명 100주년을 기념해서 발매된 '르망100'이었다.

검은색 몸체에 빛나는 금색 펜촉, 늠름하고 아름다운 자태에 한숨이 나온다. 하지만 나는 언제부턴가 이 만년필 드는 것을 피하게 됐다. 만년필은 원래 자주 사용해야 좋은 펜 감촉을 유지할 수 있는데. 그걸 알면서 등을 돌리고 소홀히 해왔다.

"미안해."

손바닥으로 감싸고 부드럽게 어루만지면서 사과했다.

문지르고 있으니 조금씩 만년필이 따뜻해졌다. 추울지도 몰라서 입김을 따뜻하게 불어주었다.

부디 긴 잠에서 깨어나기를. 그렇게 바라면서 뚜껑을 열었다.

펜 끝이 금색으로 빛났다.

그럴 리는 없다고 생각했다. 하지만 어디를 어떻게 둘러봐도 펜 끝에 잉크는 남아 있지 않았다. 내가 씻은 기억이 없는 이상, 선대가 깨끗이 해두었다고밖에 생각할 수 없다.

만년필은 언젠가 내가 새로운 기분으로 손에 들어주기를, 긴 세월 지긋이 기다린 걸까.

잉크병 뚜껑을 열고 블루블랙 잉크를 빨아들였다.

손발을 꽁꽁 묶어두었던 것 같은 말들이 해방됐다. 모리카게 씨 덕분이다. 그가 얼어붙은 나의 말에 따스한 숨을 불어넣어주었다.

누군가에게가 아니라, 선대에게 긴 편지를 쓰고 싶었다.

할머니에게

결국 단 한 번도 당신을 이렇게 부르지 못했군요.

그러나 마음속으로는 이따금 "할머니" 하고 친근하게 불러본 적도 있습니다.

해마다 봄이 되면 와카미야 대로를 걸으면서

꽃구경을 했었죠.

당신은 나를 단 한 번도 돌아보지 않고,

오로지 벚꽃만 올려다보았어요.

그때 무슨 생각을 하셨어요?

반걸음 앞서가는 당신의 손 한 번 넌지시 잡지 못했습니다.

하지만 그건 당신도 마찬가지였죠.

이탈리아의 시즈코 씨에게 당신은 많은 편지를 보내셨대요.

그 속에는 내 이야기가 적나라하게 쓰여 있더군요.

거기에는 내가 모르는 당신이 있었습니다.

당신은 언제나, 언제나 내 걱정을 하고 있었습니다.

고민하고, 상처 입고, 슬퍼하고.

당신은 절대 그러지 않을 사람이라고 생각했는데……. 그러나,

그렇지 않았군요.

당신은 언제나 고민하고, 상처 입고, 슬퍼했어요.

선대라는 가면 아래에는 나와 닮은, 혼자 악전고투하는

한 사람의 연약한 여자가 있었다는 것을 철없던 나는

상상조차 하지 못했어요.

최근, 당신이 옛날에 종종 만들어주었던 캐러멜 맛이 생각났어요.

난로 위에 연유를 깡통째 올려서 만들어준 그것 말이에요.

기억나세요? 나는 솔직히 잊고 있었어요.

그런데 우연한 계기로 문득 기억이 났답니다.

그 후 캐러멜은 줄곧 내 입속에서, 이따금 우울할 때

달콤한 맛으로 나를 격려해주고 있습니다.

당신은 병원에 입원한 뒤에도 줄곧 내가 오기를

기다렸더군요.

나는 당신이 두 번 다시 내 얼굴을 보기 싫어할 줄

알았는데.

당신이 움직이지 못하게 된 것도 겨울날이었죠.

스시코 아주머니에게 연락을 받은 나는 당장 가마쿠라 역까지

달려갔습니다.

하지만 갑자기 무서워져서 거기서 한 걸음도

더 갈 수가 없었습니다.

변명에 지나지 않는 것은 알고 있습니다.

그러나 당신이 없는 세상, 믿을 수 없었어요.

당신이 죽다니, 인정하고 싶지 않았어요.

그러나 그 일을 지금은 후회하고 있습니다.

당신의 뼈를 내 이 손으로 수습했더라면 좋았을 텐데.

제대로 만나서 이별을 했더라면 이렇게 어정쩡한 마음은

들지 않았을지도 모르는데.

미안합니다.

이 말만은 꼭 하고 싶어서 지금 편지를 쓰고 있습니다.

이제 곧 가마쿠라는 수국의 계절이랍니다.

그러나 수국은 꽃(정확하게는 꽃받침입니다만)만 아름다운 게

아니라는 걸 알았습니다.

이웃에 사는 바바라 부인이 가르쳐주었어요.

바바라 부인은 여름이 되어도 수국 꽃을 자르지 않고,

그대로 겨울을 보냈답니다.

그동안 시든 수국은 초라하다고 생각하며 살았습니다.

그런데 그렇지 않았어요. 그 시든 모습이 또 그렇게 청초하고 아름답

더군요.

그리고 꽃뿐만 아니라, 잎도 가지도 뿌리도 벌레 먹은 흔적조차도

모든 것이 아름답다는 것을 알았습니다.

그러니까 분명 우리의 관계에도 의미 없는 계절은 전혀 없었다고

생각합니다. 생각하고 싶습니다.

아까 집으로 돌아오는 길에 모리카게 씨에게 프러포즈를 받았답니다.

펜팔 친구의 아빠예요.

어쩌면 나도 당신처럼 내가 낳지 않은

아이를 키우는 길을 선택할지도 모릅니다.

주후쿠사의 정원, 예뻤어요.

칭얼대는 나를 업고 당신은 그 정원을 보여주고 싶었던 거죠.

당신 등의 온기를 오랜만에 떠올리고 눈물을 흘렸습니다.

고마워요.

그때 하지 못한 말을 보냅니다.

당신은 늘 말했죠.

글씨란 인생 그 자체라고.

나는 아직 이런 글씨밖에 쓰지 못합니다.

그러나 이것은 틀림없는 내 글씨입니다.

드디어 썼네요.

천국에서는 스시코 아주머니와 함께 부디 행복하세요.

하토코 드림

추신.

나도 당신처럼 대필가가 됐습니다.

그리고 앞으로도 대필가로 살아갈 것입니다.[18]

만년필을 놓는 순간, 썰물이 밀려가듯 온몸에서 힘이 쭉 빠졌다. 식탁에 편지를 펼쳐놓은 채 몽유병자처럼 소파 쪽으로 이동했다. 잠은 이내 찾아왔다.

꿈속에서 나는 다리 위에 서 있었다.

옆에는 선대가 있었다. 얼굴을 보지 않아도 선대라는 걸 기척으로 알아차렸다.

다리 위에는 그 밖에도 아는 사람들이 모여 있었다.

손을 잡고 있는 사람은 큐피일까. 그 옆에 있는 사람은 모리카 게 씨일까.

바바라 부인도, 그리고 스시코 아주머니도 있다.

남작과 빵티는 보더 무늬의 커플 셔츠를 입고 있다.

내 뒤에 선 사람은 마이네 가족일까. 마담 칼피스와 손녀인 고 케시도 있다.

그리고 모르는 사람일 텐데 아주 잘 아는 사람 같은 느낌이 드 는 여성이 조금 떨어진 곳에 서 있었다. 엄마일까. 아마 나를 낳아 준 엄마가 틀림없을 것이다.

다리는 근처 니카이도 강 다리였다. 강물 흐르는 소리가 기분 좋게 흥얼거리는 콧노래 소리 같았다.

그때 앗, 하고 누군가가 수면을 가리켰다.

그 순간, 작은 불빛이 옅은 어둠을 가로질렀다.

반딧불이다. 그렇다, 해마다 이 강에는 천연 반딧불이가 날아다 닌다.

그것을 많은 사람이 작은 다리 위에서 바라보고 있다.

앗.

또 누군가가 소리를 질렀다.

반딧불이는 제 마음대로 두둥실 두둥실 우아하게 춤을 추었다.

그 희미한 빛을 많은 사람이 그저 묵묵히 보고 있었다. 단지 그것뿐인데 왠지 무척 행복했다.

눈을 떴을 때, 순간 그것이 꿈인지 현실인지 알 수 없었다.

선대와 다리 위에서 반딧불이를 보았던 일이 있었던 것도 같고, 없었던 것도 같다. 그러나 어느 쪽이든 상관없다. 내 가슴에는 아직 어두운 밤을 비추는 작은 빛의 잔상이 남아 있다.

언젠가 엄마에게도 편지를 써보아야지. 선대가 그걸 바랐던 것 같은 느낌도 든다. 아직 늦지 않았을 것이다.

창밖은 이미 희붐하게 밝아오기 시작했다.

어쩌면 슬슬 하치만궁의 겐페이 연못에 연꽃이 필지도 모른다.

테이블에 계속 놓아두었던 선대에게 쓴 편지를 접어서 봉투에 넣었다.

새들이 밤의 흔적을 쪼아 먹듯이 신난 목소리로 수다를 떨고 있다.

포포를 만나러
가마쿠라로 가는 길

가마쿠라를 배경으로 한 소설 『츠바키 문구점』에는 가마쿠라의 신사나 절, 맛집과 카페가 많이 등장한다. 심지어 '츠바키 문구점'을 제외한 모든 이름이 실명 그대로 나온다. 번역을 하는데 손은 키보드를 치고 있지만, 마음은 자꾸 가마쿠라 어느 신사나 카페를 돌아다니고 있었다. 그러던 어느 날, 결국 KTX 예매하여 부산 가듯이 제일 싼 항공권을 검색하여 예약하고, 며칠 뒤 휘리릭 도쿄로 날아갔다. 아마 이 책을 읽고 난 독자들의 마음속에도 가마쿠라로 떠나고 싶다는 생각이 침전물처럼 생길지 모른다.

휘리릭 날아가서 뚝 떨어진 도쿄 역. 가마쿠라는 도쿄 역에서 JR요코스카 선을 타고 오십오 분 걸린다. 신주쿠 역에서도 비슷하다. 생각보다 교통이 편리하고 가깝다. 나는 딱 하루 동안만 소설에 등장하는 곳들을 둘러보기로 했다. 워낙 저질 체력이어서 몇 군데 갈 수 있을지 나 자신에게 별로 기대하지 않았지만, 필히 가야 할 곳으로 꼽은 데는 쓰루가오카하치만궁, 가마쿠라궁, 주후쿠사, 그리고 레스토랑 가든 하우스였다. 여기까지 돌고 시간이 남는 정도를 보아 다음 행선지를 생각해보기로 했다. 처음부터 무리한 일정을 짜면 다니기도 전에 지치기 때문에 욕심을 부리지 않았다. 가마쿠라의 공기를 마시는 것만으로 충분하다고 생각했다. 그러나 결국 욕심을 부린 여행이 되어버렸다.

첫 번째 행선지는 쓰루가오카하치만궁. 일단 역 앞 관광 안내소에서 한글판 가마쿠라 관광 지도를 한 장 얻었다. 착착 접힌 대형 지도로 모든 교통정보와 관광 정보가 상세하게 정리됐다. 심지어 유명 카페와 식당의 영업시간과 가격까지도. 이것 한 장만 있으면 가마쿠라 초행인 사람도 현지 주민처럼 척척 다닐 수 있다.

관광 안내소 앞에는 버스 정류장이 있고 유명한 고마치 거리가 바로 보인다. 아기자기한 소품 가게와 예쁜 카페와 식당이 즐비한 고마치 거리. 번화하지도 않고 화려하지도 않고 그냥 아담한 골목길 같다. 포포가 바바라 부인을 자전거 뒤에 태우고 달린 그 길. 가야 할 곳이 많으니 이 길은 그냥 통과하자, 라고 마음먹었지만, 마치 '츠바키 문구점'처럼 아담한 문구점을 발견하고 자석에

끌리듯 들어가서 편지지며 엽서 구경을 하느라 한참 시간을 보냈다. 손편지 보낼 일이 좀처럼 없지만, 여전히 편지지와 엽서를 보면 사족을 못 쓴다. 그렇다. 이 소설에 특히 애착을 느낀 것도 어릴 때부터 유난히 편지 쓰기를 좋아했기 때문이다. 아, 일정을 생각하지 않고 예정에도 없던 문구점에 너무 오래 머물러버렸다. 이런 곳은 그냥 통과해야 했는데.

고마치 거리를 지나다 하치만궁으로 가려면 이쯤에서 꺾어야 하나 하고, 어느 골목으로 들어섰을 때 맛있는 카레 향과 함께 길게 늘어선 줄이 보였다. 혹시! 하고 보았더니, 역시 가마쿠라에서 가장 유명한 카레라이스 전문점 '캐러웨이'였다. 큐피 아빠가 가마쿠라의 카레집을 함께 탐방하자고 포포에게 데이트 신청을 할 때 등장한 이름이기도 하다. 카레라이스는 좋아하지도 싫어하지도 않지만, 얼마나 맛있는 냄새가 나는지 나도 줄 서서 먹고 싶어졌다. 그러나 꼭 가서 식사를 하기로 마음먹은 곳이 있었던 터라 아쉽지만 그냥 지나쳤다. 지금까지 후회하고 있다.

포포가 봄이면 할머니와 꽃놀이를 갔던 곳이라는 와카미야 대로를 지나(양쪽으로 벚나무가 줄줄이 서 있다. 만개하면 정말 장관일 듯), 드디어 첫 목적지인 쓰루가오카하치만궁에 도착했다. 새파란 하늘, 주황색 도리이, 긴 계단 끝에 높이 있는 하치만궁, 배경은 초록. 그 선명한 색감이 너무 예뻐서 도리이를 통과하지 않고 한참이나 감상했다.

　쓰루가오카하치만궁에 가면 가장 보고 싶었던 것은 소설에도 나오는 그 은행나무였다. 배전으로 올라가는 계단 왼쪽에는 수령 약 1천 년에 높이 30미터, 둘레 7미터인 거대한 은행나무가 있었다. 가마쿠라 막부 3대 쇼군인 미나모토 사네토모의 암살범 쿠교가 이 은행나무 뒤에 숨어 있었다고 해서 '(쿠교가) 숨은 은행나무'라는 별칭이 있다. 역사의 무대이기도 했던 이 거대한 은행나무가 2010년 강풍으로 쓰러졌다. 쓰러진 나무의 줄기를 4미터 정도 잘라 은행나무가 있던 자리 옆에 심어놓고, 원래 은행나무 자리에는 후계수를 심어놓았다. 그래서 전자를 '母은행나무', 후계수를 '子은행나무'라고 한다. 군이 비교하자면, 돌아가신 할머니의 대필업을 이어받은 포포와 비슷한 경우일지도. 마치 가마쿠라의 혼이라도 담긴 듯, '은행나무 재생 기원제'를 올릴 정도로 가마쿠라에서 애지중지하는 은행나무다. 역사와 사연과 정성이 담긴 은행나무이지만, 외국인 관광객 입장에서는 '아, 이 나무가 그 나무구나' 하는 정도의 느낌이었다.

　가마쿠라궁에 가려고 버스 정류장을 찾아 큰길까지 걸어 나왔다. 훌륭한 한글 지도도 길치인 내게는 무용지물이었다. 환한 대낮에 더듬거리듯 걸어 나오다 무심코 시선을 돌렸더니 바로 앞에 '베르그펠트'가! 포포와 그 일행이 음력설 칠복신 순례를 할 때 식후 커피만은 꼭 그곳에서 마셔야 한다고 했던 남작의 추천으로 들렀던 그 카페. 삼십 년이나 된 곳이라고 한다. 카페 앞 미니 매대에서 배추를 팔고 있었다. 포기째 파는 게 아니고 4분의 1쪽짜리를 여러 개 늘어놓은 진짜 미니 매대다. 마침 주인인지 모르지만, 아주머니 한 분이 매대에 서 있어서 가마쿠라궁까지는 얼마나 걸리는지, 어디서 버스를 타는지 물어보았다. 말을 건 김에 『츠바키 문구점』에 이 가게가 나오더라고 했더니, "아, 종종 그 책을 읽고 오시더군요. 나도 책은 샀는데 아직 읽지 못했어요"라며 호호 웃었다. 역시 책을 읽고 조촐하게 순례하는 사람들이 많은 모양이었다. 독일 빵과 소시지가 유명하다는데 잠시 들러서 먹어보면 좋았겠지만, 갈 길이 멀어서 통과. 이것도 후회하고 있다. 위가 작은 게 죄다.

가마쿠라 궁까지는 버스로 얼마 걸리지 않았다. 쓰루가오카하치만궁의 그 컬러풀함과 달리 그냥 흔히 보는 일본의 신사였다. 이곳에서는 가마쿠라에서 태어나고 자란 포포도 이십 대 후반이 돼서야 처음 해보았다는 '야쿠와리이시'를 던져보았다. 야쿠와리이시란 '액을 깨는 돌'이라는 뜻으로, 간장 접시처럼 얇고 작은 접시에 아픈 곳을 얘기하고(속으로) 입김을 불어넣어 옆에 있는 돌(야쿠와리이시)에 던져서 깨트리면 아픈 곳이 낫고 액이 날아간다나 뭐라나. 이용료는 접시 한 개에 100엔. 아주 얇고 작은 접시인데 희

한하게 내 앞에 던진 어떤 아저씨의 접시는 제대로 깨지지 않고, 힘없는 내가 던진 접시는 산산조각이 났다. 그렇게 박살 날수록 좋은 것이라고 한다. 별것도 아닌데 기분이 좋았다. 칠복신 순례 때는 최고 연장자인 바바라 부인이 던진 접시가 가장 멋지게 깨졌다. 한 달 동안 계속됐던 기침감기가 가마쿠라에 다녀온 뒤 나은 것은 우연의 일치였겠지.

가마쿠라궁에서 버스를 타고 다시 가마쿠라 역으로 돌아왔다. 이제 슬슬 다리도 아프고 식사도 할 때가 됐고, 세 번째 목적지에 갈 시간이었다. 그렇다. 세 번째 목적지는 포포와 바바라 부인이 자전거를 타고 고마치 거리를 달려서 아침을 먹으러 간, 가마쿠라 역 뒤편에 있는 카페 레스토랑 가든 하우스! 알고 보니 가마쿠라 가이드북에 자주 실리는 유명한 곳이었다. 입구에 '멍멍이 웰컴'이라는 간판이 있어서 집에 두고 온 우리 나무(시추) 생각이 났다. 넓은 정원과 건물이 멋스러운 우아한 레스토랑으로, 실내에도 정원에도 손님들로 가득. 무려 12월 중순의 날씨인데 정원에서 식사를 해도 괜찮을 만큼 날이 따듯했다. 포포는 "가든 하우스는 슈퍼마켓 기노쿠니야의 모퉁이를 돌아 스타벅스 바로 앞에 있다. 이 계절, 저 너머에 펼쳐진 한가로운 정경의 산을 바라보면서 정원 테라스 자리에서 하는 식사는 즐겁다"라고 했다. 나도 기왕이면, 하고 정원 테라스 자리에 앉았다. 의자마다 따듯한 무릎 담요가 놓여 있었다. 음식도 맛있고 깔끔하고 예뻤지만, 세세하게 웰빙에 신경을 많이 쓰는 식당이구나, 하는 느낌이 들었다. 이를테면 함 박스테이크에 나오는 샐러드는 채 썰어서 익힌 당근만 수북하게, 밥은 100퍼센트 현미, 딱 봐도 건강식이다. 가격은 그리 싼 편이 아 니다. 런치타임에 1,600엔 정도가 가장 저렴한 가격대였다. 혹시 빈곤 여행을 한다면 식사는 캐러웨이의 카레라이스를 추천한다. 반값이다.

가든 하우스에서 우아하게 점심을 먹고 나오는 길에 바바라 부 인이 잘 가는 기노쿠니야에도 들어가보았다. 기노쿠니야는 고급 슈퍼마켓(전국 체인점)이다. 일본에서 가난한 신혼 시절을 보낼 때, '아, 이런 데서 장 보는 사람들은 참 좋겠다' 하고 동경했던 곳이 다. 진열된 물건의 때깔과 급이 다른 만큼 가격이 여느 슈퍼마켓 보다 많이 비싸다. 이날은 연말 와인 파티용 음식들이 죽 진열되 어 있었다. 역시 기노쿠니야구나, 감탄이 절로 나왔다.

그다음에 간 곳은 주후쿠사였다. 가마쿠라 역에서 걸어서 칠 분 정도 걸린다. 직진이어서 길 찾기는 쉽다. 가마쿠라 막부를 연 미나 모토노 요리토모의 부인이 지은 절로, 포포의 할머니가 가마쿠라 에서 가장 좋아한 곳이라고 한다. 할머니에 대해 나쁜 기억만 있는 포포에게 유일하게 할머니가 어린 시절에 업어준 따스한 기억이 있는 곳이다. 중문까지 일반인에게 개방되어 있어 참배 길을 산책

321

하는 정도만 할 수 있다. 울창한 숲 사이로 구불구불 난 좁은 길이 마치 그림엽서처럼 예쁘다. 가마쿠라 5산 가운데 가장 오래된 사찰이라고 한다. 사람들이 많이 찾는 관광지는 아니어서 고즈넉하다.

슬슬 체력이 떨어져서 걷기가 힘들었지만, 가마쿠라에 왔으니 가마쿠라 대불을 보아야 한다는 의무감에 고도쿠인이라는 절로 향했다. 이번에는 가마쿠라 역에서 전철을 타고 하세 역까지. 하세 역에서 내려서 무려 십 분 걷기. 이렇게 걷는 줄 알았다면 오지 않았을 텐데 후회하면서 가다 보니 고도쿠인이 나오고, 입장료를 내고 들어가자마자 어마어마하게 큰 대불이 떠억. 높이 11미터라고 한다. 진짜 엄청나게 크다. 힘들어도 이곳에 오기를 잘했구나 생각하며 벤치에 앉아 한참 바라보았다. 10엔을 내면 대불 속으로 들어갈 수도 있다.

이곳을 마지막으로 도쿄로 돌아가면 좋았을 텐데, 또다시 '가마쿠라까지 왔는데 에노시마에 가지 않고서야!' 하는 무모한 생각이 들었다. 뷔페에서 음식을 즐기는 게 아니라 본전 뽑고 가야지, 하고 먹는 사람은 빈곤 지수가 높다고 하던데, 다른 의미에서 나도 빈곤 지수가 높은 인간인 게 분명하다. 그러나 가마쿠라까지 와서 에노시마에 가지 않는 것은 정말 아깝지 않은가. 만화 『슬램덩크』나 영화 『바닷마을 다이어리』 외에도 숱한 일본 드라마에 나오는 그, 그 에노시마인데.

결국 에노시마까지 갔다. 역에서 내려 한참 걸어야 해서 가면서도 후회했지만, 마침 해가 지고 있는 에노시마는 어찌나 아름답던지, 너 참 잘 왔다, 맥주 한잔하고 가라, 하고 유혹하는 것 같았다. 그래서 마셨다. 맥주 한 잔, 생선회 한 점. 세상 근심 다 잊을 듯한 평화로움 속에서 유일한 근심은 '아, 도쿄까지 어떻게 가지'.

에노시마, 조금은 상업화된 모습도 없잖아 있지만, 유명세에 비해 그 정도면 양호한 편이다. 참 아름다운 곳이었다. 먹을 것도 많고, 온천도 있었다. 다음에 꼭 다시 가보고 싶다.

관광 명소를 찾아다니며 여유 없이 여행하는 것을 가장 싫어하는데 어쩌다 보니 이번 가마쿠라행은 그런 여행이 됐다. 이 소설을 읽고 당장 가마쿠라로 떠날 계획을 세우는 분도 계실 테고, 떠나고 싶지만 현실적으로 갈 수 있는 여건이 안 되는 분도 계실 것 같아서, 가시는 분들에게는 가이드가 되고(될까요?) 못 가시는 분들에게는 대리만족(턱도 없겠지만)이 되었으면 하는 마음으로 옮긴 이의 글을 허접한 여행 후기로 대신했다.

'동백꽃 문구점' 주인인 20대 후반의 아가씨 포포는 아기 때부터 할머니와 둘이 살았다. 자신에게 모질 정도로 엄했던 할머니에게 그녀는 할머니라 부르지 않고 '선대'라고 지칭한다. 그러나 할머니가 세상을 떠난 뒤 할머니가 하던 대필 일을 이어서 하며, 할머니의 사랑을 깨닫는다. 할머니가 싫어서 외국에 나가 방랑하며 산 적도 있지만, 혼자 사는 지금은 늘 가슴에, 머리에 할머니가 있다. 산 사람과 죽은 사람은 그렇게 화해를 했다.

편지라는, 머잖아 사어(死語)가 될 것 같은 이 가슴 설레는 단어가 소설의 소재다. 이메일을 쓰는 세대에게 이런 아날로그 손편지 이야기가 어떻게 느껴질지 모르겠다. 대학생인 딸에게 손편지를 써서 우표 붙여 보내본 적이 있냐고 물었더니 없다고 했다. 간혹 군대 간 동기들에게 편지를 보내도 우체국에서 요금 스티커를 붙여주니 우표를 붙이는 것까지는 하지 않는다. 포포의 할머니는 우표를 붙일 때 기쁜 편지는 기쁨의 눈물로, 슬픈 편지는 슬픔의 눈물로 붙이라고 가르쳐주었다. 조문 편지를 쓸 때는 너무 슬퍼서 눈물을 흘린 바람에 먹물이 연해졌다는 의미로 연하게 글씨를 써야 한다는 가르침도 주었다. 우표는 침 묻혀서 쓱 붙이면 되는 거라 생각했는데. 우표 한 장까지 세심하게 보내는 사람, 받는 사람의 마음을 헤아려서 고르는 대필가라니 감동이다. 어째서 의뢰주에게 최종 확인을 받지 않아요? 하는 지극히 현실적인 의문이 생겼지만, 포포처럼 의뢰 내용에 따라 글씨체와 종이질과 펜과 잉크색과 봉투와 우표 그림까지 일일이 신경 쓰는 대필가라면 안심하고 맡겨도 될 것 같다. 언제 또 쓸지 모르겠지만, 누군가에게 손편지를 쓴다면 '편지를 대하는 포포의 자세'를 염두에 두고 정성껏 한번 써보고 싶다.

언제나 요리를 소재로 한 소설로 힐링을 주었던 오가와 이토 씨, 이번에는 편지를 소재로 유통기한이 긴 평온함을 선물해주었다. 그녀의 소설은 언제나 착하게 살아야지, 밝게 살아야지, 긍정적으로 살아야지, 누군가에게 도움이 되는 사람으로 살아야지, 하는 다짐을 하게 만든다. 이 소설도 그러하다. 더 많이 그러하다. 시즈오카 현 서점 직원들이 뽑는 '시즈오카 서점대상'을 받았다는 기사를 읽으며, 절로 미소가 지어졌다. 시즈오카 현의 고즈넉한 이미지와 이 소설의 이미지가 절묘하게 잘 어울려서 말이다. 2017년 서점대상에서도 무려 4위! 가든 하우스의 웰빙 음식 같은 이 소설이 많은 분들에게 사랑받아서 아무런 지분도 없지만, 옮긴이로서 덩달아 기쁘다.

아, 가마쿠라에는 곳곳에 동백꽃(츠바키)이 많이 피어 있었다. 학교 운동장 철망에도, 가정집 담장에도, 가게 앞에도. 그래서 『츠바키 문구점』이라는 제목을 작가는 생각했을까. 가마쿠라는 이렇게 다녀오고 말 곳이 아닌데, 다시 한 번 여러 날 동안 여유롭게 갈 날이 왔으면 좋겠다.

2017년 8월

권남희

츠바키 문구점

초판 1쇄 발행 2017년 9월 15일 **초판 21쇄 발행** 2024년 9월 1일

지은이 오가와 이토
옮긴이 권남희
펴낸이 최순영

출판1 본부장 한수미
컬처 팀장 박혜미

펴낸곳 ㈜위즈덤하우스 **출판등록** 2000년 5월 23일 제13-1071호
주소 서울특별시 마포구 양화로 19 합정오피스빌딩 17층
전화 02) 2179-5600 **홈페이지** www.wisdomhouse.co.kr

ISBN 978-89-5913-517-2 03830

포
포
의
편
지

権之助様のとつぜんのご訃報に
ただ茫然と空を見上げて
しまいました
本当に悲しいですね
ご病気で療養中とは
うかがっておりましたが
まさかこんなに早く旅立って
しまわれるとは
信じたくない気持ちで
いっぱいです
思えば権之助様はいつも
美しい瞳と静かな心で
私に対しても優しく接して
くださいました
権之助様のご冥福を心より

お祈り申し上げます

お悲しみは決してつきない
でしょうが どうかお心を
強く持ってくださいね

すぐにお伺いしたいところですが
あいにく足の調子が悪いので
まずはささやかながら

香料を同封させていただき
ます

どうかご霊前にお供え
くださいませ

略儀ながら書中をもちまして
取急ぎのお悔みとさせて
いただきます

お世話になった皆さまへ

鎌倉の夏の緑が、ひときわ元気よく輝く季節となりました。

皆さま、いかがお過ごしでしょうか?

鶴岡八幡宮で式を挙げてから、十五年が経ちました。

思えば、あっという間でした。

あの日、桜吹雪の舞う厳かな雰囲気のなか、皆さまの前で夫婦になれたことは、

本当に幸運な出来事だったと思っております。

平日はお互い仕事に勤しみ、その分週末は、海へ行ったり野山をハイキングした

りと、ありきたりですが、夫婦の時間を重ね、日常の平凡な幸せを味わいました。

そんな日々を重ね、お互いに理解と愛情を深めてきたつもりです。

子宝には恵まれませんでしたが、その分、愛犬ハンナとの出会いがあり、夫婦で

わが子のようにかわいがっておりました。

今となっては、ハンナを連れて沖縄に旅行したことが、私ども家族の、かけがえ

のない思い出です。

さて、今回は皆さまに残念なご報告をしなければなりません。

七月末をもちまして、私どもは夫婦関係を解消し、離婚するに至りました。

なんとかこのままふたりで一緒にいられる方法はないものか、お互いに時間を

かけて話し合いました。

時には、親しい友人らに頼んで間に入ってもらい、幸福な結末が訪れるよう、最善の道を模索したつもりです。

けれど、もう一度新しい伴侶と共に人生を悔いることなく自分らしく生きていきたいと願う妻の意志に揺らぎはなく、結果として、これからは別々の道を歩むという結論に至った次第です。

お互い、手に手を取り合って添い遂げるという願いは叶えられなくなってしまいましたが、これからは、お互いの第二の人生を、一歩引いたところから応援しようということになりました。

ですので、これはふたりがより幸せな人生を送るための、勇気ある決断だと思っていただけますと幸いです。

私ども夫婦を温かく見守ってくださっていた皆さまには、期待を裏切る結果となり、心苦しく感じております。

これまで、たくさんの優しさや愛情をかけてくださり、本当にありがとうございました。

皆さまとのご縁に、どれだけ励まされ、癒されたことでしょう。

別々の道を歩む結果にはなってしまいましたが、皆さまとは、これからも、それぞれご縁を繋いでいきたいというのが、共通した願いでもあります。

いつかまた、笑顔で今日という日を語り合えますよう。

これまでの、感謝の気持ちを込めて。

毎日、笑っていますか？

きっとあなたのことだから、時々は楽しそうに

歌をうたっていることでしょう

僕は元気です

最近は毎週末、小学生になるお転婆娘を連れて、

山登りにはげんでいますよ

あなたとも、たくさん山を登りましたね

一緒に月山に登った時は、すごい悪天候で、命がけでした

今となっては、すべてがいい思い出です

あなたが幸せでいてくれたら、こんなにうれしいことはありません

僕も幸せに暮らしています

体にだけは、気をつけてください

遠くの空から、あなたの幸せを願っております

　　　　　　　草々

春苦み、夏は酢の物、秋辛み、冬は油と心して食え

御手紙拝読

我が方も金欠により、金を貸すことは
　　　　　　　　　　　　一切できん

悪いことは言わない、他を当たってくれ

ただし、金は貸せんが、飯は食わせる

腹が減ってどうにもならなくなったら、

お前さんの好物を、鱈腹食わせてやろう

　　　　　鎌倉に来い

これから寒くなるから、体に気をつけろ

健闘を祈る

　　　呵々

お誕生日、おめでとうございます。
還暦のお祝いに、六十本の
真っ赤なバラの花を
贈らせていただきますね。
おとうさまとの仲の良いお姿が、
私たち夫婦の理想です。
いつまでも、お元気でいて下さい。

　　　　　　　花蓮より

年の瀬も迫ってまいりましたが、いかがお過ごしでしょうか？

先日は、大変お世話になりました。

あんな小さい人から、親からも、妬られたことがなかったので、

最初はものすごく落ち込みました。

でも、鎌倉の駅を出て、横須賀線に乗って会社に帰りながら、

自分はどうして編集者という道を選んだのか、もう一度、真剣

に考えてみたのです。

今まで、そんなことを考えることをもしていなかったので、新鮮でした。

やっぱり自分は、誰かに喜んでもらえる本を作りたいのだと、気づき

ました。

依頼の手紙は、自分で書いて、断られました。

でも、僕は諦めないつもりです。

何度でも、何度でも、受けてもらえるまで、トライしよう と思ってい

ます。

最後になりますが、あの時、真剣に正直な意見を言ってくださり

07

ありがとうございました。

これからますます寒くなりますので、くれぐれも、お体ご自愛くだ
さり。

　追伸。

これが仕事以外で僕が人生で初めて書いた手紙です。

春苦み、夏は酢の物、秋辛み、冬は油と心して食え

あいする 干一ちゃん へ

ぼくは今、とても うつくしい景色を見て居ます。

そこからは、干一ちゃんのことがよーく見えます。

もう、ぼくはタマノリ人生を卒業しようーました。

だから、えど「会ったときは、まいにち手を一つないで、

好きなだけ散策しませんか。

エガオの干一ちゃんが、好きです。

また 会うまで、どうぞ元気で 居て下さい。

世界で 干チバン、干一ちゃんを 愛してる ボクより

ボンジョルノ！

今、大きなお鍋でお芋をふかしてい☑

坊やの風邪は、もう治りましたか？

ご主人と息子さん、ふたりとも風邪を引いてしまっては、

きっと静子さんも大変だったことでしょう

鎌倉も、まだまだ寒い日が続いており☑

先日、鳩子が生まれて初めてチーズを食べました

イタリアの家庭では幼い頃からチーズを食べさせると知り、

遅ればせながらわが家でも実践してみたのです

チーズは、体にとてもいいそうですね

この間の手紙で書いていらしたのは、確か、青かびの、

ゴルゴンゾーラでしたっけ？

炊きたての白いご飯に、ゴルゴンゾーラをたっぷりとのせ、

お醤油とかつぶしをかけて食べるというのを読んで、

どういうお味なのかおよそ見当もつきませんでした

自分でもやってみようとスーパーで探したのですが、

どうしても見つけることができず……

なので、まずは手始めにカマンベールというのを買ってみたのです

癖がなくて、おいしいですね

これから少しずつ、鳩子にも味を覚えさせていこうと思い

いつの日か、鳩子と共にイタリアを訪ね

静子さんやご家族のみなさまにお会いできたら、そんなに

嬉しいことはございません

もうそろそろ、鳩子が帰ってくる時間です

おなかを空かせて戻るので、おやつにふかし芋にバターを

のせて食べさせようと思います

今、ふと思ったのですが、バターではなく、チーズをのせても

おいしいかもしれませんね

冷蔵庫に、まだカマンベールの残りがあったはずです

くだらないことばかり書いていたら、今回も、ついつい長くなって

―まいました

ひとまずここで筆を置き○

くれぐれも、お体にはお気をつけてお過ごしくださいませ

PS

今度ぜひ、静るさんお得意のお料理の作り方を、教えてください。

イタリアでは、やっぱり毎日のようにスパゲティーを食べますか？

私はどうしても古い人間なので、食卓が地味になりがちです

静子さん、生きるって、本当に難しいことですね。私は、最近

そのことを実感します。母親だったら、また違うかもしれません。

でも、私は鳴子と歳が離れているし、もう、そんなに長くは一緒にいられないの

です。鳴子ならきっとわかってくれる、答えてくれる。そして甘えがあったのかも

しれないですね。私自身は教育上のつもりでいたのですが、本人にとっては

違ったようです。私の人生をこれ以上奪わないでほしいと渡さなかったように

訴えられました。彼女のため、と思ってしてきたつもりなのに、でもそれは、

私のひとりよがりだったのでしょうね……。

でも、今さらどう接していいのか、わからないのです。私は厳しくする

ことこそが愛情だと信じてきました。そのことが、鳴子を長年に

わたって苦しめてきたかと思うと、本当に心の底から情けなくなります。

いつか、あの子とわかり合える日が来るのでしょうか？

今の私には、そんなこと、想像もできないのです。一緒にイタリアに行く

なんて、夢のまた夢びすね。せっかく静子さんの暮らしが落ち着か

れた頃なのに……。

えな内容になってしまって、ごめんなさい。けれど、えな事を相談

ひきる相手は、あなたしかいないのです。今日は、生きるのが本当に

辛くなってしまいました。でもこの手紙を書くことで、少し、心が

落ち着きました。

静子さん、いつもいつも助けてくださって、本当にありがとう！

心からの感謝を込めて

次回はもっと、明るくて楽しい内容の手紙を書きます囚

静子さん、これが、最後の手紙になってしまうかもしれません。

今、私は病院にいて、病室のベッドで、この手紙を書いています

もう、鳩子には会えないでしょう

会えないと頭ではわかっているのに、それでも、もしかすると、と

足音を期待してしまいます

私は鳩子に、ずっと嘘をついていました

あなたから母親を奪ったのは、私です

私は、自分の娘とも、そしてあろうことか、孫とも、

いい関係を築けませんでした

私に、問題があるのでしょう

自分がひとりになりたくないばっかりに、

娘の手から鳩子を引き離したのです

娘は、本当は赤ん坊だった鳩子を連れていこうとしたのです

でも私が、それをさせませんでした

そもそも、お店のことだって、大嘘なんです

先祖代々続いてきた代筆屋だなんて、私の勝手な作り話で

実際は、私がはじめた文具店なんです

なのに鳩子は、それを素直な心で信じてくれました

この家に、語り継ぐべき歴史など、あるはずがありません

すべて、私の創造したお話、おとぎ話なのですから

でも私はそのことに、罪悪感なんて少しもありませんでした

鳩子が反抗するまでは

でも、今は心から鳩子に謝りたい

どこにいるのかすら、詳しくは教えてもらえません

体が丈夫だったら、日本中を探し回って、謝りたいのに

だからもう、あの子を呪縛から解き放ち、自由にしてあげたい

私が死んだら、あの子は自由になれますか？

ごめんなさいね、そんなこと、青子さんに聞いても、

はじまらないのに

人生って、本当にままならないものです

私はなにひとつねーえなかった

人生なんて、あっという間です

本当に、一瞬なのです

だから静るさん、あなたの人生を、思いっきり、思う存分、

楽しんでください

おそらく、私はもう長くは生きられません

次の手紙が、一月経っても届かなかったら、その時は

もう私がこの世にはいないものと思ってくださいね

静るさん、あなたは私の無二の親友です

まだ会ったことがないとか、不思議なくらい

私は幾度も、あなたの存在に助けられました

鳴るが小さい頃は、いつか彼女が大きくなったら、

ふたりでイタリアに行くのが夢でした

イタリアに行って、あなたやあなたのご家族に会い、

それから本場のイタリア料理を食べて、そして

小さな文具店を見て回りたかった

でも、夢のままに終わってしまいそうです

素直になる、って難しいものですね

私は、お会いしたことのないあなたに対しての方が、

ずっと正直に心のうちを語れるのですから

そろそろ、診察の時間です

この気持をどう青子さんに伝えたらいいのかわかりませんが、

とにかく、グラッツェー！

長い間お付き合いくださり、ありがとうございました

あなたとあなたのご家族のお幸せを、遠くの空よりお祈り申し上げます

きょう
おにさの
ちゆうりぷ
さきました。

だにすず、な　QPちゃんく
おこがせ　こうもありくこう。
　ずこともうれし
　　かだとす。
QPちゃんか
　かいてくだ
　サラーッッブ
　かない
　かだー。

とっとっ、
すこうろえく
は、じゃり
まきな。
なかとしの
おえまだか、
こきもうこ、な
にくじぜ、てう
あきに
ままセくか。

ごしに
えほくを
すくだっ
おえかましだ
こきだから
うわれこうす。

おさ、はくせまだ、なうの
かせをうかなこしょにか
　まだ、ごくってう、こ
　だくこっまきす。
QPちゃんにはく
　おこだらて す。
　　だっボ

14

ママ
だーいすき
○○より

15

今朝沈丁花の甘い香りで目が覚めました。

もうすぐ春爛漫と夕りますね

お茶のお稽古をはじめてから早いもので十年以上になります

最初は右も左もわからずお茶をいただくのにも苦労しました。長時間の正座に足がしびれ立ち上がれなくなってしまったことも一度や二度ではありません。

そんな若輩者の私を絶えず温かく見守ってくださった先生のお優しさにどれだけ救われたことでしょう

嬉しい時も辛い時もお茶のお稽古に通い先生とお会いすることでふわりと心がほぐれ帰り道には

空を見上げて笑うことができました

お茶の世界に出会えたことが人生最大の収穫と
思っております

時には先生からの厳しいお言葉も愛情と信じて
励んできました

ですが、これ以上お稽古に通うことは難しくなってしまった
のです

本来ですとお目にかかってご挨拶しなければならないの
ですがあいにく体調を崩してしまい、伺うことが
かないません

大事なことをこのような形でお伝えすることになって
しまったご無礼どうかお許しくださいませ

先日お送りいただいた松坂牛のお肉は　家族三人

すき焼きにしていただきました

さすがA5ランクのお肉ですね

食べ盛りの息子にとっては人生初の味わいだったようです

たくさんのお心遣い本当にありがとうございました

ただお恥ずかしいのですが夫はサラリーマン　私は専業

主婦　息子は食べ盛りの小学生です

あのような贅沢なお品を次々にちょうだいしても

なにひとつ先生にお返しすることができず心苦しい

限りなのです

毎週のように通っていたお茶のお稽古にうかがえなく

なるのは淋しいことですが　お稽古で教えていただいた

学びを　今後　より広い世界で　実践していこうと
思っております

どうか　くれぐれも　お体にはお気をつけてお過ごし
ください

先生がいつまでもお元気でそして幸せであります
ように

おばあちゃん

結局、一度たりともあなたをそう呼ぶことはできませんでした。

でも、心の中では、たまにそんなふうに親しみを込めて呼びかけたこともあります。

毎年春になると、段葛を八幡様に向かって歩きながら、お花見をしましたね。

あなたは、いつも私のことなど振り向きもせず、一心に桜の花を見上げていました。

あの時、何を考えていたのですか？

半歩先を歩くあなたの手に、そっと触れることはできませんでした。

でも、それはあなたも一緒だったのですね。

イタリアの静子さんに、あなたはたくさんの手紙を書いて送っていた。

その中には、私のことが赤裸々に綴られていました。

そこには、私の知らないあなたがいた。

あなたは、いつもいつも、私のことを気にかけてくれていました。

悩んだり、傷ついたり、悲しんだり。

そんなこと、あなたはしない人だと思っていたのに……、でも、

そうじゃなかった。

あなたはいつも悩んで、傷ついて、悲しんでいた。

先代というお面の下には、私と似た、人生に悪戦苦闘する、

ひとりの頼りない女性がいたということを、未熟な私は

想像すらしませんでした。

最近、あなたが昔よく作ってくれた、キャラメルの味を思い出します。

ストーブの上に練乳を缶ごとのせて作ってくれた、例のあれです。

覚えていますか？　私は正直、忘れていました。でも、ひょんな

きっかけで思い出したのです。

以来、キャラメルは、ずっと私の口の中にあって、時々落ち込んだ時などに、甘い味で私を励ましてくれるのです。

あなたは、病院に入院してからも、ずっと私が来るのを待っていたのですね。

私はてっきり、あなたはもう二度と私の顔など見たくないのだと思っていました。

あなたが動かなくなったのも、冬の日でした。

スシ子おばさんから連絡をもらった私は、すぐに、鎌倉の駅まで駆けつけました。

けれど急に怖くなってしまい、そこから先へは一歩も進めなくなってしまったのです。

言い訳に過ぎないのは、わかっています。

でも、あなたがいない世界など、信じられなかった。

あなたが死んでしまうなんて、認めたくなかったのです。

でも、そのことを今は悔やんでいます。

あなたの骨を、私のこの手で拾ってあげればよかった。

きちんと会ってお別れをしていれば、こんな宙ぶらりんな気持ちには

なっていなかったのかもしれません。

ごめんなさい。

そのことだけを伝えたくて、今、手紙を書いています。

もうすぐ、鎌倉は紫陽花の季節を迎えます。

でも、紫陽花は、花（正確にはガクですが）だけが美しいのでは

ないと知りました。

お隣に住むバーバラ婦人が、教えてくれたのです。

バーバラ婦人は、夏になっても紫陽花の花を切らず、そのまま冬を

越しました。

私は、しおれた紫陽花をずっとみすぼらしいものだと思って生きてきました。

でも、そうではなかった。その、枯れた姿がまた、清々しくて美しいのです。

そして花だけでなく、葉っぱも枝も、根も、虫にくわれた跡さえ、

すべてが美しいということを知りました。

だからきっと、私たちの関係にも、無駄な季節など一切なかったと

思うのです。思いたいのです。

さっき、モリカゲさんから帰り道に交際を申し込まれました。

私の文通相手の、お父さんです。

もしかすると、私もまた、あなたと同じように、自分が産んでいない

子どもを育てるという道を選ぶかもしれません。

壽福寺のお庭、きれいでしたよ。

ぐずる私をおんぶして、あなたはあのお庭を見せてくれたのですね。

あなたの背中の温もりを、久しぶりに思い出して涙が出ました。

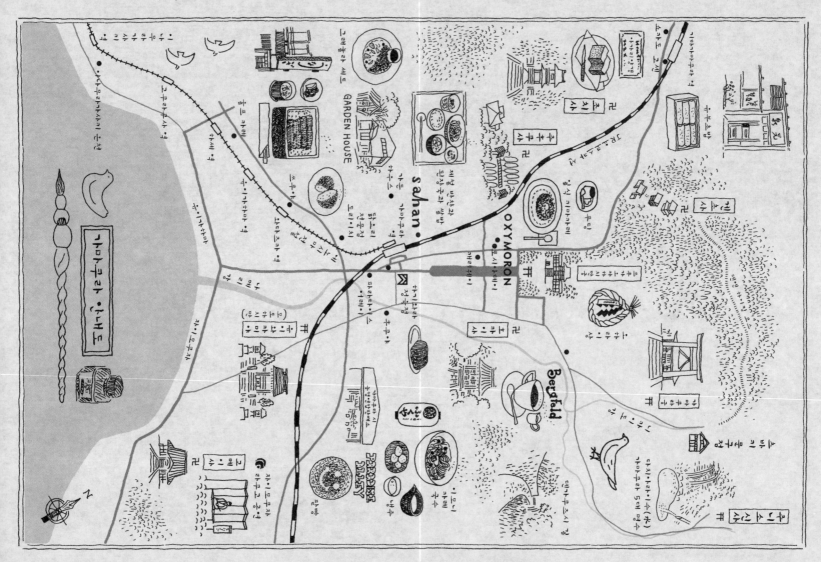